엄마의
자존감
회 복

자신을 사랑할 줄 아는 엄마

엄마의 자존감 회복

초판인쇄	2017년 9월 10일
초판발행	2017년 9월 15일
재판발행	2017년 11월 15일

지은이	양은진
발행인	조현수
펴낸곳	도서출판 프로방스
마케팅	최관호 최문순 신성웅
편집교열	맹인남
디자인 디렉터	오종국 Design CREO
일러스트	서설미

ADD	경기도 고양시 일산동구 백석2동 1301-2
	넥스빌오피스텔 704호
전화	031-925-5366~7
팩스	031-925-5368
이메일	provence70@naver.com
등록번호	제2016-000126호
등록	2016년 06월 23일
ISBN	979-11-88204-06-9-03810

정가 15,000원

엄마의

자존감

회 복

———

자신을 사랑할 줄 아는 엄마

양은진 지음

 프로방스

추천사 ①

건강하고 행복한 사람이 되고자 하는 바람(Want)은 온 인류가 어디에서 무엇인가 했고, 현재 하고 있고 또 앞으로 한다 해도 공통되게 우리가 추구하는 것이라고 한다. 그런데 어떻게 그 행복을 얻어서 누리는가는 다양하다. 어찌보면 전쟁도 싸움도 최종 목표는 개인과 그의 소속 집단의 행복을 영원히 누리고자 하는 바람(Want)에서 시작되었던 것이라 할 수 있다.

그래서 여러 분야에서 "행복 추구 방법"이 연구되고 제시되었다. Freud는 "사랑과 일"이라 했고, 우리 한국심리상담연구소에서는 문제 행동에 초점을 맞춰 고치려는 치료보다는 개인과 집단의 강점을 찾아 그들의 성장을 위한 철학과 이론을 기초로 한 예방과 성장을 위한 Program을 만들고, 그 효과성을 증명했다. 특히 그 공동 목표를 달성할 수 있는 양질의 지도 강사 양성을 위해 30여년을 공들여 왔다. 양은진 강사는 그 한 사람으로 자신의 행복과 가정, 학교, 이웃 공동체의 성장을 위해 준비해왔으며, 성실히 가르치고 항상 배우는 이의 자세로 다시 채워나가는 겸손하고 성실한 안내자이다.

이 책은 상담과 교육을 하면서 그의 경험 사례를 R.T.식 Feedback과 자기평가의 형태로 펴낸 것이다. 만일 독자가 뜻이 있어 원하는 곳으로 가는 길을 찾고 있었다면, 효과적인 부모역할훈련(P.E.T.)과 각자 자기가 원하는 것을 얻고자할 때 어떻게 행동 선택을 하고 그 선택에 책임을 질 수 있는지 William Glasser의 현실치료상담 기법이 확실하게 자신 있는 새 출발하기에 도움이 될 것으로 믿는다. 양은진선생의 용기 있는 배움의 재출발, 지속적인 재충전으로 지칠 줄 모르는 끈기와 용기, 집단의 공동 이익을 위한 봉사와 협조를 배우고 싶다면, 이 책을 읽으면서 자연스럽게 당신들이 그렇게 되고 싶어 그냥 따라가게 될 것으로 믿는다.

사랑과 믿음으로, 현실치료상담학회장 **김인자**

『엄마의 자존감 회복』에는 상담을 배우면서 자신을 더 깊이 이해하게 된 양은
진 센터장의 이야기가 진솔하게 담겨있다. 저자는 자신이 걸어온 길을 돌아보
면서 자신의 낮은 자존감이 어디에서 비롯되었는지를 꼼꼼히 살핀다. 중년의
나이에 새로운 배움을 시작하여, 내면의 여행을 다녀와 많은 사람들을 희망과
치료의 자리로 안내하는 저자의 수고에 견려를 보낸다.

이 책의 가장 큰 장점은 독자들이 저자의 삶의 궤적을 함께 걸으면서, 한 사람
의 성장과 그 가운데 있었던 내면의 상처, 그리고 치료의 과정에 공감할 수 있
다는 것이다. 많은 사람들이 중년이 되면, 눈에 보이는 성공 여부를 떠나 인생
의 공허감을 느낀다. 내면의 참된 평안과 기쁨이 없기 때문이다. 양은진 센터
장의 책 『엄마의 자존감 회복』은 성공을 향해 달려오느라 차마 자신을 돌아보
지 못하고, 가족을 포함한 주변 사람들의 마음을 헤아리는 데에 서툴렀던 많
은 이 시대의 어른들에게 절실히 필요한 자기 성찰 및 새로운 깊이를 가진 관
계 형성의 계기를 마련해 줄 것이다.

낮은 자존감으로 방황하는 많은 현대인들이 『엄마의 자존감 회복』을 통해 영
혼의 회복을 경험하고 다시금 새로운 삶의 활력을 얻기를 소망해본다.

이영훈 담임목사(여의도순복음교회)

추천사 ③

우리는 많은 대인관계 속에서 상처를 주고받는다. 특히 가까운 사람끼리 더 많은 상처를 주고받는다. 오래된 아픈 상처는 인생의 나이테로 기록되어 있어서 곧장 낫지 않는다. 이 책은 상처가 눈물로 표현된 자신을 발견한 이야기를 썼다.

양은진 센터장은 인생의 중년에 자신의 힘으로 살 수 없음을 인지했다. 목이 말랐고 심령의 가난함을 느꼈다. 변화와 성장에 대한 관심을 가졌다. 사슴이 시냇물을 찾듯이 빛이신 하나님과의 인격적인 만남으로 자신의 연약하고 부족함을 알아갔다. 자신이해를 시작으로 자신과의 관계를 회복하여 '있는 그대로의 자신'과 좋은 관계를 맺으며 살게 된 이야기를 쓴 책이다.

관계의 사망, 경제의 사망을 본인이 경험하여 사람으로서 가장 힘들고 어려운 시기에 하나님을 의지하여 모험을 시작한 내용이다. 하나님을 알아감으로 하나님과의 사랑을 회복하였고, 상담을 공부하여 실패와 상처를 디딤돌로 삼아 자신과의 관계회복을 보여준 책이다. 책 속에서 어렸을 때 이야기를 편안하게 풀어내서 읽는 순간에도 마음이 잔잔해짐을 느꼈다. 자신을 사랑할 줄 아는 엄마, 하나님과의 관계, 부부, 자녀, 기타 대인관계에서 회복한 경험을 진솔하게 보여준 편안한 책이다.

변화되고 성장하고 싶은 분들에게 평범한 주부가 어떻게 자신을 사랑하고 성공하게 되었는지를 보여주는 책인 것 같다. 자존감을 향상시키고 마음의 평안을 얻고자 하는 분들에게 추천하는 바이다.

윤종남 담임목사(순복음금정교회)

자신을 이해할 줄 아는 엄마

내 인생의 단골손님은 외로움으로 인한 눈물이었다. 단골손님은 예고 없이 가끔씩 찾아와서 나를 무안하게 만들었다. 상담공부로 나를 이해해 가는 동안에 단골손님이 왜, 어떻게 내 삶에 나타났는지 깨닫게 되었다. 억압된 감정이 상처가 되어 삶에서 어려움을 겪을 때마다 찾아왔던 것이다. '남이 말한 나'를 '실제적인 나'로 착각하여 살아내려고 하니 감정을 억압할 수밖에 없었다. 감정을 억압한, 낮은 자존감의 상태를 해결해주지 못한 채 결혼을 하고 자녀를 낳아 양육하게 되었다. 그러다 보니 엄마의 자존감이 부부관계와 자녀교육에 영향을 미친다는 것을 발견했다. 이것을 아는 데에는 시간이 걸렸다.

자신 이해로 상처를 진단하고 치유하다.

자존감이 낮은 형태는 여러 가지로 나타났다. 대인관계에서 나의 옳음을 가지고 외부통제를 사용했다. 어려서 가까운 지인들로부터 불리어진 '순하고 착하다.' 라는 닉네임의 지배를 받고 있었다. 붙여준 닉네임으로 살아서 인정받고자 수동적이고 회피적인 반응을 보였다. 이것은 나의 옳음으로 자리를 잡아가고 있었다. 그 옳음으로 가까운 가족을 통제하는 데 사용했다. 가족들에게 상처를 주는 습관인 외부통제가 자연스럽게 나왔다. 뿐만 아니라 '이상적인 나' 를 만들어 나 자신까지 통제하고 있었다. 내가 나를 통제하다 보니 우쭐거릴 때도 있었으나 많은 좌절을 경험하게 되었고 우울, 외로움, 눈물이 하나가 되어 나를 표현해 주었다.

또한, 인정받고 싶은 욕구로 가득 찼었다. 성과를 내려는 욕심은 경쟁하고자 하는 모습으로 나타났다. 답이 나오지는 않았으나 뛰고 또 뛰었다. 촉촉하고 부드럽던 내 마음은 점점 굳어져갔다. 그러면서 마음대로 되지 않으면 부족하고 어리석다는 생각으로 나를 학대했다. 그 결과, 마흔을 바라보는 내 얼굴은 낯선 모습이었다. 깜짝 놀랄 만큼 세상에서 가장 못난 여자의 모습으로 나타났다. 낯선 얼굴에 답답함으로 인하여 목까지 말랐다. 막막하고 답답하여 짜증이 나고 비판이 나왔다. 어렸을 때 꿈꾸던 삶과는 반대 방향으로 가고 있었다. 이는 내가 원하던 삶이 아니었지만 조절이 안 됐다. 어디서 어떻게 잘못됐는지 알고 싶었다.

다른 한 가지는, 나 자신을 사랑하는데 관심이 없었다. 나의 욕구에 대하여는 무관심했다. 오직 남편과 자녀, 곧 가족의 욕구를 충족하는 데에 에너지를 쏟았다. 나를 잊은 채로 가족만을 위하여 사는 삶은 사랑이라는 허울을 쓰고 뼈있는 소리를 해대는 불행을 자초하게 되었다. 그리고는 가족이 내가 바라는 대로 변화되기를 바랐다. 변화될 사람은 나였지만 그것을 인식하지 못했다.

존재로서의 나를 찾는 여행은 나의 상처를 진단하였고, 치유의 시작이 되었다. 내가 무엇을 원하는지, 나는 누구인가에 대한 관심은 건강하게 살 수 있는 방향을 알려주었다. 나 자신을 사랑하고 관계에 관심을 가지며 돌보는 습관을 훈련하여 상처를 치유해 나갔다.

책의 중간부분은 상담센터 이야기들을 엮은 부분이다. 인간관계에서 어려움을 겪는 분들에게 도움이 되고자 센터를 찾은 분들의 이야기를 가명으로, 상황을 바꾸어 설정하였다.

소통과 관계에 대한 관심으로 치유와 성장을 향한 발걸음을 시작하다.

자존감 회복은 관계 회복으로부터 시작되었다. 하나님과의 바른 관계를 위하여 주님을 인격적으로 알아가고자 노력했다. 성장을 위한 배움을 선택함으로 즐거움의 욕구를 충족해 나갔다. 현실치료상담과 의사소통기술훈련을 공부해 나가며 행복을 경험하였다. 독서상담모임으로 지속적인 변화와 성장에 대한 관심을 갖고 있다. 그리고 다른 사람을 교육과 상담으로 섬기며 더불어 성장해가고 있다.

자신을 이해하는 여행은 관계에서 자유를 주었다.

우선 내가 나를 사랑하게 되었다. 내가 나를 통제하는 데에서 자유를 얻게 되었다. '이상적인 나'를 만들어 괴로워했던 삶에서 자유를 얻었다. '실제적인 나'로 살아가다 보니 편안함과 감사함이 단골손님으로 바뀌었다. 부부관계에서 남편의 단점을 보았던 습관은 고맙고 감사한 면을 더 많이 보는 것으로 바뀌었다. 남편의 장점이 더 크게 보였다. 지금이라도 깨닫게 되어 다행스럽다. 이는 지식적으로가 아닌 내 마음이 말하고 있는 바이다. 그리고 자녀의 삶도 존중하게 되었고 기타의 대인관계에서 자유를 얻게 되었다.

추천사를 써 주신 세 분께 감사를 드린다. 14년 동안 오늘의 제가 있기까지 이끌어주신 김인자 현실치료상담학회장님과 남편의 큰 지도자 역할을 하고 계신 여의도순복음교회 이영훈 담임목사님 및 순복음금정교회 윤종남 담임목사님께 깊은 감사를 드린다. 목차에 대한 고민을 피드백 해 주신 이영애 전 신성회 대표님, 그리고 글을 읽어주신 R.T. 와 P.E.T. 선배 강사이신 박광석 선생님께도 감사를 드린다. 그리고 흔쾌히 출판을 허락해주신 프로방스 조현수 대표님, 책을 쓸 수 있도록 안내해주신 이은대 작가님께 감사를 드리는 바이다. 이 책이 나오게 되기까지 남편의 지지와 격려가 큰 힘이 되었다. 포기하고 싶을 때마다 용기를 준 남편과 생각만 해도 미소 짓게 하는 사랑하는 두 딸에게 그리고 듬직한 사위에게도 고마움을 표하고 싶다.

2017년 9월

저자 양은진

Contents | 목 차

66

살아오며 마음의 상처가 있었다.
이는 계속된 근심과 원망하는 마음으로 남아
남을 탓하는 습관이 생겼다.

99

CHAPTER

01

• • •

제1장
엄마의 현주소

힘들고 어려울 때

울음으로 나타났다. 건강한 자기표현을 할

능력이 없었기 때문이다.

제 1 장

엄마의 현주소

나에게는 가끔 찾아오는 단골손님이 있다. 그 단골손님은 힘들고 어려울 때면 나를 찾아와 괴롭히곤 했다. 나를 괴롭힌 그 손님은 바로 근심과 우울이다. 화를 내지 못하고 눈물을 흘리곤 했다. 특히 조용히 혼자 있을 때면 외롭고 우울하여 견디기가 어려웠다. 상담을 공부하며 왜 이런 현상이 나타나는지에 대하여 관심을 갖게 되었다.

사정 때문에 외할머니와 살게 된 나에게 붙여진 닉네임은 순하고 착한 아이였다. 붙여진 닉네임은 나를 속박했다. 순하고 착하게 살아서 인정받으려다 보니 감정을 마음껏 표현하지 못하였다. 착하게 살아야 한다는 것은 나의 옳음이 되어 대인관계를 해쳤다. 특히 가족에게 억압된 감정을 외부통제로 나타낸 것 같다. 억압된 감정은 상처가 되어 어려움이 발생할 때마다 내 삶을 지배했다. '이상적인 나'를 만들어 나 자신까지도 통제하고 있었다.

살아오며 마음의 상처가 있었다. 이는 계속된 근심과 원망하는 마음으로 남아 남을 탓하는 습관이 생겼다. 또한, 어릴 때 부모님과의 사랑·소속의 욕구좌절로 인한 두려움과 불안은 열등감으로 나타나 나를 괴롭혔다. 다만 외할머니의 있는 모습 그대로의 존중은 내가 살아가는 힘이 되었지만, 부모와의 분리는 불안하고 우울하여 낮은 자존감으로 이어졌다. 불안하고 외로운 감정을 억압하고 부정하면서 너무 일찍 어른이 되어 버렸나 보다.

나의 낮은 자존감은 부부관계에서 단절로 나타났다. 표면적인 싸움은 하지 않았다. 그러나 교양 있게 사는 단절된 부부관계는 싸움하고 사는 것보다 더 답답했다. 힘들고 어려울 때 울음으로 나타났다. 건강한 자기표현을 할 능력이 없었기 때문이다. 우리 부부를 함께 힘 빠지게 했다. 자녀 관계에서는 내가 목표를 정하여 강요하게 됐다. 자녀를 최고로 키워 인정받고자 하는 욕구가 발동했기 때문이다. 큰애는 몸의 아픔으로 나타났다. 작은애는 엄마가 원하는 것은 다 마음에서 거부하고 있었다. 이때 나는 가족들이 나를 힘들게 하고 괴롭힌다고만 생각했다.

자존감 회복은 관계 회복으로부터 시작되었다. 하나님과 바른 관계, 타인과 바른 관계, 특히 나 자신과의 바른 관계를 위해 노력했다. 신앙 생활로 나의 자화상이 바뀌었다. '현실치료상담'은 관계회복에 지혜를 주었다. 'P.E.T. 부모역할훈련'은 상대방의 감정을 읽어주고 내 감정 을 표현하여 억압된 감정을 건강하게 해소하는 데 도움이 되었다. 또 한, 가족을 방해하지 않는 범위 내에서 내 욕구충족에 관심을 가졌다. 사랑·소속의 욕구충족을 위하여 사랑받고 싶은 관심을 사랑하는 습 관으로 바꾸기 위해 노력했고, 성취의 욕구는 나를 이기는 습관으로 충 족했다. 지속적인 배움을 통하여 즐거움의 욕구, 자유의 욕구를 충족시 켰다. 나를 사랑하는, 건강하고 행복한 엄마를 먼저 만들었다.

자존감이 높아져서 내가 행복해지니 남편과 자녀도 더불어 행복해 졌다. 가족에게 심리적, 신체적인 건강을 가져왔다. 단절된 부부관계 는 소통된 관계가 되어 사소한 일도 함께 대화를 나누는 사이가 되었 다. 또한, 함께 성장에 대한 관심을 갖게 되었다. 자녀들도 사랑하고 믿어주었더니 엄마가 바라는 목표보다 더 좋은 결과를 얻게 되었다. 자신감 넘치는 전문가의 길을 걷고 있으며, 자기표현을 건강하게 잘 하는 행복한 자녀로 성장했다.

나만의 삶이 존재하는가

나만의 삶이 존재하는가? 결혼 후 가족에게 마음을 쏟았다.
최고의 아내, 최고의 엄마가 되어 최고의 가정을 이루고 싶었다.
이런 선택은 아이들이 커가며 허무함으로 남았다.

나는 어린 시절 시골 외할머니댁에서 자랐
다. 외삼촌이 안 계시다 보니 외할머니 막내딸의 맏이인 나는 자연스
럽게 할머니랑 지내게 되었다. 막내딸이 얼른 자리 잡고 살기를 바라
셨을 것이다. 할머니 혼자 지내기가 적적할 수도 있었다. 그런저런 이
유로 나는 아기 때부터 할머니와 단둘이 살게 되었다. 유아 때는 한 동
네 사는 사촌 언니들이 와서 업어주고 놀아주었다. 때로는 할머니의
등에 업혀 지냈다. 조금씩 커가며 들에 나가 농사일을 하고 오신 할머
니를 마냥 기다려야만 했다. 외할머니는 논밭 일을 마치고 집으로 들
어서는 마당에서부터 나를 '내 강아지, 내 강아지, 잘 있었는가!' 라고
부르며 들어오시곤 했다. 저녁을 물리고 나면 여러 가지 이야기를 밤
새 하셨다. 논에 물이 모자란 이야기, 밭에 풀이 나서 한참을 뽑았다는

이야기, 잘 크고 있는 채소와 곡식 이야기 등 뭔가를 말씀하시곤 했다. 특히 할머니의 젊은 시절 이야기는 지금도 슬픔으로 기억된다. 아들을 낳지 못해 할아버지께 구박받은 마음 아픈 이야기를 들은 날은 밤새 눈물이 흘렀다. 어린 나이지만 여인의 삶이 곤하게 느껴졌기 때문이다. 그런 할머니는 바느질 하여 추석이면 꽃다지 생활 한복을 맞춰 입혀주셨다. 동무들과 나지막한 언덕에서 한복을 입고 재미있게 놀았던 기억이 새롭다.

도시에 계신 부모님은 떨어져 있는 큰딸이 안쓰러우셨는지 빨간 스웨터와 감색 맘보바지를 사서 보내셨다. 그 당시에 많은 친구는 골지바지를 입었다. 지금도 골지 옷을 보면 시골 옷으로 인식될 만큼 골지 옷을 많이 입고 다녔다. 거기에 검정 상의 겉옷의 소매 끝은 미끌미끌했는데 모두 코가 많이 나와서 코를 소매 끝에 닦았기 때문이다. 입학식이 되면 으레 코를 닦으라고 가슴에 흰 수건을 달았던 생각이 난다. 검정 고무신에 책보를 허리에 차고 다니던 동무들과 달리 부모님 덕분에 빨간 스웨터와 감색 맘보바지는 나를 우쭐거리게 했다. 책보 대신 가방과 운동화에 예쁜 옷을 입은 나는 동화 속 주인공으로 착각하며 지냈다. 동 학년 친구들은 모두 9살, 10살, 심지어 12살까지 1학년에 있었다. 7살 어린 나이에 재를 넘어 초등학교에 다니던 추억은 힘들었다기보다 아련하고 아름답기만 하다. 친구들은 부모님을 도와 집안일을 할 만큼 커서 나는 대화 상대가 많지는 않았다. 상상하고 공상하는 것은 나의 일상이었다. 그러다가 책이란 걸 만나게 되어 상상과 공상하는 습관이 꽃을 피웠다.

할머니는 나만 챙기셨다. 나는 순둥이였다. 순하고 착하다가 나의 닉네임이다. 외손자녀 중에서 나는 할머니의 유일한 식구였다. 다른 사촌들도 매일 들락거리다시피 했지만 나를 다르게 대한 할머니의 모습은 어린 나이에도 느껴졌다. 지금은 모두 도시로 나와 살지만, 그 당시에는 할머니 집 근처에 이모들이 사셨다. 모두 어려웠던 시절이라서 식사를 했는지가 인사였다. 식구가 많은 가정은 밥숟갈을 하나 덜기 위하여 자녀들을 남의집살이를 시키던 그런 시절이었다. 부지런한 외조부모님 덕분에 살림이 있었던 것 같다. 외갓집 사방은 거의 유실수로 차 있었다. 복숭아나무, 배나무, 밤나무, 감나무, 도토리나무 등을 빼꼭하게 심어 놨다. 과일이 열리면 크고 먹음직스러운 것은 나에게 돌아왔다. 아무도 손을 못 대게 하셨다. 사랑하는 막내딸의 맏이인 나는 이렇게 할머니의 사랑을 듬뿍 받았다.

꿈같은 세월을 뒤로 하고 초등학교 4학년부터는 부산에서 다녔다. 너무 늦으면 학교 공부를 따라갈 수 없다는 부모님의 권유 때문이었다. 그 당시에는 중학교 입학이 시험제였기에 공부 열풍이 대단했다.

별빛과 달빛, 호롱불 아래서 할머니의 이야기를 들어주고 살았던 나는 당혹스러웠다. 시간이 흘러도 공부습관이 붙지 않았다. 시골학교에서는 복습한 기억이 없기에 공부 부담이 고달프게 다가왔다. 또한 할머니와 단둘이만 살았던 나는 동생들과 보이지 않는 경쟁이 느껴졌다. 식구가 많아 식사시간도 전쟁이었다. 맛있는 반찬을 하면 엄마는 골고루 나누어주셨다. 새로운 적응은 두려움과 함께 신선함으로 다가왔다.

집 앞이 만화방이었다. 만화방은 들락거리는 사람들이 많았다. 용기를 내어 들어가서 자리를 잡고 앉았다. 생각보다는 별로 취미가 없었다. 생각하는 습관이 붙은 나는 그림으로 표현한 것이 그렇게 재미있게 다가오지 않은 것 같다. 초등 5학년 말, 6학년이 되면서 글이 눈에 들어왔다. 그때부턴가 조금씩 공부에 눈을 떠가기 시작했다. 정책이 바뀌어 어느새 추첨으로 중학생이 되었고 공부에 탄력이 붙으며 책 읽기도 즐거움으로 변해갔다. 내향적이라 소수의 친구와만 교제했고 고등학교를 졸업하던 때까지 꿈꾸던 소녀였다. 베스트셀러보다 독특한 책을 읽은 생각이 난다. 기억난 책은 『세계문학전집』외에 『그리스·로마 신화』, 『일리아드·오디세이』등이었다. 내용은 기억이 나지 않는다. 그러나 그 당시 나에게는 행복한 시간이었다. 이렇게 나만의 삶은 꿈과 행복을 안겨주었다.

나만의 삶이 존재하는가? 결혼 후 가족에게 마음을 쏟았다. 최고의 아내, 최고의 엄마가 되어 최고의 가정을 이루고 싶었다. 이런 선택은 아이들이 커가며 허무함으로 남았다. 나는 누구인가? 밥하고 청소하는 데서 벗어나고 싶지만 '무엇을 먹을까, 입을까, 마실까?'는 항상 나의 숙제였다. 불만이 쌓이게 되고 불만은 자녀나 남편을 더 잘하라고 볶아대는 것을 선택하게 됐다. 차마 내가 나를 버릴 수가 없으니 남편이나 자녀가 나를 버려주면 좋겠다는 생각까지 들었다. 어디까지나 생각이 그랬다. 무엇이 내 마음을 불만스럽게 하는지를 몰랐다. 고함을 지르고 막무가내로 싸움을 하고 싶다는 생각이 지배했지만 다른 사람의 눈을 더 의식한 나는 그럴 용기도 없었다. 기도로 다스려 보지만 그때 뿐이다. 어디서 무엇이 잘못됐을까?

나는 남들의 눈을 의식하고 살았다. 사람 좋은 사람으로 보이고 싶었다. 이를 씨맨즈는 '초인적 자신'의 모습으로 사는 것이라고 했다. '초인적 자신'이란 다른 사람으로부터 사랑과 인정을 받고 이상적으로 보이려고 만들어 낸 거짓된 이미지라고 한다. 왜 나는 이런 삶을 선택했을까? 순하고 착하다는 닉네임을 버리고 싶지 않아서였다. 착한 이미지가 나를 보호해왔기 때문이다. 순하고 착하다는 소리는 오랫동안 따라다녔다. 성장해온 과정 속에서 할머니 외 가까운 지인들이 심어준 자화상이었다. 한편 어렸을 때에 부모와 떨어져 지냈던 불안은

'실제적인 자신'의 모습이 쭈그러들어 자라지 못했기 때문이다. 그래서 그런지 최고의 아내, 최고의 엄마로 살고 싶었다. 뿐만 아니라 시댁과 친정에도 인정받고 싶었다. 그러나 현실은 녹록지가 않았다. 마음만 분주했다. 꿈꾸는 삶은 사라지고 현실만 크게 보였다. 걱정이 되어 막막하고 불안하고 답답한 연속이었다. 어떻게 하면 더 잘 할까?는 나의 과업이 돼 버렸다.

어떻게 하면 더 잘 할까? 지식은 '이상적인 나'를 만들어 괴롭혔다. 학교와 사회, 그리고 책에서 터득했던 지식은 가족들에게 잘 해야 한다는 상식이 됐다. 나의 옳음으로 자리 잡았다. 내가 원하는 삶은 무엇인가? 이런 생각은 나지 않았다. 얇은 옳음으로 남에게는 최소한의 교양을 지켰다. 그러나 만만한 가족들은 힘닿는 대로 강요했다. 한 가지 배운 지식으로 가족과 상황을 바꾸려고만 하니 같이 힘들었다. 마음은 점점 메말라갔다. 메마른 상태에서 가족의 필요를 채워주는 것은 나를 더 힘들게 만들었다. 가장 큰 희생양은 가족이었다. 후회하면서도 반복하여 함께 고통을 경험하는 악순환이 계속됐다.

악순환을 바꿀 수 있을까? 이런 고민은 다행이었다. 나는 달라지기를 간절히 원하고 있었다. 원하면 얻는다. 상담공부가 첫 걸음이 됐다. 꼬집어서 말할 수는 없지만 몸과 마음이 가벼워졌다. 환경이 덜 보였다. 상황을 내어맡기게 됐다. 마흔이 넘어 시작한 공부로 아동청소년 상담을 했다. 마음이 상하여 하얀 눈동자만 남은 청소년, 웹툰에 빠져 있는 청소년, 누나만 사랑해준다고 죽겠다는 아동, 거짓말을 밥 먹듯이 하는 아동, 길가에 세워둔 오토바이는 자기 것으로 아는 청소년, 죽으려고 오토바이 야광질주를 선택한 청소년, 컴퓨터게임에 빠진 청소년, 왕자로 살다가 아버지 사업이 망하여 밖을 나오지 못한 청소년 등 수많은 아동청소년들을 상담했다. 상담으로 아동청소년들을 10년을 도와보리라 약속한 것을 실천했다. 그리고도 어느새 10년 가까운 세월이 더 흘러가고 있다. 나는 다만 아동·청소년들의 기본욕구가 충족될 수 있도록 도왔다. 현실치료 창안자 글라써는 인간에게는 사랑·소속의 욕구, 성취의 욕구, 자유의 욕구, 즐거움의 욕구, 생존의 욕구의 5가지 기본욕구가 있다고 했다. 사람은 욕구를 충족하기 위해 행동을 한다. 나는 그들의 생활에서 욕구 충족한 경험을 함께 나누고 인정해주었다. 아이들은 스스로 자기가 바라는 것을 찾기 시작하고 행동에 옮기게 되었다. 아동·청소년들을 도와주면서 악순환을 끊는 계기가 되었다.

나는 생각보다 소중한 존재이다. 나만의 삶을 찾을 필요가 있다. 이는 이기주의와는 다르다. 오히려 이타주의로 살아가는 출발이 된다. 내가 만족스럽지 않은 상태에서 가족을 위해 산다는 것은 함께 힘들어

질 수 있다. 나만의 삶을 어떻게 찾을까? 내가 바라는 것이 무엇인지를 찾아보았다. 나는 행복하기를 원하고 행복한 가정을 꿈꾸었다. 그런데 부정적인 행동과 감정이 나를 불편하게 했고 가족에게까지 영향을 미치고 있었다. 이런 불편함을 인식하게 되며 원하는 방향으로 살고 싶다는 간절함이 생겼다.

나는 아기 때부터 부모님과 떨어져 지냈다. 이는 부모님과 떨어진 불안과 우울, 외로움의 단골손님이 찾아오게 한 계기가 된 것 같다. 우울의 증거로 나는 눈물을 자주 흘린다. 화를 내지 못해서이다. 단골손님은 내가 힘들고 어려울 때 자주 찾아와서 괴롭혔다. 또한 순하고 착하다는 외할머니 외 가족들이 심어준 자화상으로 살아가려고 했다. 붙여준 닉네임으로 살려고 하다 보니 감정을 억압시켰던 것 같다. 억압된 감정은 상처가 되어 어려움이 생길 때 내 삶을 지배했다. 다른 사람을 의식하게 되었고, 잘하여 인정을 받으려고 하는 초인적 자신으로 살려고 하다 보니 더 많은 상한 감정을 몰고 왔다. 나의 상한 감정들은 낮은 자존감으로 이어졌다. 나만의 옳음이 생겼고 내 옳음으로 가족을 강요했다. 그나마 외할머니의 지극한 사랑은 단골손님을 바꿀 수 있는 큰 힘이 된 것 같다.

결혼과 육아는 나를 버리는 것인가

결혼이란 지금도 설레고 가슴이 두근거리며 입 꼬리가 올라간다.
그런 결혼의 기쁨은 잠시였다. 또 다른 선택은 하나를 포기하는 것을 의미한다.
인생에서 결혼의 선택은 책임감이라는 무게를 어깨에 메는 것 같았다.

　　　　　　　　달콤한 신혼인가 싶더니 첫 아이가 태어났
다. 행복이란 이를 두고 하는 말인가 보다. 두근거리고 기대되기도 했
지만 염려가 되기도 하던 중 다섯 손가락과 발가락이 다 붙어있음에
고마움과 함께 희열이 느껴졌다. 말로 형용할 수 없을 만큼 행복하고
세상이 새롭게 보였다. 자녀가 점점 자라가며 마음이 온통 자녀에게
쏠렸다. 제대로 앉지도 못한 아이를 모서리에 앉혀놓고 카메라를 눌렀
다. 아이가 똥을 싸도 귀엽고, 웃는 것도 우는 것도 다 예뻤다. 그야말
로 '사랑해, 사랑해, 사랑해'였다. 큰 애 키우기가 익숙해지기도 전에
2년 터울로 둘째가 태어났다. 손, 발가락이 투명하고 예쁜 둘째의 탄
생 선물은 고마웠다.

결혼이란 책임인가? 아내와 엄마로 분주하게 사는 것은 힘에 겨웠다. 거울 한 번을 제대로 못 본 것 같다. 신문 한 장을 제대로 보지 못했다. 나를 돌아볼 마음의 여유가 없었다. 나의 내면은 물론, 외모에 대해서도 관심을 가지는 것은 사치였다. 지금 생각해보면 그러지 않아도 될 것이었는데 그 또한 나의 선택이었다. 멋 부리고 다듬었던 내 모습은 온데 간 데 없었다. 큰 애를 유모차에 태우고 작은 애를 업고 시장을 누비는 아줌마가 되었다.

나는 늦게 결혼했다. 나의 20대에는 비교적 스무 서너 살을 전후로 결혼을 했던 시기이다. 대학을 졸업하고든지 직장생활을 1년 여 하면 결혼하여 전업주부를 선택하던 시절이었다. 나는 딱히 마땅한 배우자 감이 없었다. 좋다고 따라다니는 사람들이 더러 있었지만 내 마음이 움직이지 않았다. 직장에서는 노처녀라는 대열에 끼게 되었다. 관심을 보인다는 인사가 '언제 결혼해요?', '왜 아직 결혼 안하세요?' 였다. '언제 결혼할거냐?, 왜 결혼안하냐?' 소리가 30대 중후반까지 가끔씩 꿈에 나타나곤 했다. 직장을 그만두지도 못하고 내 마음이 무거웠다. 그러던 차에 27살 가을에 결혼을 하게 되었다. 요즘은 모두들 늦게 결혼을 한다. 아예 선택을 하지 않는 사람들도 늘어난다. 오랜 세월동안 꿈까지 꾸며 괴로웠던 나를 돌아보니 젊은이들에게 결혼에 대하여 쉽게 말하는 것은 아닌 것 같다.

나는 대인관계가 어려웠다. 부끄러움이 많았고 남 앞에 나서기는 정말 싫었다. 외할머니와의 상호작용에서 '예, 아니요'의 짧은 대답이 전부였다. 그래도 필요가 충족이 됐다. 할머니와 단 둘이 사는 것은 경쟁할 일이 없었다. 순둥이라서 떼를 쓸 일도 없었다. 그럼에도 순하고 착하다는 할머니가 붙여준 닉네임은 커가면서 부담이 되어 다가왔다. 내면에서 나도 떼를 쓰고 살고 싶은 욕구가 올라왔다. 다만 붙여진 닉네임대로 살아 대접받고 싶은 욕구가 나를 절제하게 했다. 그런 삶은 나를 더욱 불편하게 했다. 그렇게 살다보니 도시로 와서는 조용하고 말없는 것을 자연스럽게 선택하게 되었다.

조용하고 말없다는 것은 나만의 무기가 되었다. 결혼 전이나 결혼 후에도 조용하게 살았다. 그렇게 지내는 섯이 익숙하고 편했다. 다만 자녀들은 나보다는 밝고 명랑하여 다행이라고 생각했다. 그런데 여럿이 모인 장소에 가보면 우리 아이들이 순하다는 생각이 들었다. 엄마의 영향인 것 같다. 송아지는 소를 닮고 자녀는 엄마를 닮는가보다. 부모의 정서를 자녀가 닮는다고 하더니 이 말인가? 자녀는 살아갈 희망을 주는 내 인생의 또 다른 이유이다. 엄마가 교회반주를 했고 음악을 가까이 해서 그런지 큰애는 생글생글하게 잘 웃었다. 그럼에도 잠이 들지 못해 무섭다고 이야기할 때가 있었다. 이야기를 들려주다가 음악을 틀어주면 스르르 잠이 들곤 했다. 자녀를 양육하며 나만의 무기인

순하고 착한 모습은 점점 힘을 잃어갔다. 조용하고 말이 없다는 게 자부심이었는데 조금씩 저돌적으로 변해가고 있었다. 엄마의 힘인가? 엄마의 힘을 아이들에게 몽땅 쏟아 버렸다. 어느새 나는 소진이 되어 점점 마음이 지치고 힘들어졌다.

남편에게는 언제부터인지 함부로 대하고 신경을 못 쓰게 되었다. 잘 가꾸고 예뻤다고 자부하던 내 모습은 온데간데 없이 사라지고 정신이 하나도 없는 세월을 보냈다. '나는 무엇인가?' 부모님 밑에서 소중하고 예쁘게 컸는데 남편 수종자로 변해 있다는 부정적인 생각이 들었다. 집안일은 당연히 내 차지여서 벅찼다. 그 때는 가사 일을 왜 분담하지 못했을까! 남편에게 도움을 요청할 줄도 몰랐다. 그러면서 주로 하는 행동은 짜증부리기 였다. 짜증을 부리고 나면 그런 내가 싫어져 후회스러웠으나 반복하고 있었다. 내 몰골이 여러 가지로 우스워졌다. 자고 눈뜨고를 반복하며 정신없이 그렇게 살았다. 가족을 돌본다고 지쳐있는 내 몰골은 우스웠다. 인생이란 무엇인가? 가수 최희준의 노랫말이 예사로 들리지 않았다.

외모, 지위, 성공처럼 눈에 보이는 것은 잠깐이다. 그러나 보이지 않는 것은 영원하다. 결혼이란 지금도 설레고 가슴이 두근거리며 입꼬리가 올라간다. 그런 결혼의 기쁨은 잠시였다. 또 다른 선택은 하나를 포기하는 것을 의미한다. 꿈을 꾸며 살던 인생에서 결혼의 선택은 책임감이라는 무게를 어깨에 메는 것 같았다. 빨아놓은 옷 꺼내 입으면 되고 해 놓은 밥도 먹기 싫다고 투정을 부렸던 미혼시절은 꿈같은 생활이었다. 영원토록 꿈을 꿀 수는 없었다. 깨어서 아침을 맞아야 하는 것이다. 아침이란 무엇이든지 활동해야 함을 말한다. 아내라는 책임, 엄마라는 책임은 처음에는 소꿉장난하듯이 재미있고 신기했다. 그런데 시간이 흐르면서 사표를 내고 싶다는 마음이 속에서부터 밀려왔다. 친정집에 가서 딸로 대접받고 싶은 마음이 간절했다.

내 인생은 내가 선택한다. 힘이 들고 지치다 보니 나를 한 번 돌아보게 되었다. 결혼 전에는 부모님께 결혼생활의 절반의 절반도 하지 못했다. 왜 그랬을까? 어머니는 혼자 과도하게 책임을 진 것 같았다. 특별한 일이 없는 한 우리들에게 집안일을 시키지 않았다. 오직 공부를 열심히 하기를 바라셨다. 그러다가 힘에 겨우면 제대로 하라고 한 마디 하신 것 같다. 얼마나 힘들었을까? 어머니의 마음이 읽어지기 시작했다. 여자의 인생은 무엇인가! 딸 다섯을 낳고 아들을 늦게 낳아 평생 하신 일이라고는 자식들 뒷바라지 하느라 허리가 휠 지경이다. 도시락을 5개, 6개씩이나 싸며 우리 엄마는 얼마나 애간장이 녹았을까! 육성회비 내는 날도 금방 돌아와 고통스러워하시는 어머니의 모습이 눈에 어른거린다. 동생들은 학용품 물려받는 고충을 지금도 이야기하곤 한다. 이렇게 엄마는 우리를 희생하며 키우셨다. 나는 엄마를 닮았을까! 과도한 책임감이 엄마를 닮은 것 같다.

지금 엄마는 허리 수술을 두 번이나 하셨다. 제대로 허리를 쓰지 못하여 아프고 답답해하신다. 그런 어머니를 마음 같아서는 자주 찾아뵙고 싶으나 현실이 녹록치 않다. 이런 생각들은 나를 괴롭게 한다. 나는 결혼이라는 굴레에 갇혀 이 가정에 종이 되려고 온 건가! 힘들고 지친 나의 마음은 이렇게 바닥까지 내려가 나를 괴롭혔다. 이런 생각이 날 때면 화가 난다. 내가 미워지고 남편은 더 미워진다. 그러다 보니 이것저것을 간섭하게 되고 내 옳은 것으로 남편을 판단하며 고치려고 하는 외부통제가 시작이 됐다.

외부통제란 한 개인이 다른 사람을 자신이 원하는 대로 행동하도록 만들기 위해 강요하고 통제하는 것이다. 현실치료상담 창안자 윌리엄 글라써는 내외통제성을 대인관계의 관점에서 연구했다. 강요하고 처벌하는 외부통제는 인간관계형성에 매우 파괴적인 영향을 미쳐, 중독과 같은 문제의 원인이 된다고 주장했다. 외부 통제가 우리 생활에 미치는 피해와 관련된 행동으로 비난하기, 비판하기, 불평하기, 잔소리하기, 협박하기, 벌하기, 매수·회유하기 등의 7가지 치명적 습관을 들고 있다. 외부통제의 3가지 믿음은 첫째, 외부 정보가 나의 행동을 유발한다. 둘째, 나는 다른 사람을 통제할 수 있다. 셋째, 나는 당신이 무엇을 해야 하는지를 알고 있다는 것이다. 이러한 외부통제의 믿음이 우리 삶이 불행한 주요 원인이며, 그 대안으로 내부통제 즉 선택이론을 사용하는 것이 정신건강과 행복으로 가는 길이라고 했다.

선택이론은 인간이 왜, 어떻게 행동하는가를 설명해 주는 이론이다. 그 행동의 대부분은 내면적인 개인동기에 의해서, 인간의 기본욕구를 충족시키기 위해서 인간이 선택한 것이라고 했다. 선택이론에서는 경청하기, 존중하기, 수용하기, 믿어주기, 격려하기, 지지하기, 불일치협상하기 등의 7가지 관계형성에 도움이 되는 습관을 제시하고 있다. 이러한 행동을 반복적으로 선택할 때 다른 사람과 좋은 관계를 형성할 수 있다고 보았다.

가출이란 걸 두 번 시도했다. '나는 지금 무엇을 하고 있는가?' 라는 물음과 함께 아내로서의 삶이 벅차서 신혼시절 때 혼자서 바닷가를 찾았다. 바닷물은 혼자서 왔다 갔다를 말없이 반복하고 있다. '바닷물도 반복적인 일상에 화가 날까?' 이런 생각을 해보다가 눈물이 흘러내린다. '나는 왜 부족한가?' 라는 생각이 나를 힘들게 했기 때문이다. 그것도 잠시, 앉았다 섰다를 반복하다 걱정이 되어 집으로 돌아왔다. 집안은 무슨 일이 있었느냐는 듯이 조용했다. 남편도 평상시와 다름이 없었다. 내 마음만 요동을 쳤던 것이다.

큰애가 초등학교 들어가기 직전에 두 번째의 가출을 했다. 가슴이 답답하여 슬리퍼를 신은 지도 모르고 무작정 버스를 탔다. 영도까지 가는 버스였다. 자리에 앉자마자 흐르는 눈물은 그칠 줄을 몰랐다. 아내라는 존재, 엄마라는 존재가 무엇인지 나에게는 벅차고 힘들었다. 아무리 멈추려고해도 계속 눈물이 흘러내렸다. 다른 사람의 시선도 의식되지 않았다. 흘러내리는 눈물을 보듬으며 용기가 부족하여 끝까지 가지도 못했다. 중간에서 내렸다. 나이 많은 할머니들이 시장 길가에 야채를 놓고 팔고 있었다. 이러 저리 돌아다니다 겨우 한 행동은 공중전화에서 전화걸기였다. 그래도 걱정은 자녀들이었다. 남편의 목소리는 무슨 일이 있느냐는 듯이 씩씩하기만 하다. '어딘데? 어서 와~' 첫마디였다. 몇 바퀴 더 돌다가 나를 기다리는 사람이 있다는 생각에 집으로 오는 버스를 타고 말았다. 해가 저물어가고 있었다. 내가 없어서 풀이 죽어 있으리라 상상을 하고 집에 왔는데 집에서는 라면을 끓여서 맛있다고 '호호 하하' 하며 남편과 아이들이 먹고 있었다. 얄밉기도 하고 고맙기도 했다.

부부갈등과 자녀를 키우는 애로사항이 줄을 섰다. 자녀를 잘 키우는 것을 역사적 사명으로 알고 매달려 보았지만 고달프기만 했다. 학년이 높아지면서 자녀교육비가 만만치 않아 멋 부리기를 꿈꾸는 것조차 미안할 지경이 되었다. 게다가 자녀들이 대학생, 고등학생이 되고 보니 엄마 손길이 필요하지 않았다. 허전했다. 누구를 위해서 무엇을 위해서 살아왔는지 허무한 생각에 눈물이 났다. '무엇이 더 중요했나?' 갈급함으로 내딛은 상담공부는 행복이 무엇인지 알게 해주었다. 나를 알아가는 시간이 물을 만난 고기 같은 느낌이었다. 프로그램이 있을 때마다 뭉쳐 다녔다. 무엇을 공부해야 하는지 목표도 없이 시작한 프로그램이 끝날 때면 다음 프로그램을 기다렸다.

남편을 미워했던 내 마음은 사실은 억압된 감정이었다. 괜히 남편에게 억압된 감정을 쏟아놓은 것이다. 묵묵히 기다려준 남편이 고마운 존재로 보인다. 자녀들이 부족한 엄마를 만나서 얼마나 힘들었을까를 생각해보면 미안한 마음이 든다. 내가 아이들을 잘 키우고 싶었지 아이들이 원했던 것이 아니었다. 내가 원하는 것을 아이들에게 강요했고 윽박지르고 화를 내고 결국 최종 화살은 남편이 맞아야 했다. 교양 있게 살고 싶은데 내 마음대로 되지 않았다. 나는 이 모든 것을 환경탓을 하였다. 숨을 바르게 쉬고 정신을 차려보니 환경 탓이 아니라 내가 선택한 삶이었다. 가장 큰 피해자는 가족이었다.

어릴 때 부모와 떨어져 지낸 불안과 두려움으로 '나는 부족하다.'라는 낮은 자존감을 자연스럽게 형성했다. 낮은 자존감은 대인관계의 어려움으로, 가족을 바꾸려는 외부통제(상처를 주는 습관)로 나타났다. 불안과 두려움의 단골손님은 내 속에 있던 사랑하는 마음을 앗아갔다. 상한 감정을 해소하지 않은 채 집안일과 자녀양육을 과도하게 책임지다 보니 마음이 곱절 힘들어진 것 같다.

TV가 없어도 살 수 있을까

어느새 눈을 뜨면 TV부터 켰다. 잠자리 드는 그 순간까지 TV를 틀어놓는
습관이 생겼다. 삶은 점점 더 무의미해져가고 부정적인 정서는 나를 지배하였다.
쾌락을 지속적으로 즐기다보니 중독으로 이어진 것 같았다.

TV는 한 때 부의 상징이었다. 시골 외할머
니 댁에서 학교를 다닐 때 가정환경조사를 했다. 벽시계, 재봉틀이 있
는지 체크하는 것이었다. 농토가 많고 잘 사는 집에서는 부의 상징으
로 벽시계와 재봉틀이 있었다. 도시에 와 보니 TV와 전화가 있는지,
피아노가 있는지, 자가인지, 전세인지 등이 추가되었다. 지금은 모든
것이 선택이다. TV를 일부러 사지 않는 가정, 전화 역시 이미 폰으로
대체되었다. 흑백 TV에서 칼라 TV로 발전하였고 지금은 컴퓨터나
폰으로 보고 싶은 프로그램을 마음껏 볼 수 있다.

TV가 안방에 위치하고 있었다. 아버지는 좋아하던 뉴스와 시사 프로
그램을 독차지하며 보셨다. 감히 아버지께 보고 싶은 프로그램을 말하지

못했다. 부녀사이의 심리적인 거리가 멀었나 보다. 아버지의 권위가 부담이 된 것 같다. 아버지는 우리들에게 혼을 내진 않으셨지만 다정하지도 않으셨다. 다만 자녀들 공부에 대한 관심은 높으셨다. 딸 다섯을 공부시킨다는 목적으로 도시에 왔고 대학이라는 곳을 모두 보내셨기 때문이다. 그 당시에 소수를 제외하고는 딸들은 직장을 다녀 오빠나 남동생을 뒷바라지하던 시대였다. 그런 시절에 자녀교육에 관심을 보였던 아버지였다. 친정에서 모일 때 우리 형제들은 부모님이 학문에 눈을 뜨게 해 준 것에 대하여는 고맙게 여긴다고 한마디씩 한다. 그런 아버지였지만 뭔가 모르게 왕따 같은 느낌이었다. 이질감이 느껴졌다. 나는 켜놓은 프로그램을 멍하니 보다가 살며시 안방을 나와 버렸다. 회피적인 부녀관계 였다. 어쩌면 이 또한 나에게 책을 가까이하는 계기가 된 것 같다.

아버지는 책을 늘 끼고 사셨다. 큰아버지는 배움이 적어 시골에서 농사일에 전념하셨다. 반면 아버지는 시골에서 도시로 유학을 하신 분이였다. 혼자만의 도도함과 오만함은 겉으로는 유하나 본인만의 아집이 대단하셨다. 배운 분이 아무 일이나 할 수 없는 애로사항이 있었을 것 같다. 책대로 살려고 하다 보니 현실적응이 어려우셨던 것 같다. 그런 표시를 내지 않으려고 애를 쓰신 것 같다. 아버지의 권위적인 태도로 가족들과 더 멀어져만 갔다. 아버지만 오시면 긴장이 되었고 그런 삶은 더욱 아버지를 독단적으로 만든 것 같다. 그리고는 TV 뿐만 아니라 모든 면에서 자신의 주장을 굽히지 않으셨다. 우리 식구들은 아버지를 고집이 세고 불편한 분으로 여겼다. 다만 책을 가까이 두고 생활하며, 주무시는 그 순간까지 책을 읽었던 점은 내가 닮은 부분이다.

나는 아버지를 닮았나! 아버지는 현실감각이 떨어져서 어머니께 퉁을 먹곤 하셨다. 나 역시 현실감각이 한참 떨어졌다. 꿈꾸듯이 몽롱한 인생을 산 것 같다. 생활에서 욕심이 별로 없다. 공부를 못해도 부끄럽거나 속상한 줄 몰랐다. 달리기를 못해도 붓글씨를 못 써도 그림을 못 그려도 게시판 뒤에 내 이름이 붙지 않아도 그냥 그랬다. 책을 친구로 상상하며 꿈을 꾸며 현실을 망각하고 지냈다. 시골에서는 하늘을 보고 산자락을 보고 들판을 보고 살았다. 바라보는 것이 무엇인가가 인생의 중요한 나침반 역할을 한다. 호오도온의 '큰 바위 얼굴' 이라는 작품에서는 마을 사람들이 큰 바위 얼굴을 닮은 사람을 기다렸다. 세상에서 좋은 직업을 갖고 출세하고 성공한 사람이라고 생각했으나 아침저녁으로 큰 바위얼굴을 쳐다 본 어니스트에게 큰 바위얼굴의 모습이 보였다. 나는 공부로 성공한 것도 아니고 경제적인 성공이라는 것을 이루지는 못했다. 보이는 면에서는 아무 존재감이 없었지만 책을 읽어서인지 내면은 항상 풍성했다. 걱정과 고민이 없었다.

언제부터인가 TV를 트는 습관이 생겼다. TV는 쾌락의 도구이다.

자녀들이 점점 고학년이 되며 교육이다 뭐다 걱정이 많아졌다. 제대로 보지 않으면서 일단 틀어놓고 하루를 시작하고 마무리했다. TV를 멍하니 쳐다보고 있으면 복잡한 심정이 누그러졌다. 내 마음이 누그러질 때 쯤 TV를 끄고 집안 식구들을 닦달했다. 제대로 하라고 돌아가며 못마땅한 모습을 지적했다. 나 외에 가족들이 TV를 보면 잔소리를 해댔다. 내가 보는 것은 용서되지만 가족들이 보는 것은 용서되지 않았다. 혼자서 열심히 TV를 보다가 가족들이 들어오면 얼른 TV를 껐다. 책을 꺼내 읽고 있었다. 언제부터 이렇게 되었는지 나는 참 이중인격도 모자라 다중인격자다. 스트레스가 많은 시기였던 것 같다.

TV는 나를 스트레스와 외로움에서 벗어나게 해주었다. 언제부터인가 외롭다는 마음이 들었다. 그 외로움에서 벗어나게 해주는 도구가 TV였다. 드라마 중에서 부부갈등에 대한 드라마가 더 꽂혔다. 드라마를 보며 남편의 사소한 행동이 드라마에 대입되기도 했다. 대화의 기술이 함께 부족했던 우리는 서로의 마음을 헤아릴 줄도 모르고 그저 의견만 내 놓았다. 남편은 무슨 소리냐며 나를 더 이상하다는 듯이 대하는 태도가 더 얄미웠다. 이해받지 못하였기 때문이다. 답답하고 먹먹한 나의 부정적인 정서는 내 삶을 망가뜨려 가기 시작했고 가족들을 못살게 구는 도구가 되었다. 그 때는 몰랐다. 벗어나고자 하는 인식조차도 없었으니까. 그리고 답을 몰랐으니까.

TV는 스트레스로 인한 부정적인 정서를 일시적으로 즐겁게 하는데 도움을 주었다. 긴장되고 답답하고 숨 막히던 머리와 마음을 잠깐은 진정시켜 주었기 때문이다. 그래서 TV를 틀어놓고 있다. 가수들의 노래를 들으며 눈물을 흘리며 공감하고 가슴을 졸인다. 애절한 사연을 들으며 감동을 받는다. TV가 나의 스트레스를 해소해주는 도구로 자리 잡았다. 어느새 눈을 뜨면 TV부터 켰다. 잠자리 드는 그 순간까지 TV를 틀어놓는 습관이 생겼다. 삶은 점점 더 무의미해져가고 부정적인 정서는 나를 지배하였다. 쾌락을 지속적으로 즐기다보니 중독으로 이어진 것 같았다. 이러한 중독은 집중력을 방해했다. 책이나 신문이 눈에 잘 들어오지 않았다. 삶이 무료했다.

수요일을 미디어 금식의 날로 선포했다. 이래서는 안 되겠다 싶어서 용기를 냈다. 살면서 멈출 수 있는 용기는 멋지다. 자신을 이기는 연습을 했다. 집 근처 도서관을 찾았다. 많은 사람들이 도서관에 앉아 있었다. 나도 목표를 가지고 저런 시절이 있었는데 라는 생각과 아울러 열심히 공부하는 그들이 기특하고 고맙게 여겨졌다. 도서관에서 빌린 책을 보다가 뒷산을 올랐다. 무장애숲길이란 것이 생겼기 때문이다. 요즘은 거리거리에 환경과 건강에 대한 관심이 높아져서 휴식을 취할 곳이 많다. 평지 같은 산을 오르며 나를 위해 굳건하게 서 있어준 나무들과 숲들에 고마움을 전했다. 걸으면서 해결되지 않는 문제는 없다고 한다. 스트레스를 긍정적 정서로 바꿔주기 때문이다. 가족과의 어려움, 타인과의 인간관계 문제, 경제적인 문제, 진로에 대한 고민 등을 안고 산을 오른다. 어느새 문제는 내려놓고 멋진 하늘과 하늘거리며 자태를 뽐내는 나무들에 취해있다. 내 속의 이산화탄소 저장고는 줄어들고 산소로 채워지는 시간이다.

몸과 마음과 영혼은 자주 청소해야 한다. 산을 오르다 보니 마음이 정화되는 느낌을 받는다. 내 몸 역시 머리부터 발끝까지 시원한 느낌이다. 그러다 게으름이 나를 유혹하면 산에 오르지 못했다. 걷는 것을 쉬어주면 몸이 무겁다고 말을 해준다. 책 읽는 것을 중단하면 마음에 안개가 낀다. 영혼을 소홀히 함도 마찬가지이다. 내 몸은 적절한 시간에 먹어주고 쉬어주고 운동을 해야 한다. 내 마음과 영혼을 위해서도 시간시간 노력을 해야 한다. 하나라도 기울어지면 삶의 균형이 깨져서 심신이 함께 불편해진다.

스트레스가 쌓였을 때 어떻게 해결해야 하는지를 몰랐다. 충족되지 못한 욕구와 감정의 고통을 이기기 위한 도구는 TV시청이었다. TV시청은 일시적인 쾌락을 주어 어느새 습관으로, 중독으로 자리를 잡았다. 그렇지만 행복하지는 못했다. 어릴 때 받은 마음의 상처, 살아오면서 받은 상처들은 관계에서 풀어야 했다. 그러나 인간관계에서 풀 능력이 부족하니 쾌락을 따라가기 시작한 것 같다.

내 마음은 왜 경쟁하는 것일까

내 마음은 완전히 무너져 버렸다. 어디 가서 조용히 몇 주 쉬고 싶었다.
현실에서는 점점 더 초조해지고 폭발할 것만 같았다.
성공에의 몸부림으로 방방 뛰어보지만 성과는 멀게만 느껴졌다.

시골에서의 생활은 단조로웠지만 평안했다. 여유가 있었기 때문이다. 집 평수가 좁다고, 공부를 못한다고, 얼굴이 못생겼다고 경쟁할 필요가 없었다. 먹을 것이 생겨도 함께 나누어 먹고 이웃이 바쁘면 서로 품앗이를 해주기도 했다. 주어진 환경에 모두들 적응하고 살았다. 어린 나 역시 할머니와 지내다 보니 얻고자 애쓸 필요는 없었다. 할머니의 있는 모습 그대로의 사랑이 나에게 평안함을 제공해 준 것 같다. 학교에서 배운 대로 마당에 화단을 만들어 각종 꽃들을 심었다. 여러 가지 예쁜 꽃들에게 물을 주며 말을 걸어준 꽃밭은 할머니와 나의 관심이었다. 행복했다.

시골에서의 아련한 추억들은 마음의 풍성을 안겨주었다. 봄에 쑥을

캐서 쑥버무리기를 해 먹으며 이웃과 즐겁게 지냈다. 여름에는 감자를 한없이 긁었다. 밭에 수박을 심었는데 잘 익지 않은 작은 수박에 사카린을 넣어서 먹었던 기억이 있다. 불그레하게 처녀 볼처럼 익어 축 쳐진 복숭아나무와 자두나무에서 딴 맛있는 과일들, 가을이면 밤나무, 감나무, 도토리나무에서의 열매들을 안겨 준, 나무가 울창한 할머니 댁이었다. 겨울이면 얼음 미끄럼틀을 만들어 탔던 기억들, 큰방에서 친구들과 오자미를 2개, 3개, 4개로 노래를 부르며 놀았던 것이 생각난다. 겨울밤에는 땅에 파묻어 놓았던 무를 긁어서 할머니와 먹었던 그 시원한 맛은 잊을 수가 없다. 어린 내 눈에는 지금도 그림을 그릴 수 있을 정도로 할머니 댁은 최고의 집이었다. 산자락과 들판 도랑물 등도 한 폭의 그림처럼 내 마음에 그려진다.

최선을 다하라는 말은 부담스러운 단어이다. 도시에 오니 열심히 해라, 최선을 다하라는 소리가 계속 들려왔다. 내 마음에는 와 닿지 않았다. 그 때는 70여명이 한 반이었다. 과외 없이 상위권에 있었다는 것은 부모님께 공부에 대한 기대를 하게 했는가보다. 생각해봐도 공부를 그렇게 심각하게 해 본 적은 별로 없다. 공부는 그야말로 학교에서만 했다. 그나마 시험 때는 친구랑 이 집, 저 집을 몰려다니며 공부하는 시늉을 냈었다. 책 읽고 꿈꾸는 삶이 전부였다. 부모님의 공부에 대한 채근에 마음이 눌렸다. 평준화로 입학한 중학교에서는 상위 몇 프로에 해당하는 학생들을 벽보에 써 붙이며 특별반이라는 이름으로 관리를 받았다. 더불어 체력관리를 잘 해야 한다고 구덕운동장 옆 산복도로를 선생님과 함께 구보했던 기억이 새록새록 난다. 고교에서도 공부를 잘하는 대접은 어느 정도 받았다. 그런 내가 고교 졸업 후 처음으로 대입낙방이라는 고배를 맛봤다. 하늘이 다르게 보였다. 집밖에 나가기가 부끄러웠다. 모든 사람이 나만 쳐다볼 것 같았기 때문이었다.

좌절이 보약이 됐다. 대입에 실패하기 전에는 공부가 가장 쉬웠고 하면 된다는 마음으로 겁이 나지 않았다. 그렇지만 대입낙방이라는 한 번의 실패로 인생을 많이 생각하게 되었다. 부모님과 어른들이 그렇게 많이 했던 최선을 다하라는 말이 그제야 들렸다. 20여년 만에 처음 맛본 좌절은 큰 고통이 되었다. 고통은 한동안 헤어 나오지 못할 정도로 나를 침륜에 빠지게 했다. 힘이 빠지고 식음을 전폐하게까지 만들었다. 그런 좌절이 내 인생을 변화시켰다. 처음으로 철이 든 느낌이고 모든 일에 진지한 습관이 배이게 되었기 때문이다. 최선을 다하라는 말을 내 삶에 적용하기 시작했다.

최선을 다하라는 말은 어느새 내 옳음으로 자리를 잡았다. 최선을 다하지 않는 것 같은 상황에 대하여는 마음으로 못 마땅히 여겼다. 상대방 마음을 불편하게 했을 터이다. 어느새 내가 표준인 것처럼 되어

갔다. 대인관계에서 선택한 것은 비자기표현형이었다. 사람 좋다는 소리를 포기하고 싶지 않아서이다. 이는 가정에서도 역시 적용이 되었다. 신혼의 달콤함이 사그라지더니 고마웠던 남편의 고칠 점이 눈에 점점 보이기 시작했다. 멋있다고 생각됐던 모든 행동들이 거슬리지 시작했다. 어째 그럴 수가 있을까! 왜 저래! 라며 못마땅하게 보였다. 남편이 잘못하고 잘하고가 아니라 내가 그렇게 본 것이다.

아이들만은 내게 특별했다. 어디 내 마음만 그럴까? 대부분의 부모 마음일 것이다. 아이들의 행복을 위하여 최고가 되기를 바랐다. 진정한 행복을 몰랐다. 최고로 키우려고 선택한 것이 아이들에게는 강요가 되었다. 초등학생인데 밤늦게까지 복습과 예습을 시키며 얼마나 통제했던지 침대에 오줌을 쌌다. 그 때는 답을 몰랐다. 그냥 방광이 약한 줄 알았다. 아이 학교를 보내고 쓰레기 분리수거를 하려고 현관문을 나섰다. 엘리베이터 한쪽 벽에 우리 아이가 서 있었다. 아이는 "엄마, 나 아파서 학교 가기 힘들어." 라고 말했다. 아니 아직도 학교를 안 갔다는 말인가! 나는 당황스러웠지만 "오늘은 쉬자."라고 말하며 아이를 쉬게 했다. 그리고도 몰랐다. 아이 목표를 내가 세워 아이를 몰아갔다. 1등 엄마가 되고 싶었다. 아이가 아파서 가끔씩 학교 양호실에 간다고 했다. 양호선생님과 친하단다. 아프다는 소리는 잘 들리지도 않았다. '그래, 우리 아이는 인기가 많구나.' 라는 착각을 하며 아이를 몰랐다. 어느 날 학교 양호선생님으로부터 애가 이렇게 아픈데 부모님은 뭐하냐는 연락이 왔다. 병원에 데리고 가 보란다.

동네 병원에 갔다. 입술은 하얗고 병명을 모르니 준 종합병원을 추천했다. 준 종합병원에서는 대학병원을 추천했다. 대학병원에서 20여 년 전에 200여만 원을 들여 머리끝에서 발끝까지 검사를 받았다. 얼마나 울고 초조했는지 모른다. 결과는 병명이 없단다. 다행이었다. 그렇게 큰 애는 나에게 벗어났다. 안심이 되면서도 허탈하고 다리에 힘이 빠졌다. 그래도 나를 몰랐다. 지금부터는 작은애다. 막내에게 공을 들이고 싶었다. 정말 눈이 뒤집혔나보다. 무엇이 어디서 잘 못 되었는지 몰랐다. 이 학원 저 학원을 알아보고 필요한 것은 다 해서 작품을 만들고 싶었다. 잘 따라주었으나 내 마음은 점점 고달파졌다. 고1인가 어느 날 둘째아이에게서 "엄마 미워, 엄마 미워"라는 소리를 들었다. "지금 뭐라고 했니?" 같이 때리고 울었다. 어쩌면 저런 말을 할 수 있을까! 내가 저를 어떻게 키웠는데... 절망스러웠다.

내 마음은 완전히 무너져 버렸다. 어디 가서 조용히 몇 주 쉬고 싶었다. 현실에서는 점점 더 초조해지고 폭발할 것만 같았다. 성공에의 몸부림으로 방방 뛰어보지만 성과는 멀게만 느껴졌다. 마음은 점점 무거워지고 혼자서 분주하기만 했다. 내일 일을 염려하지 말라고 했지만 들리지 않았다. 자녀와 남편, 나의 미래를 생각하면 암울하기만 했다.

걱정이 지나쳐 무기력으로 이어졌다. 좋은 책을 집어 들어도 내용이 들어오지를 않았다. 시간을 내어 책을 읽으면 더 화가 났다. 책대로 살지 못하는 속상함 때문이었다. 의문의 문장은 나를 더 약 올리는 것 같았다. 이 좋은 내용을 실천해보고 싶은데 가족들이 협조를 안 해 준다고 생각이 됐기 때문이다. 내가 다르게 살 생각을 하지 못한 시기였다. 힘이 들고 지치면 가족들에게 탓을 했다. 모든 것은 너의 잘못이고 너의 잘못으로 인하여 내가 이런 고통을 당하고 있다며 억울해했다. 스트레스가 이어지며 경쟁하고 비교하고 성취에 대한 집착으로 내딛었다. 성공만 하려고 하니 마음이 굳어졌다.

할머니의 사랑이 나에게 힘이 되었지만 나 역시 할머니를 힘들게 하지 않으려고 애를 많이 쓴 것 같다. 어릴 때 부모와 떨어져 지냈던 불안과 외로움, 살아오면서 상한 마음은 성취에 대한 관심으로 나타났다. 마음 상함을 표현하지 못하여 이어진 낮은 자존감으로 완벽주의자로서의 삶을 살았다. 정동섭의 〈행복의 심리학〉에서는 벤-샤하르의 완벽주의와 최적주의의 차이에 대해 설명하고 있다. 완벽주의자는 타인의 평가를 두려워하며 심리적인 방어기제가 강하고 자신의 생각을 타인에게 강요하여 관계가 어그러지기 쉽다. 상대가 실수를 하면, '어떻게 그럴 수가 있어! 왜 그래?' 등으로 반응한다고 했다. 내 이야기이다. '그럴 수도 있지' 라는 최적주의 태도로 삶의 패러다임을 바꿀 줄을 몰랐다.

습관적인 염려는 왜 하는 것일까

할머니의 사랑을 많이 받았다고 생각했지만 어린 나도 할머니에게
잘 보이고 싶은 몸부림이 있었는가 보다. 상한 감정을 표현하지 못한 채 억압하며
성공에만 집착하다 보니 근심이 습관이 됐던 것 같다.

초등학교 2학년 때인가 보다. 부모와 떨어져 외할머니와 생활하는 내가 안쓰러웠는지 도시에 계신 부모님이 나를 생각해서 하늘색 슬리퍼를 보내셨다. 그 때 다른 친구들은 검정 고무신을 신고 다녔기에 하늘색 슬리퍼가 나에게는 너무나 소중했다. 하늘색 슬리퍼를 신고 학교에서 놀다가 목이 말라서 우물에 갔다. 그 때 우물은 교장선생님 사택에 있었다. 두레박을 힘껏 던지다가 내가 우물 안으로 딸려 들어가 버렸다. 무섭고 겁에 질렸다. 죽는가보다 했는데 다행히 물이 깊지 않았고 지나가던 어른이 나를 건져주었다. 살아보려고 두레박을 힘껏 잡았는데 미끄러져 당황스러웠던 기억이 있다. 살고 싶었는가 보다. 복숭아뼈 옆에 피가 났고 크게 다치진 않았지만 너무 놀랐다. 무엇보다 그렇게 소중하게 여기던 슬리퍼가 우물에 빠져버려 속상했다. 맨발로 5 리나 되는 재를 하나 넘어 집으로 걸어왔다. 할머니가 혼내면 어떡하나? 그 하늘색 슬리퍼가 어른거려 어떻게 먼 길을 걸었는지 모르겠다. 다행이 할머니는 들에서 아직 오지 않으셨다. 나는 안방에 들어가서 아직도 덜 마른 옷을 입은 채 잠이 들어버렸다. 해가 넘어갈 즈음 할머니가 오셨다. '아이고! 내 강아지, 다친 데는 없냐? 내 강아지~'를 부르시며 방으로 오셨다. 눈물이 흘렀다. 나도 많이 놀랐나 보다. 몸이 자꾸 흐느꼈다. 할머니를 힘들게 하는 내가 되고 싶지 않았다.

저녁을 먹고 할머니랑 함께 잠자리에 누웠다. 흐느끼는 나에게 재미있는 이야기를 하나 해 주신단다. 아들을 낳지 못하다 막내아들을 낳았는데 6.25 전쟁 이후 어디로 사라졌다고 했다. 외삼촌을 찾으러 'KBS 방송국 이산가족을 찾습니다.'에 줄을 서서 기다리고 면담한 생각이 난다. 할머니는 끝내 외삼촌은 만나지 못하고 돌아가셨다. 딸만 계속 낳다가 아들을 못 낳는다는 명목으로 외할아버지께 구박을 많이 받았다. 어린 나이지만 할머니의 힘든 여정에 대해 생각하며 하염없이 눈물이 흘렀다. 외할머니도 함께 눈물을 훔치시며 내 눈물을 그치기 위해 선반 위에 올려놨던 꿀단지를 꺼내셨다.

친정집은 딸만 다섯이다. 엄마 역시 아들을 낳지 못했다. 할머니의 횡포로 괴로워하시던 어머니가 큰 딸인 나에게 하소연하는 이야기가 더러 들렸다. 아들이 무엇일까? 고맙게도 내가 고등학교 1학년 여름에 남동생을 낳았다. 막내 남동생이다. 담임선생님께 말씀을 드리고 단숨에 집으로 갔다. 엄마는 힘이 없어보였지만 미소를 머금고 계셨다. 잘하지도 못했던 공부지만 학교공부만 한 나는 상식이 부족하여 어머니를 어떻게 보살펴드려야 할지를 몰랐다. 지금 생각해도 미련하다. 막내는 엄마의 한을 풀어드렸고 우리에게 보배요 희망이었다.

염려하는 습관이 생겼다. 결혼해서 딸을 낳으면 어쩌나 하는 고민을 일찍부터 했다. 아들이기를 간절히 바랐지만 첫 아이는 딸이었다. 병원에서 나를 돌보시던 어머니 한숨 소리가 들렸다. '어쩌나~' 이 음성이 병원복도에 쩌렁쩌렁 울려 퍼지는 것 같았다. 나는 패배자가 된 심정이 되어 눈물을 주르르 흘렸다. 그럼에도 우리 아기는 생글거리며 예쁘고 귀여웠다. 더 열심히 살고 싶은 희망을 나에게 주었다. 이렇게 아들 걱정을 했는데 막내도 딸이었다. '한 명을 더 낳으면 아들일 텐데' 라는 소리가 들렸다. 형제가 많은 가운데 자란 나는 두 딸만 누구 못지않게 키우자는 결심을 하게 되었다. 자녀들의 학습, 옷, 헤어스타일에 대한 관심을 갖고 남다르게 키우려고 노력했다. 1등으로 키워 보란 듯이 인정을 받고 싶었다. 내 아이가 최고인 것 같았다.

현실을 알게 되었다. 큰애가 초등학교 고학년이 되며 자꾸 아프다고 했다. 잘 키우려는 부담으로 통제를 많이 해서이다. 아프다고 하니 공부보다 건강에 관심을 가지게 되었다. 공부를 잘 따라주었던 작은애는 나에게 들볶여 엄마를 미워하는 아이로 변했다. 자녀를 잘 키우고자 하던 결심은 지나쳐 욕심이 되어버린 것이다. 나의 영·혼·몸은 엉망인지를 모르고 오직 자녀를 잘 키우고자 하는 욕망은 병 수준이었다. 날마다 자녀 걱정, 성공에의 집착으로 괴로운 인생을 자초했다. 아이들은 엄마의 눈치를 보게 되었다. 아이들에 대한 걱정은 끝이 없다. 대학생이 되면서부터 '직장은 어떡해?, 이성은 있을까?' 가 걱정되고 혼기가 되어 가면 사윗감이 걱정이다. 막상 사윗감이 생긴다 해도 여러 가지가 염려가 된다. 걱정을 내가 선택하고 있었다.

내일 일을 염려한다. 주부란 참 힘든 직업이다. 사표를 내고 싶다. 한 끼를 먹고 나면 다음 끼니를 걱정한다. 살림에 익숙하지 않았던 젊은 시절에는 식사준비가 시간이 꽤 걸렸다. 다른 일을 할 시간이 없었다. 입는 문제도 제법 맵시 있게 입으려면 걱정이 많았다. 다른 사람들이 나를 어떻게 생각할까가 앞서서였다. 남을 위한 인생을 살아가며 화는 왜 났는지 모르겠다. 제대로 못 갖추고 있다는 판단 때문이었다. 집 평수가 몇 평인가도 자존심이었다. 집에 있을 때는 잊고 있다가 모임에 다녀오면 화를 냈던 미숙함도 있었다. 먹을 것, 마실 것, 입을 것을 그토록 염려하였다.

걱정을 가불해서 했다. 미래에 대해서도 걱정이었다. 노후준비가 제대로 안 된 것 같아 걱정이다. 이제는 100세, 150세 시대라고 한다. 지금까지 주택확장과 자녀교육비에 대한 관심이 높았다. 딸 둘을 어려서부터 음악교육을 시키다 보니 나를 위한 투자는 할 생각조차 못했다. 살아가는 자체가 기적이었다. 음악교육을 시킨 것이 나의 자부심이었다. 커서 자신들의 위치를 잘 감당해주고 있지만 그 자부심이었던 것은 가끔씩 헷갈린다. 세상이 다양해졌기 때문이다. 다양성에 대한 대비를 하지 못한 것 같은 자기평가가 된다.

건강에 대한 염려도 시작됐다. 건강으로는 자신이 있었으나 지인들의 갑작스런 비보를 들을 때 당황스럽다. 내일 일을 알 수가 없다. 나도 몸이 고통스러워 MRI 사진을 찍어볼 정도로 힘든 시기도 있었다. 음식이 당길 때가 있는데 그 후에는 형벌을 받아야 한다. 더 많이 움직여서 먹은 만큼의 대가 지불을 해 주어야하기 때문이다. 건강에 대하여 생각할 때 최고의 연금은 부부관계이다. 젊어서는 남편이 나에게 힘을 행사했다. 나는 위축되고 먹먹했다. 나이가 들면서 내가 남편에게 힘을 행사한다. 힘을 행사할 수록 남편과 심리적인 거리가 멀어지고 관계가 꼬인다. 관계가 꼬이면 몸이 말을 해 준다. 말하지는 않지만 느끼는 게 있다. 서로를 소중하게 여기는 것이 최고의 건강비결이고 부부연금이다.

자녀에게 힘을 빼는 것은 쉬웠다. 엄마가 힘을 빼니 자녀들이 자기 주도적으로 움직인다. 자기표현을 잘하고 사회생활도 잘 한다. 자신의 길을 잘 걸어가 준다. 남편에게 힘을 빼는 것은 연습을 해야 했다. 철 없던 시절에는 남편이 나의 밥이었다. 기다려준 남편이 고마워진다. 세월이 흐르다 보니 남편과 관계가 좋아야 한다는 것을 알았다. 머리 로는 알았으나 몸이 배우지 못하여 가끔씩 무너진다. 생각으로는 나의 격려가 필요하다는 것을 알고 있으나 막상 얼굴을 보면 마음과 다른 말을 한다. 아직도 힘이 덜 빠져서이다. 남편도 어느새 나이를 먹었다. 집안일은 아내의 일로 알던 사람이 자신의 일처럼 하는 것을 보면 생 각이 많이 달라진 것 같다.

상한 감정의 공통점은 자신의 가치를 인정하지 못하고 계속적인 근 심을 안고 있다고 씨맨즈는 〈상한 감정의 치유〉에서 말한다. 근심과 걱정은 분노, 두려움을 감추기 위한 표현이었다. 할머니의 사랑을 많 이 받았다고 생각했지만 어린 나도 할머니에게 잘 보이고 싶은 몸부림 이 있었는가 보다. 상한 감정을 표현하지 못한 채 억압하며 성공에만 집착하다 보니 근심이 습관이 됐던 것 같다.

어긋난 사랑을 왜 하게 되었나

엄마가 좋은 것을 자녀에게 강요하는 것이 어긋난 사랑이다.
나는 사랑 많은 착한 사람인 줄 알았다.
큰 착각을 한 것이다. 오히려 내가 좋아하고 원하는 것을 가족에게 강요했다.

나는 사랑이 많다. 아니 나 혼자 사랑이 많은 사람이라는 환상을 가졌다. 신혼 몇 년 간은 남편의 그늘이 좋았고 남편에게 사랑받고 있다는 생각에 행복한 시간이었다. 사랑하기보다 사랑받은 느낌이었다. 생각해보면 어려운 신혼시절이었지만 환경이 보이지 않았다. 사랑받은 느낌은 환경에 매이지 않게 하는 능력이 있나 보다. 어려운 신혼살림 가운데서도 서로를 이해하고 배려하는 예쁜 시간들이었다. 내가 사랑이 많아서 그런 줄 알았다.

시간이 흐르며 내 옳음은 부부싸움으로 이어졌다. 자녀들이 태어나면서 신혼 때의 사랑이 식어가나? 이렇게 탓을 해 보았다. 자녀에게 알뜰살뜰한 관심과 배려 때문이라고 핑계를 댔다. 그러나 만족감이 없고 스트레스가 점점 늘어가서 화가 났다. 남편과 나의 다른 점이 슬슬 눈에 보이기시작하면서 불편으로 다가왔다. 남편이 늦게 귀가하면 삐지고, 일이 많아도, 적어도 트집을 잡았다. 과도한 통제가 시작되었다. 잔소리가 늘다 보니 남편은 점점 말이 없어졌다. 그게 더 힘들었다. 그렇게 우리의 사랑은 서서히 식어갔다.

남편과의 갈등은 시댁과의 갈등으로 이어졌다. 시댁에서 오고 갈 것을 요구할 때 거절하지 못하는 남편이 미웠다. 바보 같았다. 작은 애가 태어난 지 1달 정도 된 설날이었다. 애기를 데리고 시댁에 오라는 것이다. 그 때만 해도 자동차가 없었기 때문에 택시를 타야했다. 택시 안에서 다리를 구부린 채 앉아있었다. 산후 후유증으로 오랫동안 다리가 아팠다. 이런저런 사소한 사건들은 점점 부부사이에 거리가 생겼으며 여러모로 남편이 미워졌다. 이래서는 안 된다는 생각은 가득했지만 현실은 그렇지 못했다. 양말을 왜 이렇게 벗어놓는가, 밥은 왜 그렇게 먹는가라는 말로 남편을 비판하게 됐다. 내 옳음으로 남편을 바꾸고 싶었다. 나는 그게 사랑이었다고 생각했다.

사랑의 대상은 자녀에게로 옮겨졌다. 아이들을 사랑하며 키워야 한다는 지식은 있었다. 그 지식으로 아기 때부터 엄마가 옳다고 여겨지는 대로 끌고 갔다. 그러다 보니 혼자 분주했다. 나는 이렇게 애를 쓰는데 남편은 뭐하나 싶어 남편이 미워졌다. 아이 학원보내기 문제부터 학습지 고르기, 심지어 아이들 머리모양을 어떻게 하는 것 까지도 고민거리였다. 아이 알림장을 보고 내가 걱정해야 했으며 아이들에게도 내가 좋아하고 선호하는 것으로 강요했다. 큰아이는 초등학교 4학년 때 몸에 반응이 생겨 그 때부터 자신이 원하는 길로 갔다. 몸이 아프다는 것을 알고부터 큰 애에게는 모든 것을 허용했다. 큰애는 피아노, 바이올린 레슨을 받았고 합창단을 시작으로 성악에 대해 관심을 보였다. 한 가지 잘 하는 것이 있다는 것은 다행이었다. 큰 아이는 성적이 내려가도, 내 마음에 들지 않아도 아프다는 이유로 다 허용해 주었다. 욕심이 가득 찬 나는 작은아이에게 목숨을 걸었다. 좋다는 곳을 다 알아보고 수영, 미술, 컴퓨터, 학습지 등 온갖 것을 다 강요하니 아이가 어떻게 견뎠을까! 강요가 지속되니 고등학교 1학년이 되어서는 엄마 밉다고 한 마디 한 것이다. 엄마가 강해도 너무 강했는지, 아이가 착했는지 모를 일이다. 엄마가 얼마나 강요를 했으면 아이가 자기표현을 못했을까!

'엄마, 미워!' 다행스럽게 그 소리가 내 귀에 들렸다. 이 문제를 해결하기 위해 꽤나 유명하다고 하는 상담자들을 만나보았다. 해결책을 기대하며 아이가 변하기를 바랬다. 상담자들의 한결같은 말은 엄마가 바뀌어야 한다고 것이었다. '이 상담자는 내 사정을 잘 몰라. 지금 무슨 소리를 하는가! 내가 그 소리 듣자고 시간, 물질을 부어 여기 왔을까?' 나는 화를 내며 마음으로 그런 이야기를 하고 있었다. 그렇지만 이런 사건은 나를 돌아보는 계기가 되었다. 한편 내 옳음을 놓기는 아까웠다. 내 고집대로 생각대로 살아오던 것에서 변화의 계기가 주어지니 나의 내면은 몸부림을 쳤다. 어떻게 해야 하나? 이것이 상담공부의 출발이었다. 상담을 공부하며 알게된 것은 내가 불행을 선택하고 있었다는 것이다. 남편과 아이들에게 미안하고 또한 기다려준 것이 고마웠다. 몇 번 상담을 공부했다고 강요하던 습관을 당장 멈추지는 못했다. 머리로는 알았지만 몸이 익숙하지 못해 오랜 기간 동안 실수에 실수를 거듭했다.

엄마가 좋은 것을 자녀에게 강요하는 것이 어긋난 사랑이다. 나는 사랑 많은 착한 사람인 줄 알았다. 큰 착각을 한 것이다. 오히려 내가 좋아하고 원하는 것을 가족에게 강요했다. 상대방을 있는 그대로 수용하라고 했지만 현실은 어려웠다. 오랫동안 외부통제를 했던 나는 심기가 불편했다. 왜 외부통제를 했을까? 성과에 더 큰 관심이 많았기 때문이다. 성과에 관심을 갖는다고 좋아지는 것은 아니었다. 내가 세상에서 자녀교육을 가장 잘 하는 것 같았는데 동 학년 아이 친구들에게서 깜짝 놀랄 일들이 많았다. 고시에 합격을 하여 자랑스럽게 팔짱을 끼고 가는 모녀를 보았다. 의사가 되어 모병원에 근무하는 아이도 보앗다. 평범했다고 생각이 되었는데 저만한 성과를 냈다는데 놀라웠다. 전교 1등 엄마라는 소리는 아예 멀어졌고 반에서 잘한다는 정도로 만족해야 했다. 이게 현실이었다.

나의 계속되는 강요로 아이들은 자기표현을 하지 않는 아이들이 되었다. 아이들은 표현을 하지는 않았지만 감정이 억압된 상태에 있었을 것이다. 나는 우리 아이들이 얌전하다고만 생각했다. 우리 부부관계는 싸움을 하지 않으려고 애쓰는 불편한 관계였다. 차라리 '싸움을 하고 말았으면…' 하는 생각이 들었다. 하지만 마음의 감정을 억누르고 교양을 지키는 부부였으니 살아도 사는 것 같지가 않았다.

상담을 공부하며 자녀들에게 불편한 마음을 표현해달라는 부탁을 먼저 했다. 남편에게도 감정을 표현해 줄 것을 부탁했다. 막상 불편한 감정을 표현할 때 나의 당혹스러움은 표현을 다 못할 정도였다. 조용히 살 때가 오히려 좋았나? 이런 생각을 해 볼 정도로 당혹스러웠다. 각자가 자기표현을 하다 보니 오히려 분쟁도 생겼다. 자기주장을 심하게 하여 마음이 상할 때도 있었다. 그러나 이제부터 맺힌 응어리를 풀어내는 시간이 될 수 있겠다는 마음이 들었다. 나도 살겠다는 마음이 들었다. 가족들이 조금씩 편안해지고 밝아졌다.

나는 아이들에게 강요하던 것을 멈추게 되었다. 성과와 관계없이 엄마와 아이들과의 관계에 투자했다. 상담의 힘이었다. 가끔씩은 이래서 아이들이 잘 될 수 있을까? 라는 의심이 생기기도 했다. 그러나 그동안 외부 통제한 것을 미안하게 여기며 정말 중요한 것이 무엇인지 알았기에 단호하게 내려놓았다. 아이들은 각자 제 몫을 잘 담당해주었다. 대학 도서관에서 밤을 새서 자격증을 몇 개씩이나 땄다. 깜짝 놀랐다. 엄마에게 고백을 했다. 대학교 1학년까지는 많이 놀았는데 그게 부질없다는 생각이 들었다고 했다. 목표를 세우고 새로운 도전을 했단다. 대학을 졸업하자마자 작은 애는 취업을 하여 지금까지 잘 지내고 있다. 큰애도 학위 최고과정까지 공부를 하여 전문가로서의 길을 걸어가고 있다.

지금 우리 부부사이에는 자주 먹구름이 낀다. 왜냐하면 각자 자기 표현을 하고 지내기 때문이다. 그렇지만 심리적인 거리는 많이 가까워졌음을 느낀다. 그 전에는 남편은 동굴로 나는 나대로의 우물로 들어가서 거의 말을 하지 않고 지냈다. 답답하고 불편하고 불행하다는 생각을 했다. 그런 남편이 언제부터인가 자신의 사소한 이야기를 나에게 들려준다. 우리의 입 꼬리는 함께 올라가기 시작했다. 이렇게 우리 부부는 편안하고 친구 같은 느낌으로 돌아갔다. 그 이유는 진정한 사랑을 시작한 때문이다. 부부관계가 좋으면 자연스럽게 부모자녀관계는 좋아진다. 자녀교육을 따로 하지 않아도 자녀의 자존감이 높아진다.

해결되지 않은 과거의 감정이 의식을 지배하며 의사소통을 방해했다. 부정적인 정서가 솟아오르면 신뢰나 관심, 존경과 같은 사랑의 감정을 잃어버리게 된다. 사랑의 감정을 잃어버린 나는 일방적인 강요를 하고 말았다. 소통을 하지 못하다 보니 더 기분이 나빠져서 외부통제하는 습관이 생겼다. 강요하고 비난하는 외부통제는 상처를 주고 불행을 낳았다. 기분이 나빠지는 90퍼센트는 과거와 연관 지어진 것이라고 존 그레이는 〈화성에서 온 남자 금성에서 온 여자〉에서 말한다. 억압된 감정은 사람 좋게 보이려는 것으로 위장을 하여 자주 찾아오는 단골손님이 되었다.

내 얼굴이 왜 미워진 것일까

내가 관리해야 했던 것은 나의 내면이었다. 남편의 성공은 남편이 관리하면 된다.
자녀의 성과는 자녀가 관리하면 된다. 나는 어긋난 사랑으로 가족들을 괴롭혔다.
너무 앞서나갔다. 자녀의 미래설계를 내 몫으로 알고 있었다.

　　　　　　　　　　피아노학원 수업을 마치고 집으로 돌아왔
다. 30대 후반의 일이다. 어린 아이들을 상대하는 일이었지만 수업을
하고 아울러 감정노동으로 힘들었던 것 같다. 어깨가 아파오고 피곤이
몰려왔다. 늘 있는 일상이었다. 승강기를 탔다. 문득 거울을 쳐다보았
다. 이 밉게 생긴 여자는 누구일까? 14층으로 올라가는 승강기 안에는
나밖에 없었다. 세상에 이렇게 못난 여자가 있을까! 나는 깜짝 놀랐다.
경직된 얼굴을 한 못생긴 여자가 버티고 있었다. 바로 나였다. 집에 들
어가니 힘이 빠져 일이 손에 잡히지 않았다. 어느새 의식주 해결을 하
려고 몸부림친 후유증으로 지친 아줌마 얼굴이 되어 있었다. 맑고 싱
그러운 모습이라고는 찾아볼 수가 없었다. 내 모습이 아니다. 그 때부
터 사진 찍기를 거부하고 있다. 익숙한 내 모습이 아니라서 누가 사진

을 찍는다고 하면 겁부터 난다. 내 마음도 외모도 엉망이었다. 내 옳은 것이 나를 여기까지 데려왔다. 집념이 지나쳐 집착으로 이어졌다. 관계를 내던지고 성공에 집착했다. 중요한 것을 잊어버리고 비주류에 집중한 결과다.

내 삶은 긴장의 연속이었다. 어깨가 날마다 뭉치고 아파서 감당이 안 되었다. 왜 젊은 나이에 어깨가 그렇게도 아픈지 모를 일이었다. 남편은 걱정이 되었는지 어깨를 주물러 주었다. 너무 아파서 있는 대로 짜증을 부렸다. 살살 했는데 왜 그러냐고 하며 주무르던 손을 멈추었다. 나는 성의가 없다며 화를 냈다. 남편의 당황한 모습에 더 화가 났다. 남편은 기어이 기계를 사 왔다. 전기로 어깨를 주물러주는 기계였다. 기계를 갖다 대 보지만 양에 차지 않았다. 딴에는 내가 걱정이 된 모양이다. 남편도 내가 매번 화를 내니 긴장이 되었을 것이다. 아이들도 얼마나 엄마 눈치를 봤을까! 훗날 이야기 속에서 그 때 엄마가 무서워 긴장이 많이 됐었다고 이야기하여 사과의 말과 함께 미안함으로 오랫동안 입을 다물었다.

어느 날 대학교 동기 일부 회원들과 함께 가족동반으로 울산 반구대로 야유회를 갔다. 가면서 나는 아이들에게 여럿이 있을 때는 예의를 지키라고 거듭 당부했다. 내 체면을 구기고 싶지 않아서였다. 텐트를 치고 맛있는 것을 먹으며 놀이도 하였다. 아이들이 하하 호호 노는 모습이 보였다. 다른 아이들은 고집을 피우고 자기주장을 열심히 하고 할 말이 많다. 그 틈에 있는 우리 아이들은 얌전했다. 멀리서 지켜보는 나는 마음이 상했다. 열심히 놀지 않고 왜 저렇게 풀이 죽어 있을까 싶어 속상했다. 재미난 하루를 뒤로 하고 돌아오는 길에 아이들을 나무랐다. 다른 아이들은 명랑하고 재미있게 노는데 왜 그렇게 소극적이냐고 했다. 아이들은 가만히 있었다. 우리 아이들은 흔히 말하는 얌전한 아이들이었다. 다른 사람들은 모두 아이들을 잘 키웠다고 칭찬을 한다. 그런데 이번만큼은 아이들이 너무 소극적인 것 같아 마음이 많이 상했다. 왜 우리 아이들은 저렇게 밖에 놀지 못할까를 생각하니 마음이 부글부글 끓었다.

하루는 선배님부부 몇 분이 우리 집을 방문하였다. 한 선배님은 웃으시며 '양선생도 이제는 아줌마 같다.' 라고 했다. 그렇다. 더러 나에게 이야기하기를 '소녀 같다, 소녀 같다.' 라는 소리를 많이 했었다. 소녀 같은 게 무엇을 말하는지는 잘 몰라도 듣기가 나쁘지는 않았다. 그것도 잠시였다. 언제부터인가 마음이 굳어지고 경직되어져서 미운 얼굴이 되어 있었다. 자녀의 성과를 나의 일생의 과업처럼 여기고 살았다. 남편의 성공이 곧 나의 성공인 줄 알았다. 나의 관심분야는 오직 자녀와 남편의 성공에 있었다. 그리고는 결과가 좋지 못하면 말을 하지 않다가 시간이 흘러 융단폭격을 쏟아 붓곤 했다.

나는 피곤하리만큼 과도한 책임감이 있었다. 이른 아침에 일어나 가족의 아침준비부터 부산스럽게 시작을 했다. 전날 저녁에 미리 준비한 스케줄에 맞추어 부지런히 움직였다. 오후 반나절은 피아노를 가르치고 저녁에는 아이들의 학습에 관여했다. 남편은 내가 왜 저러나 싶은지 말수가 적어졌다. 나의 선택인데 나처럼 살지 않는 남편을 보면 힘이 들었다. 며칠을 모아놓았다가 기어이 폭발하고 말았다. 교양 있게 살고 싶었고 예쁜 아내, 예쁜 엄마로 살고 싶었지만 현실은 달랐다. 돌발적인 행동은 미련한 나로서 환경에 대한 탓을 해댔다. 탓하고 변명하는 외부통제가 몸에 붙은 것이다. 다르게 하고 싶어도 지식도 없었고 힘도 없었다. 현실을 밀어붙이다가 모든 것을 놓고 싶은 마음이 많았다. 단순하고 편안하게 살고 싶은데 어디서 이런 강인함이 있었던 것일까? 나는 외롭고 내향적이고 연약한 존재인줄 알았다. 할머니와 부모님이 순종 잘하고 착한 아이라는 닉네임을 붙여준 '가짜 나'를 살다가 결혼 후 '진짜 못된 나'가 활동했다. 어른들이 원하는 삶을 살아주니 대접을 받았다. 그 대접을 놓치고 싶지 않았다. 그런 나에게 이런 못된 행동은 당황스러웠지만 멈추지를 못했다.

내가 관리해야 했던 것은 나의 내면이었다. 남편의 성공은 남편이 관리하면 된다. 자녀의 성과는 자녀가 관리하면 된다. 나는 어긋난 사랑으로 가족들을 괴롭혔다. 너무 앞서나갔다. 자녀의 미래설계를 내 몫으로 알고 있었다. 나는 가족 아닌 다른 사람에게는 이해심을 많이 가지려고 노력을 했다. 그 점이 당당했던 점이었다. 정작 소중하게 여겨야할 내 가족은 내 마음대로 했다. 나의 무지함이 가장 큰 영향을 미쳤다. 일찍 부모님과 헤어져 할머니와 외롭게 생활을 했던 나는 할머니의 따뜻한 사랑을 받았지만 불안했던 것 같다.

아는 지식을 타인에게는 적용하려고 노력을 많이 한다. 그래도 부족할 때는 자책을 하며 반성을 해보았다. 하지만 엄마의 사랑을 목마르게 기다리고 있던 내 아이들에게는 내 옳은 것으로 통제하는 미련한 인생을 살았다. 아이들은 연약하기도 하고 보호할 대상으로 여겨지면 화살은 남편에게 날아가 내 옳은 것으로 통제했다. 티끌 같은 존재인 내가 가족에게만 가짜대장 노릇을 하고 있었다.

성공, 경쟁으로 달려가면서도 내면 깊은 곳에서는 두려움, 걱정, 염려, 우울, 외로움, 조급증이 밀려왔다. 이렇게 10년을 더 버틸 수 있을까? 내일이 염려되어 잠이 오지 않았다. 젊은 나이인데도 양쪽 어깨가 무너져 내렸다. 인생이 수고스러웠고 무거웠다. 포기하고 싶었다. 이런 간절함 속에서 만난 상담 공부는 부지런하고 성실하다는 자부심을 갖는 나에게 힘을 빼게 해 주었다. 먼지 같은, 티끌 같은 나의 인생이 보이기 시작했다. 외부통제가 일시적으로라도 멈추어진다. 살 것 같았다. 잠이 많이 오고 나른해져 갔다. 잠이 오면 잤다. 다른 내가 사는 것 같았다. 열심만 내던 삶이 느슨한 삶으로 되어 지다 보니 사는 것 같지 않아 당황스러웠다. 하지만 마음은 조금씩 편안해졌다. 내 옳음으로 긴장과 불안의 연속선상에서 바쁘고 정신없이 살다가 자신을 알아가는 것은 커다란 부끄러움이었다. 미안함이었다.

나는 어린 시절 할머니와 살아오며 순둥이의 내 모습을 인정받았다. 어느새 순하고 착하다는 닉네임은 나를 보호하는 역할을 했다. 그리고 좀 더 잘 하려는 노력으로 이어졌다. 휴 미실다인이 〈몸에 밴 어린 시절〉에서 말하는 완벽주의의 결과이다. 할머니와 부모에게 인정받기 위해서 열심히 노력하던 습관이 몸이 밴 것이다. 나의 완벽주의로 아이들에게 끊임없이 강요하는 엄마가 되었고 친밀한 인간관계를 가지려는 노력을 포기하게 되었다. 불행하게 느껴졌다. 내 불안하고 외로운 감정을 억압하고 부정하면서 너무 일찍 어른이 되어 버렸나 보다.

존 그레이 말처럼 상처를 치유하지 않고 억압하다 보니 상처는 욱신거리는 통증으로 나의 삶을 지배했다. 상처는 낮은 자존감으로 이어졌다. 낮은 자존감을 소유한 사람은 항상 자기 자신이 인정을 받으려고 애쓴다. 어떤 경우든지 자기가 옳다는 것을 증명하려는 욕구를 지니고 있다. 그러면서 자기 자신을 바라보고 있다고 씨맨즈는 말한다. 남자와 여자의 차이를 말하고 있는 존 그레이는 여자들이 흔히 갖는 완벽을 향한 집착이 마음의 고통 없이 자기가 사랑을 받을 만한 자격이 충분하다는 확신을 얻으려는 눈물겨운 노력이라고 했다. 이러한 극단적인 집착이 상처로 인한 고통을 다소 무디게 하는 수단이 될 수 있다고 했다. 모두 공감이 가는 내용이다.

66

'나' 라는 존재는 어디로 갔는지
없어져 버렸고
나의 꿈은 오직 가족의 성공이었다.

99

CHAPTER

02

• • •

제2장
변신하는 나

'존재로서의 나를 찾는 여행' 으로

변신하고 있는 나의 모습과 상처는 치유되기 시작되었다.

제 2 장

변신하는 나

　　　　　　나를 잃어버린 채로 살고 있었다. '이상적인 나'로 살고 싶어 자신을 통제하고 살았다. 가족을 위해 살아간다는 것이 내가 원하는 삶을 가족에게 강요하는 외부통제가 습관이 되어 있었다. '나'라는 존재는 어디로 갔는지 없어져 버렸고 나의 꿈은 오직 가족의 성공이었다. 보이는 물질세계가 더 크게 보여 달려왔던 삶은 마음이 점점 무너져 내리게 되었다.

　　이런 내가 '존재로서의 나를 찾는 여행'으로 상처 치유가 시작되었다. 내가 원하는 것이 무엇인지에 대한 관심을 갖게 되었다. 가족의 행복만을 찾는 것이 아니라 함께 행복을 찾아가는 연습이 시작되었다. 진정한 가치에 대하여 눈을 뜨게 되었다.

존재로서의 나를 찾는 여행

내가 진정으로 능력을 쏟아야 하는 것은 무엇일까?
인생이란 무엇인가? 어디서 와서 어디로 가는가? 가치 있는 삶은 과연 무엇인가?
이런 것에 관심을 가졌다. 나를 알아가는 데 시간을 투자했다.

나는 나를 통제하고 있었다. 이상적인 나를 만들어 나를 괴롭혔다. 성과를 내려고 나를 몰아세웠다. 목표를 정하여 열심히 달렸다. 숨이 가쁘고 몸이 망가지는 것도 모른 채 달렸다. 가다 보니 지쳐서 가족을 통제했다. 욕구충족이 안되었던 모양이다. 인생이 고달프게 느껴지고 행복이란 것은 나하고는 거리가 멀어 보였다. 20대의 나는 행복하기 위하여 피아노를 선택했다. 어느 순간까지는 행복했다. 그래서 자라나는 아이들을 행복하게 해 줄 생각으로 피아노 가르치기가 시작됐다. 역시 우리 아이들도 음악을 가까이 하게 했다. 행복하게 시작한 피아노 가르치기는 나를 힘들게 했다. 오후 1시에 문을 열어 5, 6시간을 아이들과 함께 함에도 불구하고 마음이 지옥 같았다. 출발은 꿈을 가지고 야심차게 시작을 했지만 꿈은 언제부터 희미해져 버렸다. 가치보다 보이는 것을 부여잡기 위한 구실이 더 커버린 때문이리라. 피아노 가르치기는 갓 마흔을 넘기며 접게 되었다. 살아오며 마음 상함으로 에너지가 떨어졌기 때문인 것 같다.

어느새 세상이라는 것에 눈을 뜨고 보니 가족이 붙여준 닉네임으로 살고 있었다. '순하고 착하다'는 자화상은 나의 감정을 누르는 역할을 했다. 가족이 붙여준 닉네임대로 살아서 대접을 받고 있었다. 그리고는 나의 옳음으로 자리 잡아 나와 가족을 괴롭히기 시작했다. 이상적인 나를 만들어 남의 옷을 입은 것처럼 살아내고 있었다. 남에게 보이는 나로 살기는 벅차고 고통스러웠다. 이 모습 이대로 살아도 되는데 그 때는 그것을 수용하기가 어려웠다. 성과를 내야 했고 사회적인 체면이란 것을 더 중요시여긴 까닭이었다. 몸에 맞지 않는 갑옷을 입은 것 같이 갑갑하고 무거웠다.

MBTI 성격유형검사를 난생 처음으로 마흔에 했다. 희한하게 나를 대변해주고 있었다. 내향형에 감각, 사고, 판단형은 딱 나였다. 나의 좋은 점도 많았다. 성실하고 책임감이 있었다. 힘든 사람을 보면 보호자역할도 잘 감당하였다. 물건을 절약하고 경제 관리도 잘 했다. 부모님이 볼 때는 나무랄 데가 없는 아이였다. 순종을 잘 하고 필요 없는 낭비를 하지 않아 부모님의 힘이 되었고 자랑거리였다. 이런 장점을 가진 나지만 결혼 이후에서는 내 성격의 보완해야 할 부분이 나와 내 삶을 더 많이 지배했다. 결혼하여 10년이 넘게 살면서 '원래의 나는 이런 내가 아니었는데' 라는 생각이 종종 들었다. 이렇게 살고 싶지는 않았는데 왜 이렇게 구겨졌는지 의문이었다. 가끔씩 어린 시절 행복했던 모습이 떠올라졌지만 돌아가기가 쉽지 않았다. 성격유형검사를 시작으로 나를 탐색해 나가기 시작했다.

나는 내향형이다. 밖에 오래 돌아다니면 힘이 빠진다. 모처럼 가족끼리 여행을 다녀오면 나는 축 늘어져 소진되어 있다. 이런 나의 모습을 보는 외향형인 가족들은 시간 내고 돈 들었는데 힘이 다 빠져 버린다며 싫다고 한다. 이런 모습이 반복되면서 가족여행이 줄어버렸다. 또한 여럿이 모인 집단에 가면 별로 할 말이 없다. 다른 사람들은 무슨 말을 저렇게 재미나게 잘 하는지 부럽기만 하다. 아무리 쥐어짜도 할 말이 나오지 않는다. 말을 잘 하지는 않지만 실수하고 싶지 않아서 생각하고 또 생각해서인가? 부끄럼 또한 많아 남 앞에 나서기는 너무 부담스럽다. 혼자 하는 일이라면 아주 잘 할 것 같다. 그런 내가 마흔 중반에 시작한 공부로 어느새 학생들 앞에 서게 되었다. 첫 학기 수업 후 학생들의 피드백이 생각난다. "목소리가 너무 작아요." 라는 내용이었다. 그렇게 시작한 대학과 부모교육 강의는 예전에 비하면 지금은 청산유수가 되었다. 내향성도 어느새 외향형이라고 들을 만큼 달라져 있다.

나는 가족들에게 안전감을 제공하고 필요한 것을 실천하며 가족을 위해서라면 뭐든지 할 각오가 되어 있었다. 정확한 것을 선호하고 목표를 정하여 성실하고 책임감 있게 생활하는 태도는 나무랄 데가 없었다. 이런 나의 삶은 가족에게 힘이 되기도 했지만 구속도 되었을 것 같다. 내가 정답이 되어 나 같지 않으면 정죄하고 비판하여 마음을 상하게 했기 때문이다. 다른 표현으로 해야 했지만 그 때는 그게 최선이었다. 오히려 책임감이 부족해도 성실하지 못해도 마음을 읽어주는 아내, 엄마가 되었더라면 하는 생각이 나를 괴롭혔다. 그럼에도 가족 이외의 다른 사람들에게는 나무랄 데 없는 사람이라고 인정을 받았다. 가족과의 대인관계에서 상처를 준 것 같아 미안한 마음이 많다.

마흔 중반에 시작한 현실치료상담으로 관계가 답이라는 것을 알게 되었다. 내가 무엇이 잘못되었는지 아는 시간이 되었다. "나는 옳아, 나는 답을 알고 있어" 라는 생각을 과감하게 내려놓게 했다. 반성하고 반성했지만 억울한 면도 없지 않았다. '어쩌라고?' 헌신적인 삶을 살았던 나에게 와 닿은 내용 중 하나가 '내 욕구 충족' 이라는 단어였다. 물론 타인의 욕구를 방해하지 않는 범위에서이다. 나는 과도한 책임감으로 언제부터인가 내 욕구를 충족하지 못하고 살았다. 결혼 후부터는 허기진 마음을 붙잡고 가족의 욕구충족을 우선하다 보니 영혼과 몸이 망가졌다. 그래서 시작한 것은 내 욕구를 효율적으로 충족하기였다. 재미있게 놀 줄도 모르고 다닐 데가 별로 없다 보니 밋밋하고 무료했다. 나를 사랑하고 양육하는 첫 걸음은 배움으로 출발하였다. 내 욕구 충족의 시작인 배움은 즐거움의 욕구를 충족시켜 주었다.

배움은 내 마음의 창을 조금씩 넓혀갔다. 내 생각이 옳고 나만이 최고의 인생길을 걸어왔다고 자부하던 삶을 돌아보게 되었다. 조화와 균형을 이루지 못하고 치우쳐있는 나를 보게 되었다. 남들에게 보이는 나에 관심을 가지고 살아왔던 삶이 무덤덤해졌다. 남에게 성공하는 사람으로 보이고 싶어 했던 틀이 조금씩 깨졌다. 처음에는 당황스러웠으나 점점 편해지고 쉬워졌다. 아무도 나를 이렇게도 저렇게도 관심 있게 보는 사람은 없었다. 나 혼자만 지구의 주인공이 된 것처럼 착각을 했다는 것을 알게 되었다. 신앙생활에서의 배움, 상담공부를 통한 배움, 책읽기를 통해서의 배움은 인생을 새롭게 본 계기가 되었다. 잘 살아왔다는 자부심을 내려놓게 만들었다. 무지한 나의 삶이 보이기 시작하자 부끄러움으로 마음이 차기 시작하고 최소한 판단하는 삶에서는 해방되었다.

판단하는 형벌은 컸다. 언어습관 중 판단하는 말이 배겼다. 글라써는 외부통제는 학습이 된다고 했다. 내 몸에 배일만큼 학습이 되었다. 판단하는 말은 상대방과의 관계에 어려움을 주었다. 판단하는 말을 하고 나서는 '이게 아닌데'로 후회하지만 벗어나기는 쉽지 않았다. 후회가 가득했지만 추스르기는 더 많은 시간이 걸렸다. 그러던 중 나를 알아가는 것이 도움이 되었다. 나만의 자부심을 갖고 있을 때는 나를 몰랐다. 조금씩 내가 부족하고 연약한 존재라는 것을 알게 되고부터는 판단하는 말이 줄고 또 줄었다. 판단을 하고 나면 오랫동안 부정적 편향성이 나의 뇌를 자리 잡고 있었다. 에너지를 긍정적인 곳에 쏟을 수가 없었다. 신경 쓰지 않아도 될 것에 에너지를 쏟게 되니 진정으로 사용해야 할 능력이 소진되어 불편했다.

내가 진정으로 능력을 쏟아야 하는 것은 무엇일까? 인생이란 무엇인가? 어디서 와서 어디로 가는가? 가치 있는 삶은 과연 무엇인가? 이런 것에 관심을 가졌다. 나를 알아가는 데 시간을 투자했다. 나를 알려면 거울이 필요하다. 거울을 들여야 보아야 한다. 성경이 거울이 되어 주었다. 꿀보다 더 달았다. 상담공부가 거울이 되어 주었다. 어깨에 힘이 빠지기 시작했다. 책읽기를 통한 치유가 거울이 되어 주었다. 이렇게 존재로서의 나를 찾는 여행이 시작되었다.

'자신 이해하기'가 시작이 되어 17여년이라는 세월이 흘렀다. 수

많은 아픔이 있음에도 불구하고 생각해보면 나의 '원 모습'에 '플러스 성숙'이라는 단어가 더 붙은 듯하다. 이제 시작이다. 고운 것도 미운 것도 없이 나 자신의 목표만을 위해서 가고 있다. 삶이 싱거워진다는 생각이 들 정도로 비난과 비판이 사라졌다. 어느 새 이 모습 '이대로의 나'를 받아들여 내적 자유란 것을 경험하고 있다.

가족과 함께하는 행복

마음 속 깊이 '행복이란 것이 이런 것이구나.' 라는
안도감이 느껴졌다. 마음 헤아리기 연습은 내 마음을 우선 편안하게 해줬다.
가족들도 편안해 보였다.

행복요인 중에서 원만한 인간관계가 있다.
나는 일에 대해서는 노력을 해서라도 어느 정도 따라갈 수가 있을 것
같았다. 그러나 낯설고 어려운 것은 인간관계였다. 도시로 오기 전 부
모님은 결혼하여 외갓집 옆 동네에서 몇 년을 사셨다. 친 조부모님 동
네였다. 부모님은 가끔씩 외갓집에 들렀다. 외할머니의 막내(엄마)사
랑도 큰 몫을 한 것 같다. 그리고 외할머니 댁에 나를 떼어놨기 때문이
었다. 젖 대신 미음을 먹고 외갓집에서 자랐다. 그렇게 지내던 나에게
모처럼 만난 아버지는 어렵고 낯선 존재로 보였다. 아버지가 외갓집에
오시면 나는 외할머니 치맛자락을 붙잡고 숨었다. 그런 나를 보며 어
머니는 어쩔 줄을 몰라 한 것 같다. 어린 내가 아버지한테 쪼르르 안겨
서 기쁨이 돼 주기를 내심 바라셨을 것이다. 엄마는 마음의 번민을 많

이 하셨을 것 같다. 이런 경험 역시 나의 대인관계를 어렵게 한 것 같다.

부모님은 서로 달랐다. 낭만적이고 지적욕구가 높은 아버지는 베개 맡에 책을 놔두고 잠이 드는 그 순간까지 책을 읽으셨다. 눈을 떠서 먼저 하신 일은 책 읽는 것이었다. 반면 어머니는 식구들 식사 준비와 집안일로 몸과 마음이 분주하셨다. 많은 식구들을 보살피려고 하다 보니 힘겨웠을 것이다. 현실과 이상 어느 것이 옳은 것일까? 힘에 겨운 어머니는 일에 파묻혀 있을 때 아버지에 대한 불평이 이어졌다. 일이 안 보이냐는 것이다. 그러면 아버지는 기분이 나빠져 갈등이 시작되었다. 서로의 옳음을 갖고 언성을 높이셨다. 그런 걸 보며 '남자가 더 이해심이 높을 것이다.'라는 나의 상상은 무참히 깨져버렸다. 아버지가 더 옹졸해 보였다. 엄마가 더 헌신적이라서 안쓰러워 보인 탓도 있는 것 같다. 그러나 결국은 달랐을 뿐이다.

내 남편은 배려심이 높고 이해를 잘 해준다. 성격유형은 감각형을 제외하고는 나와 달랐다. 관계 지향적이었다. 처음 몇 년간은 남편의 배려와 사랑에 감사하고 행복했다. 그러나 시간이 흘러 더 잘 살아보고 싶은 욕심으로 비교와 경쟁의식이 싹텄다. 원하던 것과 현실이 차이가 생겨 나온 행동은 어머니가 아버지에게 했던 비난과 비평이 익숙해져서 자연스럽게 나온다. '이게 아닌데'라고 생각하며 아무리 노력을 하여도 습관이 단번에 고쳐지지 않았다. '정서적 대물림이란 것이 이런 것인가'라는 생각이 들었다. 가족관계에 관심을 갖기보다 성과에 관심을 갖게 된 결과였다. 그 때는 보란 듯이 성과를 내고 싶어 애를 쓰고 있었다. 그러다 보니 마음먹은 대로만 되지 않아 긴장이 되고 불안한 상태가 지속되었다. 그런 상태에서 남편을 보면 속도가 느린 것 같아 답답해보였다. 나와 다른 남편을 비판하게 됐다. 남편은 영문을 모르고 있다가 공격을 당하다 보니 나름대로의 대책을 세운 것이 있었다. 자기만의 시간이다. 그런 평행선은 부부간 심리적 거리를 멀어지게 했다.

남편은 상담공부를 한 나보다 지지와 격려를 잘 한다. 나는 죽어라고 연습하고 노력해야 하는데 남편은 몸에 밴 것처럼 저절로 한다. 관계를 잘 하는데 비하여 일에 대한 능력은 내 눈에는 느려보였다. 관계를 다져가며 일을 하니 그럴 수도 있을 것 같다. 우리는 기질대로 쓰임을 받는다. 그럼에도 나는 남편의 답이 훤히 보여 답답하게 느껴졌다. 그 답답한 마음을 사실 그대로 말을 해서 그것은 비판이 되었다. 감정형인 남편은 그것을 소화시키기 어려웠을 것이다. 당황하여 동굴 속으로 들어가는 모습이 많았다. 동굴 안에 있는 남편을 끄집어내려고 시도하다 보니 나는 나대로 화가 났다. 지금 생각해보면 젊고 예쁜 시절에 서로를 고치려다가 세월을 낭비한 것 같다. 관계지향형인 남편은 논리지향형 아내인 나에게 상처를 많이 받았을 것 같아 미안한 마음이 든다.

관계 맺기를 위한 노력을 시작했다. 상담을 배우며 노력한 것 중 하나가 관계 맺기에 투자한 것이다. 마음 헤아려주기 연습을 해보았다. '고지가 저긴데, 답이 뻔한데' 하는 나의 생각은 반영적 경청이 힘들었다. 노력하고 노력하지만 마음대로 쉽게 되지는 않았다. 실수하고 넘어졌다. 폴 투르니에의 사례는 진정한 경청을 시도하게 되는 계기가 됐다. 스위스 내과 의사이자 심리치료자인 폴 투르니에는 태어난 지 100일 만에 아버지를 잃었다고 한다. 아버지의 죽음을 슬퍼할 기회도 없고 아버지의 죽음이 얼마나 크나큰 좌절로 남았는지를 의식하지 못했다. 결혼하여 아내가 오랫동안 경청을 해주어 울음을 터트리고 억압된 감정의 짐을 제거해 버렸다고 한다. '아내가 심리치료사 역할'을 했다는 표현이 나를 돌아보게 했다. 남편을 고치려고 하고 답을 주려고 했던 나의 모습이 미워진 계기가 됐다. 마음으로 남편에게 미안함을 가지며 소극적 경청인 침묵으로부터 출발했다. 침묵하며 '음, 음'으로 시작한 부부관계 개선은 남편이 자신의 이야기를 더 많이 하게 되는 계기가 됐다.

자녀와의 관계가 더 힘들다. 남편은 지지고 볶는 중에 친구가 되어 갔다. 서로를 이해하는 마음이 늘어난 것이다. 그런데 자녀들이 커 가며 마음의 갈등이 생겼다. 내 기질은 자녀에게 지나치게 높은 기대를 가지게 했나보다. 내가 목표를 세워 몰고 갔다. 자녀들이 어릴 때는 아이들의 마음은 거부했을지라도 몸이나마 억지로 따라왔다. 학년이 올라가며 몸과 마음이 함께 거부하고 있음을 느꼈다. 남편보다 자녀와의 관계가 힘들다는 것을 생각해 보았다. 최고의 아이로 키우려는 부담은 함께 힘이 들었다. 내 어머니를 따라 한 것 중의 하나는 나의 어머니가 그랬던 것처럼 나 역시 아이들을 아끼고 귀히 여긴 것이다. 내 몸은 고달프고 힘들어도 내가 모든 걸 하고 말았다. 그게 나로서는 배려였다. 왜냐하면 자녀의 목표를 이루라는 엄마의 의도가 깔린 때문이다. 그리고는 최선의 사랑을 한 것 같았다. 그런 엄마의 마음을 알아주지 않는 것 같아 마음이 무너졌다.

최고가 되는 것에 대한 관심을 내려놓았다. 최고보다 최선을 다하는 아이들이 되기를 바란다. 최고가 되기를 바라는 것은 엄마와 자녀를 함께 불행으로 끌어갔다. 그동안 아이들에게 엄마의 목표를 이루기 위해 사용했던 '강요하기'를 내려놓았다. 엄마가 정답이라는 것을 버렸다. 대신에 소홀히 했던 마음 헤아려주기에 관심을 가졌다. 오랫동안 하지 않던 짓을 하자 무슨 짓을 하느냐는 듯이 처음에는 관심을 보이지 않았다. 무안함을 무릅쓰고 그럼에도 마음 헤아려주기를 계속 했다. 아이들과의 관계를 회복하는 데는 시간이 걸렸다. 아직도 부족함을 많이 느낀다. 그럼에도 아이들이 자신의 이야기를 조금씩 표현하기 시작했다. 밖에서 있었던 이야기를 들려준다. 대화가 시작되었다. 성인이 된 아이들과 대화하기는 쉽지 않다. 그러나 어설프게라도 시작된 마음 헤아리기 연습은 자녀들의 말문을 더 많이 열게 하는 계기가 되었다. 지금은 자신의 위치에서 건강한 삶을 살아가는 것이 보여 고맙기만 하다. 생각해보면 엄마의 무지가 감사로 생각되기도 하다. '그런 과오가 없었더라면 가족관계에 대한 소중함을 경험할 수 있었을까?' 라는 생각 때문이다.

마음 속 깊이 '행복이란 것이 이런 것이구나.' 라는 안도감이 느껴졌다. 마음 헤아리기 연습은 내 마음을 우선 편안하게 해줬다. 가족들도 편안해 보였다. 그럼에도 성과에 대한 관심을 가지고 강요했던 옛 습관을 완전히 버리지는 못했다. 가끔씩 '이런 식으로 계속 해도 되는지'에 대한 의문이 생겼다. 순간순간 목표와 성과에 대한 관심이 꿈틀거려서이다. 그러다보니 가족의 비수용행동이 보인다. 다행스럽게 그동안 터득한 인간관계기술이 도움이 되었다. 특히 현실치료상담은 피드백이 예술이다. 비수용 행동을 수정하고자 할 때의 기술이다.

"네가 하고자 한 것은 OOO이었구나. 엄마라면 OOO하게 해보고 싶네."

이렇게 비수용 행동에 대하여 공을 들여 말을 걸었다. 그럼에도 오랜 세월 아이들에게 강요를 습관적으로 했으니 아이들은 "알아서 할게." 라는 말을 한다. 예전 같으면 '욱' 하고 올라왔을 텐데 그건 아이들의 선택으로 맡겼다. 내가 선택한 만큼은 했으니 나머지는 내 몫이 아닌 아이들의 몫이라는 마음이 '그럴 수도 있어.' 라는 생각으로 이어졌다.

나의 꿈 발견하기

자녀의 성공이 내 꿈이라고 여기며 매달렸다.
상담이나 심리에서는 가장 안쓰러운 사람을 '헌신적인 아내, 헌신적인 엄마' 라고 한다.
처음에는 이해가 되지 않았다.

어릴 때부터 상상, 공상을 많이 했다. 동화
책을 읽을 때는 동화의 주인공이 되어 상상의 나래를 폈다. 동생들을
데리고 미래에 대한 설계를 이불 속에서 나누기도 했다. 동생들은 옛
이야기를 나눌 때마다 언니에게 도전을 받았다는 말을 하여 힘이 되기
도 한다. 초등학교 때는 사촌오빠들이 영화배우가 되라고 했다. 단지
눈물을 잘 흘리고 감정이 풍부해서였단다. 지금도 잘 운다. 가수가 고
음처리를 잘 하고 감동 있게 노래를 불러주면 그냥 눈물이 난다. 눈물
을 닦고 또 닦아가면서 노래를 듣는다. 드라마를 보면서 감동적인 장
면이 나오면 눈물이 줄줄줄 흐른다. 이제는 아예 내놓고 '엄마 운다.'
하면서 계속 눈물을 훔친다. 감동 있는 스토리를 들어도 운다. 큰애 초
등학교 입학식 때는 학교 운동장에 태극기가 올라가며 동해물과 백두

산이 애국가가 흘러나올 때도 하염없이 흐르는 눈물을 주체할 수 없어서 당황스러웠다. 내 어린 새끼가 벌써 이렇게 초등학교에 들어왔다는 감동 때문이었다. 공상과 눈물은 나의 생활이었다.

결혼 전에 나는 영문학을 전공하여 문학도가 돼 보는 꿈을 꾸었다. 중학교 때부터 공부를 좀 한다고 생각했는데 고3 관리를 잘 못하여 대학에 한 번 낙방하고 말았다. 원하는 대학 아니면 안 간다고 벼루다가 취미로 했던 피아노에 대한 관심을 갖게 되었다. 나의 20대에는 가수 이선희의 'J에게'라는 노래가 유행이었다. 피아노로 'J에게'를 치며 노래를 부르곤 했다. 가사도 예뻤다. 이선희의 가창력도 대단하여 늘 즐겨 불렀던 노래였다. 문학도를 꿈꾸던 나는 교회에서 가장 많이 쓰임 받는 피아노과를 선택하였다.

피아노치기는 심리적 안정을 안겨주었다. 내 나름대로의 낭만적인 것을 선택한 것이 피아노치기였다. 하지만 어마어마한 노력이 들어가고 피눈물이 났다. 실기 연습을 몸이 고달플 만큼 많이 했지만 원하는 작품이 나오지 않았다. 아무리 연습을 많이 해도 음악을 하던 집안에서 태어나 음악에 젖어있던 동료들을 따라가기는 역부족이었다. 한계와 좌절을 경험했다. 예체능을 전공하려면 어릴 때부터 해야 하고 소질이 있어야 함을 절실히 깨달았다. 그럼에도 음악을 하며 더욱 감성을 키웠고 내 인생은 행복했다. 많은 시간을 들여 울며 연습을 하면서 집중력훈련도 많이 된 것 같다. 지금의 내가 몰입해서 현재의 일을 할 수 있는 것은 그 때 피아노연습을 통해서 형성된 집중력훈련도 한 몫 한 것 같다.

졸업을 하고 생각지도 않은 피아노 레슨을 하며 음악 실력을 키워 갔다. 교회 반주를 하며 점점 더 자신을 보완해나갔다. 교회반주를 잘 하고 싶은 목표가 있어서 좋았다. 마음에 힘이 들 때는 찬송가를 연주 하며 노래를 부르다가 눈물이 흘러 마음이 정화된 경험이 많다. 음악 은 큰 위로가 되었다. 간단한 소품인 '은파나 소녀의 기도'를 연주하 며 힐링을 체험했다. 음악을 선택한 것에 대하여 내가 대견스럽고 좋 았다. 이로 인하여 두 자녀에게 음악을 하게 이끈 계기가 되었다. 서른 아홉이 될 무렵부터 음악으로 해결될 수 없는 그 무엇이 꿈틀거림을 느낄 수 있었다. 현실을 보며 살다보니 스트레스가 많이 쌓여서 그런 것 같다. 내 꿈이었던 것은 낭만과 위로가 아닌 밥벌이가 되고 있었다.

나의 꿈은 무엇인가? 남편의 출세가 내 꿈이었다. 남편에 대한 기대 를 내 꿈으로 삼았다. 남편 뒷바라지에 올인을 했다. 남편이 하는 일에 서 최고가 되기를 바랐다. 남편의 마음을 헤아리기보다는 성공에 목표 를 둔 것이다. 나는 남편의 분야에서 최고가 될 수 있도록 경제적, 시간적인 배려를 했다. 박사까지 공부를 해야 한다면 시켜야 한다는 생각이었다. 이렇게 나는 과도한 기대를 남편과 자녀에게 했다. 내 마음이 찢어지는 줄을 몰랐다. 친정도 모르고 시댁도 몰랐다. 절실하고 급했다. 오직 남편의 출세가 내 꿈이었다. 그러던 내가 세월이 흘러 40대 남성 직장인들을 상담해 보았다. 그들의 고통 중 한 가지는 사회가 녹록지가 않다는 것이었다. 20대에는 목표가 생기면 밤을 새서 노력을 하게 되고 노력한 만큼 장학금이나 상금, 상장으로 결과가 생겼다고 한다. 사회생활은 그런 시스템만으로 되어 있지 않다는 것을 경험하고 있단다. 처자식 볼 면목이 없다는 것이다. 남성들의 고민을 들으며 남편을 생각해보게 되었다. 그러나 젊을 때는 그런 것을 몰랐다. 오직 내가 기대했던 만큼 결과가 나오지 않자 큰 좌절을 느끼기만 했다. 내가 원하는 대로 남편이 이루어내지 못하자 마음에 분노가 생겼다. 남편이 점점 미워졌다. '그렇게 공을 들였건만 왜 저런 거야?' 이런 완벽주의 의문은 더 부정적인 감정으로 나타났다.

이 세상에서 가장 바꾸기 어려운 것이 과거와 타인이라고 한다. 타인 중에서도 가족을 바꾸기가 가장 어렵다. 한편 남편은 나에게 외부통제를 받으니 얼마나 괴로웠을까! 남편은 남편 살 궁리를 했을 것이다. 남편이 원한 것이 아니어서 내 기대는 더 어스러진 것이다. 따라는 했으나 내가 기대한 만큼 결과가 나오지 않았다. 부부관계로 살지만 답답하고 막막했다. 불평이 나오게 되었다. 원망과 비난을 하게 되었다. 이게 내 사는 방법이었다. 남편이 소중하게 보이지가 않았다. 계속되는 아내의 외부통제는 남편인들 얼마나 힘들었을까를 공부를 하며 늦게야 생각해 보게 되었다. 남편이 내 마음대로 되지 않자 나의 시선은 아이들에게 옮겨졌다.

　자녀의 성공이 내 꿈이라고 여기며 매달렸다. 상담이나 심리에서는 가장 안쓰러운 사람을 '헌신적인 아내, 헌신적인 엄마' 라고 한다. 처음에는 이해가 되지 않았다. 지식으로 알고 있기는 남편이나 자녀가 잘 되는 길은 아내와 엄마의 헌신이 중요했다. 새벽기도부터 시작하여 자녀의 성취에 대한 관심을 쏟았다. 하나님이 나를 얼마나 한심스럽게 생각했을까! 지금은 '우리 아이가 행복하기 위해 엄마의 역할을 잘 할 수 있도록 도와주세요.' 라고 기도한다. 그때는 성취에만 관심을 쏟았다. 나도 불행했고 가족도 불행했을 것이다. 자신을 보듬을 줄을 몰라서였다. 내가 해야 될 것은 남편과 자녀가 아니라 내 자신의 마음을 보듬어야 했었다. 내 마음의 고통을 들여다볼 줄을 몰랐다. 내 마음 밭에 잡초가 얼마나 무성한 줄을 몰랐다. 내 마음의 상태는 부정적인 생각과 정서로 가득 차게 되었다. 이런 상황에서 음악이 들리지도 않았고 힐링을 체험할 수가 없었다.

신앙에서 답을 찾아보았다. 나 자신을 알아갔다. 인생을 알아갔다. '진리를 알지니 진리가 너희를 자유케 하리라' 는 말씀처럼 자유를 경험하게 되었다. 신과의 관계는 많은 회복을 받았다. 내가 티끌 같고 먼지 같은 하찮은 존재라는 것을 알아갔다. 누구를 고칠 필요가 없었다. 나를 변화시키면 된다고 결심을 했지만 변화에 이르기까지는 고통이 따랐다. 아직은 대인관계에서는 자유롭다는 느낌이 적었다. 내 중심인 이기심을 이타적으로 바꾸려 하니 시간이 필요했다. 죽을 때까지의 싸움이라고 한다. 인간관계가 이리 걸리고 저리 걸렸다. 내 의도와는 다르게 인간관계가 진행이 늦었다. 실수가 많이 생겼다. 나의 옳음으로 대인관계를 하니 마음의 비판이 앞섰다. 내가 싫었다. 이 마음으로 상담을 접촉하기 시작했다.

상담으로 나를 알아가는 길은 새롭고 기대가 되었다. 반면 마음을 가꾸어나가는 과정에서 갈등이 야기되기도 했다. 아들러 심리학에서 말하는 '이대로의 나' 로 살고 싶은 생각과 '변화되고 싶은 나' 의 갈등이었다. 그럼에도 계속된 상담공부는 나에 대하여 알아 가면 갈수록 내면의 부족한 점만 보였다. 힘이 빠졌다. 그 힘은 빠져야 될 힘이다. 내가 힘을 빼니 가족이 편하다. 처음 시작은 가족을 변화시키려는 기대로 출발한 공부가 오히려 나 자신을 다져가는 시간이었다. IMF 직후부터 상담과의 만남이 시작됐으니 근 20여년이 다 되어간다. 많은 상담기법 중 현실치료상담을 만나고 '상담이 성경과외공부가 맞구나' 라고 생각해 보았다. 성경이 성경되게 도와주었다. 나 자신을 조금씩 들여다보니 벌거벗은 상태로 가족과 이웃을 왈가왈부하고 있었다. 미안하기도 하고 부끄럽기도 했다.

열심히 배움에 집중하고 있을 때 자아성장훈련이라는 프로그램에 참여했다. 강사님은 꿈을 적어보자고 했다. 그 때가 40대 중반이었다. 나는 속으로 '이 나이에 꿈은 무슨~' 이라고 생각하며 피식 웃었다. 앞에 서 있던 강사님은 마음에 생각한 것을 부담 없이 적어보라고 한다. 적어만 보아도 꿈이 이루어진다고 했다. 그 때는 석사과정을 할 때로 기억된다. 쑥스럽지만 석사졸업 후 박사, 대학 강의, 현실치료상담 전문가, 부모교육전문가, 독서상담 전문가, 책 쓰기 등을 적었다. 누가 볼까 미안하고 겸연쩍었다. 그랬던 내가 이 글을 쓰고 있는 지금은 어느새 꿈이 다 이루어져 있다. 단 한 가지, 책 쓰기를 이루지 못하다가 〈최고다 내 인생〉의 저자 이은대 작가를 만나며 지금 이 글을 쓰고 있다. 어느덧 내가 자아성장훈련 강사가 되어 다른 분들을 가르치려고 내 책을 열어보았다. 박사가 되어 대학 강의를 10년 넘게 하고 있고, 현실치료상담 전문가, 부모교육전문가가 되어 부산과 경상남북도 교육청의 초청으로 쉼 없이 부모교육을 실시하고 있다.

청소년상담이 꿈이었다. 청소년들은 어디로 튈지 모르는 탁구공과 같다. 아직 전두엽이 미발달되었기 때문이다. 자신의 의지와 상관없이 문제행동이 많이 나타난다. 이런 청소년들이지만 그들을 위로해주고 격려해주고 공감해주면 흰 눈동자가 가득한 눈빛이 정상으로 돌아온다. 친구를 만난 것 같은 메시지를 표정으로 보여준다. 상담을 알기 전에는 청소년의 문제행동이 감당하지 못할 아이들로 여겨져 성가시기만 했다. 그들을 이해하고 친밀감을 형성할 때는 어떠한 상태에 있는 아이들이라고 해도 친구가 되어있다. 마음으로 약속한 청소년상담 10여 년을 채웠다. 청소년상담을 하며 '세상에 이런 분도 있네요.' 라는 소감이 기억난다. 어른이 되면 변화되기가 쉽지 않다. 겉과 속이 일치되는데 고정관념이 방해를 한다. 그래서 청소년상담을 우선 선택했는데 꿈이 이루어졌다.

부모교육 전문가가 되었다. 청소년상담을 하다 보니 궁금증이 생겼다. 상담자와 만나 충동대로 살던 아이들의 마음을 만져주면 아이들이 제 갈 길을 찾아갔다. 그러나 상담자와 헤어지면 곧바로 원래의 모습으로 돌아간다. '왜 그럴까?' 를 생각해 보았다. 가정에서 부모님과의 소통에 어려움이 있다는 것을 알게 되었다. 부모가 달라져야 한다는 것을 알게 되었다. 부모교육 책에서 많이 말하고 있는 것은 부모의 정서가 대물림된다는 것이다. 부모의 행동, 부모의 언어, 부모의 태도,

부모의 가치관 등을 미워하면서 닮아간다. 자녀들의 발달시기에 따른 부모역할이 다름을 요구하지만 습관대로 자녀를 대하다 보면 어려움이 발생할 가능성이 높다. 부모의 심리가 안정이 되면 지식이 어느 정도 발휘를 한다. 지식으로라도 자녀에게 따뜻하게 대할 수 있다. 습관대로 자녀를 대할 때는 엄마가 불안할 때 그렇게 되기가 쉬웠다. 그래서 부모의 행복이 더 중요함을 느끼게 됐다. 부모교육 중 부모님의 자존감을 향상시키는 훈련에 관심이 많다. 엄마의 자존감이 회복되면 부부가 행복해지고 자녀가 행복해질 수 있다고 여겨졌다.

힐링 센터가 꿈이다. '나 알아가기'로 시작한 상담공부는 2000년도에 학생상담자원봉사로부터 출발하였다. 5, 6년이 더 지나게 되니 적극적인 외부활동으로 이어졌다. 얼마나 바빴는지 날마다 얼굴이 발갛게 상기되어 이 곳, 저 곳으로 강의를 다녔다. 그러다 2008년부터 독립하여 상담센터를 운영하고 있다. 공부해오고 있던 현실치료상담의 교육과 P.E.T. 부모역할훈련의 교육 및 개인 상담을 실시하고 있다. 처음 상담공부를 시작한 것은 내가 살기 위하여 한 행동이었다. 나 자신이 치료되어 가는 모습이 너무 멋지고 좋았다. 가장 기쁜 것은 가족이 부드러워져 가는 모습이 행복을 안겨다 준 것 같아 만족스러웠다. 이렇게 시작된 것이 진로로 이어졌다. 부모교육 강사로 활동하는 것은 정말 보람이 있고 재미있다. 딱 체질인 것 같다. 봄과 가을에는 강의가 봇물처럼 이어진다. 그런 즐거움이 커서 강사가 되고자 하는 사람들을 키워왔다. 그러면서 마음에 느낀 것이 있다. 누구나 강사가 될 수 있지만 더 중요한 것이 있음을 알았다. 그것은 '자신의 마음을 보듬는 것'이라는 것을 알게 되었다. 지금부터는 힐링에 더 중점을 두고 상담센터를 끌어가고 싶은 소망을 안고 있다.

더 높은 소명을 향한 발돋움

나는 내가 바꿀 수 있을 뿐이다. 상담공부는 나를 바꾸는 데 도움을 받았다.
아직도 가야 할 길이 멀다.
오늘도 나를 평가하며 나를 변화시키기 위한 새로운 계획을 세우고 있다.

자존감은 행복과 관련성이 있다. 자존감이 높은 사람은 행복한 사람이다. 행복한 사람은 몸이 건강한 사람이다. 몸의 건강을 위해서 노력하는 사람들을 보았다. 어려서부터 몸이 약하여 학교 다닐 때 체육시간에 벤치에 앉아 있어야만 했던 분이 있었다. 몸이 허약하여 죽을 수밖에 없는 생명이었는데 그 생명을 연장 받았다고 한다. 그 분은 시간을 내서 운동을 하신다. 모든 것을 제쳐두고 운동을 우선으로 한다. 운동 덕분에 다리가 좋아졌고 몸이 좋아졌단다. 시간을 내서 운동을 한 덕분에 지금까지 가족을 잘 섬기고 있단다. 운동은 시간을 내서 하는 것이라고 강력하게 주장한다. 몸의 건강을 위하여 노력한 결과를 알리고 싶은 마음이 크기 때문일 것이다.

행복한 사람은 마음이 건강한 사람이다. 상처받지 아니한 사람은 없다. 역기능가정에서 자라 내면의 상처가 큰 사람들은 시간을 내어 심리치료를 받는다. 성장하고 변화하는 것에 관심을 가진다. 상처에 대한 보상을 물질로 받을 것인가, 심리치료로 받을 것인가? 당연히 심리치료를 받는 것이 더 큰 보상이다. 힘이 들 때 마음의 건강에 관심을 가진다. 마음이 건강해지면 외적인 보상도 따라온다. 행복한 사람은 영혼이 건강한 사람이다. 영의 건강을 위하여 새벽기도, 성경읽기, 묵상훈련 등을 하는 사람이 있다. 주일에 한 번 교회에 가는 사람도 있다. 영의 근육을 키우기 위해 노력하는 사람과 종교성을 가진 사람은 차이가 많다. 영의 근육을 키우기 위해 노력하는 사람은 평안과 기쁨과 감사가 더 지속적이라고 한다. 쏘냐 루보모스키의 말처럼 행복은 연습이 필요하다.

부모역할도 훈련해야 한다. 현재 70대 이상의 부모님들은 소수를 제외하고는 부모교육이라는 것을 원 부모에게 배운 대로 했다. 그 시절은 의식주에 대한 관심이 높았다. 집을 늘려야 하고 성공에 대한 관심이 컸다. 그러다보니 생각 없이 말하고 행동하므로 자녀들은 상처가 됐을 것이다. 다행스럽게 놀이를 통해서나 또래와의 관계에서 욕구를 충족시켜서 그나마 다행이었다. 그러나 관계의 기술은 부족했기에 가족 안에서 상처를 주고받을 수밖에 없었다. 모든 형제가 아니더라도 한 두

형제는 상처가 심했을 수 있다. 지금은 지식의 홍수, 변화의 속도가 높은 시대에 살고 있다. 스트레스도 다양하게 나타난다. 이런 시대는 더욱 부모의 역할이 중요하다. 그래서 부모역할을 훈련해야 한다.

부모의 역할도 중요하다. 친근감 있고 따뜻한 아버지는 자녀의 정서를 안정되게 만든다. 바쁘지만 자녀에게 스킨십을 하고 축복의 말을 해 주는 것은 자녀에게 높은 에너지를 줄 수 있다. 에너지가 세상을 이길 수 있는 힘이다. 엄마의 역할이 자녀에게 미치는 영향은 더 크다. 윤홍균은 자존감이 낮은 직업 중의 하나가 워킹맘이요, 전업주부란다. 결국 엄마들은 자존감이 낮은 군에 속한다고 볼 수 있다. 자존감이 낮을 때 헌신하는 엄마가 된다. 헌신만 하고 자신이 행복충전을 하지 않았기에 부정적인 정서를 자녀에게 제공할 수밖에 없다. 그럼에도 엄마들은 헌신한 것을 크게 여기고 자신의 정서관리에는 관심이 적다. 자녀를 위해서는 무엇이라도 할 수 있지만 자신을 사랑하여 한 가지 투자하기는 어려워한다. 엄마의 행복을 위한 투자와 노력이 필요하다.

결혼예비학교에 대한 관심이 높다. 몇 년 동안 부산 가정법원의 이혼상담을 맡아서 하고 있다. 여러 가지 개인 사정의 어려움을 호소해 온다. 원 가정에서 생기는 어려움을 안고 결혼을 하기 때문이다. 그런데 더 중요한 것은 삶의 기술을 모르고 결혼했다는 것을 알았다. 아직까지는 결혼을 준비할 때 경제적인 부분이 더 우선시되고 있는 것 같다. 집이 준비됐는지, 안됐는지, 혼수를 얼마나 준비하는지에 대한 관심은 높다. 그에 비해 심리 정서적 준비와 의사소통의 기술, 대화의 기술은 준비가 되어 있지 않았다. 신혼부부도 제법 이혼신청을 많이 한다. 갈등대처기술이 약한 가운데 보이는 환경이 크게 보여서이다. 본인들은 환경의 어려움이라고 하지만 인간관계 대처기술이 약한 면이 안타까웠다. 은퇴를 하고 이혼에 대하여 생각하는 커플들도 있다. 실제로 이혼상담을 신청한다. 자기표현 유형이 회피형과 공격형이 만나서 어렵게 살다가 이제는 못살겠다고 호소하는 케이스다. 남편은 한 직장에 오래 머물러 가정을 위하여 헌신했단다. 아내는 남편의 부정적인 정서를 끌어안는 게 지쳤다고 한다. 둘 다 이유가 있다. 두 사람의 마음이 충분히 이해가 된다. 더 중요한 것(정서)보다 덜 중요한 것(물질)에 속았기 때문이다. 또한 재혼을 해서도 서로를 이해하기 어려워 헤어짐을 결심하는 케이스도 있었다. 이러한 것을 해소하는데 도움이 되고 싶어 결혼예비학교에 관심을 갖고 있으며 지도자 배출을 하고 있다.

현실치료상담과 P.E.T. 부모역할훈련 공부는 자존감 회복에 도움이 되었다. 그동안 잊고 있었던 더 중요한 것이 무엇인지를 알게 되었다. 비주류를 주류로 여기고 달려왔지만 마음의 상처만 남게 된 것을 알게 되었다. 마음의 상처는 좌절을 주고 좌절은 살아갈 희망마저 앗아갔다. 보이지 않는 정서를 관리할 수 있도록 안내를 하면 대번에 마음을 보이는 것에 빼앗겨버린다. 그리고는 마음이 굳어진다. 그 상태로 가족과 이웃, 직장에서 대인관계를 하니 힘들어진다. 상담공부를 지속적으로 하는 자는 많지 않았다. 조금 알았다가 무슨 말인지 알았다고 되돌아가는 모습이 더 많았다. 각자의 선택이다. 나는 마음이 아픈 것을 감당하지 못하니 한 가지 상담기법을 붙잡을 수밖에 없었다. 많은 사람들이 마음이 아픈 것을 호소한다. 남이 나를 바꿔주기를 원하고 있다. 내가 남을 바꾸기도 어렵지만 남이 나를 바꾸어 주기도 어렵다. 나는 내가 바꿀 수 있을 뿐이다. 상담공부는 나를 바꾸는 데 도움을 받았다. 아직도 가야 할 길이 멀다. 오늘도 나를 평가하며 나를 변화시키기 위한 새로운 계획을 세우고 있다.

긍정심리를 만나며 행복해졌다. 그동안 피투성이가 되어 있던 마음을 보듬는 시간이 되었다. 감사하기, 용서하기, 사랑하기는 성경에 다 있는 내용이다. 지금 보면 성경은 에너지를 높여주는 데 기여를 한다. 그런데 물질세계에 살고 있는 나는 성경은 성경이고 눈에 보이는 것을 잡으려고 노력했다. 그러다보니 중요한 것을 다 놓치고 살면서 힘들다고 호소를 하는 아이러니한 상태였다. 이제야 눈이 떠져 이런 것을 발견하게 되었다. 나에게는 상담공부가 성경 과외공부가 확실했다. 미련한 인생을 산 것이다. 좀 더 어려서 이런 것을 왜 발견하지 못했을까! 욕심이 방해를 했다. 보이는 것을 잡으려고 하다 보니 귀한 것이 보이지 않았다. 부끄럽다.

낮은 자존감은 물질세계를 추구한다. 상담공부의 시작은 허해진 내 마음을 채워보기 위해서였다. 찢어진 내 마음을 메워보기 위해서였다. 어느새 마음이 조금씩 귀한 것으로 채워졌다. 숨을 쉴 수 있을 것 같았다. 찢어진 마음도 조금씩 아물어 갔다. 이제야 살겠다는 생각이 들었다. 이런 기쁨을 다른 사람들도 공유하기를 원한다. 하나님 한 분이면 족하다는 생각에 푸근했던 마음은 이내 물질로 물이 들어버린다. 어디서부터 어떻게 할지 알 수 없었다. 만물보다 부패하고 타락한 것이 사람의 마음이라고 성경은 말한다. 내 마음이 그랬다. 상담을 공부하며 왜곡된 마음을 다잡아 갔다. 이런 것을 다른 사람에게 알렸더니 공감을 많이 했다. 하나씩 둘씩 상담을 통해 자신을 알아가고자 하는 이들이 늘어났다. 어느새 덜컥 겁이 난다. 상담센터를 생업으로 하는가? 처음 시작은 공유하는 마음으로 출발했다. 그러나 경제적인 목적이 커진다면 어쩌나 하는 염려가 생긴다. 애초에 시작은 마음이 상한 자를 회복시키는 것이었다. 그러기 위해 커리어를 키워왔다. '더 큰 기쁨과 감사로 이어지기를 소망한다.' 한 사람이라도 치유된다면 하는 넉넉한 마음으로 상담센터를 열고 싶다. 즐거움으로 기쁨으로 하고 싶다. 하나님의 소명으로 해보고 싶다.' 나의 낮은 자존감은 약함이 되어 쓰임 받는 도구가 되었다. 잠깐인 보이는 세계에 머물지 않고 보이지 않는 세계에 관심을 가질 수 있게 된 것에 감사하다.

시작을 향한 오늘

가족 보듬기가 가장 힘든 것 같다. 마음이 상할 때도 많다. 내 가족 때문에 마음이 상한다.
가족의 고치고 싶은 부분이 보여 불편하기도 하다.
그리고는 한 마디 던진다. 잘 한 것 같기도 하고 후회스럽기도 하다.

지금부터가 시작이다. 공부를 하면 할수록 모르는 게 더 많다. 알아야 할 게 더 많아진다. 이 공부, 저 공부 알아야 할 내용이 줄을 이었다. 할 일이 많아 하루가 빨리 간다. 읽어야 할 책들의 목록을 적어보았다. 읽은 책은 적용할 수 있도록 정리해본다. '10대에 이렇게 공부를 했더라면' 하는 생각을 하며 웃음이 나온다. 10대에도 무의미하게 사는 게 싫어서 동생을 업고서 책을 읽었던 기억이 있다. 책읽기는 문제 속에 파묻히지 않아서 좋았다. 무슨 일이 어떻게 벌어지든 내 몫이 아니었다. 책읽기는 꿈꾸는 삶이었다. 꿈꾸는 동안은 기쁨과 즐거움이 가득했다. 그때는 지금처럼 조직적이고 체계적으로 하지는 못했다. 그럼에도 책읽기는 꿈을 꾸게 하며 내적 풍성함이 생겨 문제가 보이지 않았다. 결혼을 하고 현실이라는 벽에 부딪히며 꿈꾸는 자가 꿈에서 깨어났다. 현실을 수용하기에는 너무 벅찼다. 나물먹고 물마시고 팔베개만 하고 살 수는 없었다. 나에게 부과된 책임을 져야 했다. 기술이 부족하고 무엇보다 마음 다스리는 능력이 부족했다. 앞만 보고 열심히 산 죄밖에 없는데 왜 내 마음은 무겁고 힘들어질까? 왜 내 짐이 점점 무거워진다고 느껴질까? 모든 걸 털어버리고 싶은 심정이 있었지만 마음치료가 도움이 돼 주었다.

몸짱 만들기는 오래 하기 어렵다. 마음공부를 '몸짱 만들기'라고 한 윤홍균의 말에 공감이 간다. 몸짱을 만들려고 헬스클럽이나 기타 운동을 선택하면 효과가 너무 좋아 효과에 대하여 만나는 이에게 외치곤 한다. 다른 사람들 역시 달라진 모습을 다 알아봐준다. 몸매 좋고 얼굴 좋다고. 나도 더 건강해지고 예뻐진 내 모습을 알아볼 수 있었다. 그런데 3개월이 지나면 서서히 꾀가 생긴다. 가기가 싫다. 시간이 없는 것 같다. 할 일이 많아 보인다. 하루를 빠지고 이틀을 빠진다. 더 핵심은 몇 Kg씩 빠지던 몸무게는 거의 제자리다. 실망스럽다. 힘이 빠진다. 이런 저런 이유와 핑계로 몸짱 만들기는 오래 하기 어렵다.

마음공부도 그렇다. 처음에는 내적 평안함, 가족과의 관계 회복 등이 놀라우리만큼 효과가 높다. 이제는 좀 살겠다는 생각이 든다. 6개월 정도가 지나면 슬슬 바람이 빠진다. 효과도 처음만큼 나타나지 않는 것 같고, 어느 정도 원하던 관계회복도 된 것 같아 살만하다. 그래서 중단하는 사람들이 많다. 대부분의 사람들의 모습이다. 몸을 만들고 건강에 시간을 내는 사람들은 목숨이 위태위태할 정도로 고통을 당한 사람들이다. 하다못해 시간을 내어 학교 운동장이라도 걷는 사람들은 최소한 큰 수술 한 번은 하신 분들이라고 한다. 그렇게 본다면 마음이 조금 더 심하게 아픈 경험을 한 사람은 축복이다. 회복을 하려고 시간을 더 내야하기 때문이다. 시간을 내다보면 관계를 좋게 하는 습관으로 자리 잡는다. 세상을 보게 되는 관점의 폭이 넓어져 마음의 창이 확대된다.

가족 보듬기를 시작했다. 날마다 잘 되지는 않는다. 가족 보듬기가 가장 힘든 것 같다. 마음이 상할 때도 많다. 내 가족 때문에 마음이 상한다. 가족의 고치고 싶은 부분이 보여 불편하기도 하다. 그리고는 한마디 던진다. 잘 한 것 같기도 하고 후회스럽기도 하다. 마음공부를 시작하기 전에는 모든 것이 내 탓이라고 여겼다. 마음공부를 시작하고 보니 내 탓도 네 탓도 아닌 것을 알게 됐다. 다만 표현의 기술이 부족했던 것이다. 가족 보듬기의 시작은 마음 헤아려주기부터였다. 가족의 마음을 헤아려주기 위해 노력했다. 가족들의 모습은 편안해 보였다. 내가 불편할 때는 상대방을 비난하지 않고 내 마음을 표현했다. 가족의 고마운 점에 대해서는 감사의 표현으로 마음을 전달했다. 가족들이 조금 따스하게 보여 지고 여유가 있어 보이며 둥글어졌다. 그럼에도 내 마음을 더 솔직히 들여다보면 아직은 마음이 정리되지 않을 때도 가끔 있다. 공부함에도 왜 이 모양일까? 이런 생각에 사로잡힐 때 나 자신을 향해 '공부 안했으면 더 엉망이었을 것'이라며 위로를 해본다. 이런 생각은 내 마음을 정리하는 데에 도움이 된다. 자녀나 남편의 행동을 고치기보다 내가 어떻게 표현하여 전달할까에 관심을 가지게 된 출발을 하게 됐다.

나 보듬기를 시작했다. 인생의 산봉우리는 끝이 없는가 보다. 이 봉우리 넘으면 저 봉우리가 기다리고 있다. 저 봉우리 넘으면 또 다른 봉우리가 기다리고 있다. 주부로 산다는 것은 내 욕구충족에 무관심하게 살아온 인생이 더 많았다. 특히 보호자적인 기질을 가진 나는 나보다는 가족이었다. 가족에게 헌신하며 내 욕구충족이 되지 않으니 뿌듯하다가 화가 치밀기도 했다. 그러며 후회를 반복했다. 그런 나에게 나 보듬기로 마음 헤아리기를 먼저 했다. 슬플 때는 슬픔을 표현했다. 힘들면 힘들다고 했다. 눈물이 나면 흘렸다. 거기에 '고생했어, 대단해, 있어줘서 고마워, 잘해줘서 고마워, 너를 있는 그대로 사랑해'라고 보너스를 주었다. 마음이 웃는다. 그리고 가끔은 나에게 보이는 선물을 하여 내 마음을 기쁘게 해주었다. 이렇게 하다 보니 나 자신을 위하여 단순하게 사는 연습이 되어져서 삶의 짐이 가벼워졌다. '다른 사람이 나를 어떻게 생각할 것인가?' 라는 것 보다 '내가 바라는 나'에 초점을 맞추어 살 수 있는 에너지가 생겼다. 그리고 부족한 것은 자기평가를 해본다. 정말로 바라는 것을 찾아보아 어떻게 해야 할까에 대한 궁리를 하게 됐다.

형제 보듬기를 시작했다. 형제라 함은 가족 중의 형제도 있고 공동체 안의 형제도 있다. 공동체 안의 형제는 예의로 대해도 관계에 어려움을 겪지 않는다. 그러나 가족 중의 형제 보듬기는 쉽지 않다. 최고의 경쟁자가 형제라고 한다. 그래서 가족치료가 필요한가 보다. 형제 중 누가 잘 되면 고맙기도 하지만 아울러 묘한 질투심도 생긴다. 나는 뭐하고 살았나 싶어 화도 난다. 또한 형제 중 누가 힘들다고 하면 더 속상하고 심지어 밉기까지 하다. 왜 그렇게 밖에 살지 못했는가에 대한 답답함이다. 형제 중 힘든 가정을 보면 마음이 상한다. 그럴 때 더 잘하라고 한 마디 하게 되면 상처를 받는다. 이 말을 해서 상처받았고 저말을 해서 상처를 받았단다. 별 말을 안 하면 무관심하다고, 무정하다고 한다. 참 어렵다. 어쩌라고? 그나마 이제 마음의 여유가 생기니 어찌할 바를 알게 된다. 물질적인 제공보다 긍정적인 정서경험을 할 수 있도록 마음 헤아려주기는 함께 편안함을 주었다.

이웃 보듬기를 시작했다. 내 힘든 것만 보이면 남이 보이지 않았다.

내 힘든 것만 보일 때는 마음이 무너질 때였다. 내 마음이 무너지면 나만 보인다. 잘해도 나를 보고 못해도 나를 본다. 남이 보이지 않는다. 나만 의식이 된다. 그러나 내 마음이 따뜻해지기 시작하니 상대방이 보이기 시작한다. 그들의 상한 감정을 언어, 비언어로 느낄 수 있었다. 마음 헤아려주기는 나와 가족, 이웃을 함께 행복하게 해주었다. 작고 사소한 긍정정서 체험은 남을 볼 수 있는 눈이 뜨게 해줬다. 자녀로 인하여 마음상한 엄마, 부부관계의 갈등으로 인하여 어려움을 겪는 분, 직장에서 대인관계의 어려움으로 인하여 힘들어진 워킹 맘, 가족 내 대인관계에서 어려움을 겪는 분, 자기 스스로 이상적인 나를 만들어서 힘들어진 분 등 많은 사람들의 힘든 마음이 보인다. 고생한다며 애쓴다며 고개를 끄덕여주고 어깨만 톡톡 건드려줘도 서로에게 힘이 되는 느낌이다.

스스로 자신을 회복할 수 있도록 돕고 싶다. 언제까지나 누구를 쫓아다닐 수는 없는 것 같다. 상한 감정의 근원을 인식하고 치유하여 어느 정도 기초를 다지는 것은 필요하다. 적어도 '나'라는 존재가 누구인지는 알아야 하니까 말이다. 인생의 어려움은 끝이 없다. 어려울 때에 자기 주도적으로 문제를 해결할 힘을 길러야 한다. 10여년 정도 해온 독서모임을 독서상담(독서치료)모임으로 전환했다. 지식적으로 알아가는 것으로도 도움이 되지만 마음을 나누는 모임으로 옮겨가고 싶었기 때문이었다. 읽은 내용으로 서로의 마음을 헤아려주고 헤아림 받는 독서상담모임은 구성원에게 힘을 북돋워주었다. 마음공부로 기초를 만든 후 스스로 회복할 수 있는 일환으로 실시한 독서상담 모임은 책 읽기로 힐링을 하고 배움을 지속할 수 있도록 더불어 성장하는 모임이다. 아울러 책을 쓰며 정확한 사람이 되도록 함께 가고 싶다. 덧붙여 읽고 쓴 것을 말할 수 있는 유연한 사람이 되도록 함께 노력해 나가고 싶다.

❝

상처는 관계단절을 가져온다.
부모의 잔소리는 자녀 마음의 문을 닫게 한다.
자녀는 상처로 인하여 꿈을
펼쳐 나가는데 어려움을 초래한다.

❞

CHAPTER

03

• • •

제3장

상담센터 이야기들

상담현장에서 상담자가
있는 그대로 내담자를 존중해주고 격려하고 지지해줄 때
스스로 진정한 바람을 찾았다.

제 3 장

상담센터 이야기들

아동 · 청소년의 상담을 의뢰하는 부모들이 많다. 호소문제는 자녀가 게임을 많이 해서 학업성취에 지장을 줄까봐 걱정이 돼서이다. 부모님들은 자녀들이 규칙을 지키고 목표를 세워 자기 주도적으로 학습능력이 향상되기를 바란다. 자녀가 학습능력을 향상시켜서 성공하여 부모의 체면을 세워주기를 바란다. 이런 바람을 이루기 위해 부모는 자녀에게 야단치고 혼내고 화내고 잔소리한다. 부모의 이런 행동은 자녀에게 상처를 주게 된다.

상처는 관계단절을 가져온다. 부모의 잔소리는 자녀 마음의 문을 닫게 한다. 자녀는 상처로 인하여 꿈을 펼쳐 나가는데 어려움을 초래한다. 또한 낮은 자존감으로 이어져 대인관계를 어렵게 한다. 그래서

관계를 포기하고 쾌락을 추구하며 자기를 파괴하는 길로 들어서기 시작한다. 아동·청소년이 쾌락을 추구할 때의 시작은 대부분 게임이다. 가까운 부모와의 인간관계에서 만족을 얻지 못하기에 인간관계가 없는 곳에서 행복을 찾으려는 시도이다. 처음에는 재미로 한 게임이 부모에게 상처를 계속 받다 보면 중독으로 이어진다. 글라써는 비난하기, 비판하기, 불평하기, 잔소리하기, 협박하기, 벌하기, 매수·회유하기가 관계를 해치는 7가지 습관이라고 했다. 관계를 해치는 습관을 사용하다 보니 부모·자녀는 단절된 관계가 되어져 함께 힘들어지게 된다.

부모역할이 중요하다. 아동·청소년들은 부모들의 믿음대로 된다. 그럼에도 부모들이 통제를 하는 이유는 부모가 옳다고 믿는 믿음에서 왔다. 또한 통제가 사랑이라고 착각하기 때문이다. 왜 자신을 옳게 여기는가? 자존감이 낮기 때문이다. 낮은 자존감은 어릴 때 사랑받지 못하고 소외감을 경험할 때의 오래된 아픈 상처의 영향으로 형성됐다. 상처의 결과는 대인관계에서 방어기제를 사용한다. 원하지 않는 언어가 나온다. 모르는 이웃에게보다 특히 가족에게 상처를 주는 습관을 더 많이 사용한다. 상처는 상처를 낳는다. 상처 주는 습관에서 사랑하는 습관 만들기로 노력해보자.

아동·청소년은 부모로부터 사랑과 관심을 받기 원한다. 사랑받을 때에 창의력이 생긴다. 긍정적인 정서를 경험하며 문제해결력이 높아진다. 사랑하는 습관으로 자녀에게 다가가면 자녀들은 자신들의 이야기가 길어진다. 들어주기 때문이다. 이상적인 자녀(100점)를 만들어 놓고 문제행동을 볼 때마다 점수를 깎아내리는 행위론적 차원으로 보는 시선을 멈추자. 존재론적 차원(0점)에서 시작하여 잘 한 행동을 칭찬해주고 격려해보자. 부모·자녀가 함께 행복을 만들어가는 시간이 많아질 것이다.

관계가 치료이다. 글라써는 관계를 좋게 하는 습관의 중요성을 말한다. 관계를 좋게 하는 7가지 습관을 경청하기, 존중하기, 수용하기, 믿어주기, 격려하기, 지지하기, 불일치 협상하기라고 했다. 사람의 문제는 관계의 문제이다. 상담현장에서 상담자가 있는 그대로 내담자를 존중해주고 격려하고 지지해줄 때 스스로 진정한 바람을 찾았다. 또한 그 바람을 위해 해야 할 일이 무엇인지를 깨닫고 실천하는 모습을 보았다. 대부분의 아동·청소년의 바람은 학습능력향상이었다. 단지 부모의 상처 주는 습관이 부정적인 정서로 이어져 즐거움을 찾는 일시적인 행위로 게임 등에 관심을 가진 경우가 더 많았다. 관계가 중요하다.

윌리엄 글라써의 〈현실치료상담〉과 토마스 고든의 〈P.E.T. 부모역할훈련)을 적용하여 상담한 사례이다. 특수한 경우를 제외하고는 아동·청소년 상담을 부모 상담과 병행했다. 남을 도우면서 내가 더 성숙해졌다. 사랑하지만 기술을 잘 몰라 힘들게 지낸 분들이다. 실제 상담사례이지만 신상정보는 개인정보 보호를 위하여 철저하게 바꿨음을 안내드린다.

게임만 하는 아이

자녀들은 부모님의 통제로 행동이 변화되지 않는다.
글라써는 외부통제로 상대방을 바꿀 수 없다고 한다. 부모님의 역할은
사랑과 격려를 해주는 것이다.

A는 중학교 2학년 남학생이다. 키가 크고 무표정하며 눈동자는 흰 동자가 더 많았다. 억울하고 불만이 많은 모양이다. 첫 대면에 말은 없었지만 싹싹하게 보인다는 느낌을 받았다. 면담 시 말하고 싶지 않다고 했고 무반응을 보였다. 여러 가지 질문을 통해서 자신의 이야기를 한마디 했다. '나는 게임이 좋아요.' 라는 짤막한 말이다. 상담하는 것만 해도 다행이었다. 점점 만남의 횟수가 늘어가며 입을 열기 시작했다. 어느 날 자신의 이야기를 했다. '부모님이 아무리 게임을 못하게 해도 나는 방법이 있어요.' 라고. 부모님이 게임하는 것에 대한 반대가 많은 모양이다. 부모님은 컴퓨터를 못 만지게 한다는 것이다. 컴퓨터는 내담자 방에 있다가 자연스럽게 거실에 나왔다. 그래도 게임을 했다. 그 꼴을 보기가 힘든 부모님은 시간제한

을 했고, 마우스를 숨겨보기도 했다. 심지어 컴퓨터 선을 자른 적도 있다. 아무리 그래도 A는 방법이 있었다. 부모님이 반대하면 할수록 A는 더 컴퓨터게임을 할 수 있는 방법을 찾았다. 다운을 받아서 이불 속에서 주로 밤을 새서 했다.

A가 가장 힘든 것은 누나와의 비교였다. 비교 후 끊임없는 설교와 훈계가 너무 벅찼다고 한다. 그럴수록 반항심과 저항이 생겼다. 그리고 힘은 빠졌다. 자신이 살기 위해 선택한 게임이다. 부모님 중 아버지의 훈계와 잔소리가 특히 심했다. 아버지는 고향에서 성공한 사람으로 꼽힌다. 가끔씩 시골에 가면 영웅대접을 받는다. 고향 분들의 부러움을 샀다. 그런 아버지이니 아들에게 주는 강요는 만만치가 않았다. A에게 똑바로 살아서 대접받고 살 것을 종용했다. A는 점점 더 자신감이 떨어지고 저항감은 높아져 게임에 몰입하게 됐다.

'이 세상을 어떻게 살려고 그러니? 왜 그래? 쫌!' 부모님은 이런 말을 안 하고 싶었다. 그렇지만 자녀를 쳐다보면 저절로 나오는 소리는 훈계와 잔소리였다. 우등생인 누나까지 정신 좀 똑바로 차리라고 전화로 훈계한다. '너 제대로 공부 안하면 서울 못 간다. 그리고 이 세상을 어떻게 살래?' 부모님보다 더 예리하게 혼을 냈다. 가끔씩 어머니가 짠하게 여기며 아버지와 누나를 나무라긴 했지만 어머니도 제대로 방법을 몰랐다. 어떻게 하는 것이 아이를 바르게 인도하는 길인지를 모르니 갈팡질팡 하는 식으로 자녀에게 더 혼란을 준 것 같다고 말했다.

성공한 가족 속에서 버티는 것은 힘들다. A의 생활은 온종일 게임이다. 식사를 거부하다 배가 심하게 고프면 컵라면을 먹는다. 컵라면 먹는 시간까지 게임을 한다. 자연히 학교에 가면 자게 되고 집중은 아예 생각지도 못한다. 학원이나 개인과외를 통하여 공부에 대한 관심을 가지기를 바라지만 A는 아무 관심이 없다. 아무데도 가기 싫다. 친구들도 싫다. 오직 게임만 하고 싶다. 그나마 학교에 가는 것만 해도 다행이다. 상담자와 A는 만나서 놀았다. A에게 무슨 게임을 하는지, 게임레벨이 얼마인지, 커뮤니티는 누구랑 하는지 물었다. 잘 하라고 격려했다. 그리고는 몰입능력에 대하여 지지해주고 외모에 대한 칭찬도 해주었다. 신나서 이야기를 많이 했다. 이야기를 잘 한다고 격려해 주었다.

부모상담도 중요하다. 부모님의 말을 경청했다. 살아온 이야기, 자수성가한 이야기, 자녀교육에 대한 노하우 등을 고개를 끄덕이며 들어줬다. 성공적으로 열심히 사시는 부모님을 격려했다. 사랑 · 소속의 욕구, 힘과 성취의 욕구, 자유의 욕구, 즐거움의 욕구를 충족시켜 드리기 위해 애썼다. 그리고는 부모님의 협조를 구했다. A를 사랑해줄 것을 요청했다. 한 가지라도 잘 하는 것을 찾아주고 격려해주고 지지해줄 것을 부탁드렸다. A는 조금씩 마음을 열었다. 사실은 나도 공부를 잘 하고 싶다고.

A가 조금씩 달라져갔다. 어머니는 남편에게 애한테 그렇게 하면 안 된다고만 했지 자신도 소신이 없는 상태였다. 남편이 너무 강력하여 제대로 주장하지 못했다. 아버지는 '그래도 A를 정신을 차리게 해야 해' 라고 했다. 이런 상황이었지만 부모님은 상담자의 말을 잘 이해해 줬다. 부모님의 지지와 격려는 A에게 큰 힘이 되었다. 상담횟수가 늘어나며 A의 흰 눈동자는 점점 줄어들고 검은 눈동자가 늘어났다. 지속적으로 상담자와 좋은 시간을 가졌다. 말하는 양이 점점 늘어났다.

"정말 바라는 것이 뭐니?"
"저도 공부를 잘 하고 싶어요."
"그래! 대단하네. 공부를 잘 하기 위해 어떻게 하고 있니?"
"게임이요~"
"게임이 재미있구나. 게임을 계속하면 공부를 잘 할 수 있을까?"
"아니요."
"정말 공부를 잘 하고 싶어?"
"네"

"관심 있는 과목은 뭐니?"

"영어요."

"우와, 영어를 잘 하기 위해 한 가지라도 해 보고 싶은 것이 있니?"

"영어 점수는 잘 나오는데 그래도 영어 과외를 한 번 받아보고 싶어요. 여럿이 다니는 학원은 싫고 친구 00가 다니는 과외를 해보고 싶어요."

멋진 생각이라며 격려해 주며 언제부터 가고 싶은지 물었다. 내일 00에게 말해서 알아보겠다고 했다. 이렇게 하여 상담이 마무리될 즈음에는 처음 본 인상대로 싹싹한 모습을 보이며 미남이 되었다. 영어 과외 외에 추가로 한 과목을 더 신청하여 진정으로 원하던 것을 찾아 실천하게 되었다.

부모님은 아들이 더 잘되기를 바랐다. 딸보다 아들이 잘 되기를 바랐지만, 그 바라는 마음을 강요하고 비교하고 통제하기 시작했다. 그럴수록 A는 공부가 더 하기 싫어졌다. 부모님이 바라는 자녀의 모습을 물어보았다. 자기 주도적으로 학습을 하며, 학업에 열의를 갖기를 원했다. 그러기 위해서 부모님이 한 행동은 무엇인지 물었다. 혼내고 비교하고 잔소리하기였다. 도움이 되었는가? 그렇게 안하려고 했지만 다른 방법을 몰랐다고 한다. 그러지 않으면 아이가 더 비뚤어 질 것만 같아 익숙한 방법으로 자녀를 통제했다. 그런 분들이 자녀를 지지하고 격려하여 부모님과 관계를 회복했다. 부모님은 함께 노력하는 모습을 보여주었다. A는 점차 힘을 얻었다. 부모님의 지지와 상담자의 격려로 A는 용기를 냈다.

부모님은 A가 성공하기를 바랐다. 학생으로서 우선 공부를 잘 해주기를 바라서 통제했다. 자녀들은 부모님의 통제로 행동이 변화되지 않는다. 글라써는 외부통제로 상대방을 바꿀 수 없다고 한다. 부모님의 역할은 사랑과 격려를 해주는 것이다. 그동안 마음이 지쳐 있었던 부모님은 상담자의 지지와 격려가 힘이 된 것 같다. 힘을 얻어 자녀에게 사랑을 표현할 힘이 생겼다. 지지와 격려는 자녀가 원하는 것을 스스로 찾게 된다. 바램에 대해 실천할 수 있는 힘이 생긴다. A는 부모님의 협조로 잘 마무리된 사례가 됐다.

커뮤니티가 좋은 아이

사람은 관계가 좋은 사람의 말을 듣는다.
자신을 수용하고 이해해준 사람의 말을 귀담아 듣는다. 이런 이야기를 누나와 나눴다.
누나는 울며 그 동안 자신의 일이 바빠서 동생을 챙기지 못했다고 한다.

여중생인 B의 첫인상은 힘이 없어 보였지만 얌전하고 따뜻한 느낌이었다. B는 우울하고 힘들다고 한다. 우울하고 힘든 상태에서 벗어나고 싶어서 게임을 한다. 밤새워 게임을 하니 학교지각을 도맡아서 한다. 지각의 대가는 운동장 돌기이다. 아무 생각 없이 운동장을 돈다. 운동장돌기는 일상이다. 수업 시간에는 내내 졸음이 온다. 단 한 가지 가끔씩 공책을 꺼내 끄적거리는 것이 있다. 만화그리기다. 재미로 만화를 그렸는데 친구들이 재미있다고 한다. 친구들을 위해서라도 매일 만화를 그린다. 가끔씩 못 그려 갈 때가 있는데 친구들이 난리다. '빨리 써, 야! 빨리 쓰라고!' 모두들 기다리고 있다. 학교에서도 가끔 만화그리기를 하는 이유이다.

불안해서 시작한 게임이다. 직장생활하시는 아버지와 전업주부인 어머니 그리고 남동생이 있다. 초등학생인 남동생은 B가 돌본다. 숙제를 도와주고 동생의 식사를 챙긴다. 어머니가 돌보지 못하여 B가 돌본다. 어머니는 우울증으로 2, 3년 전부터 직장을 쉬고 있다. 어머니는 거의 누워있는 횟수가 많다. B가 집안일과 동생돌보기를 하는데 벅차고 지루하다. 하지만 자신의 과제라고 생각한다. 착하다. 그러다 보니 정작 자신의 숙제는 못 해 가는 경우가 많다.

어머니는 술을 마신다. 종일 누워 있다가 저녁이 되면 옛 직장동료와 함께 만난다. 초저녁에 나가면 새벽 2, 3시 정도 되어 귀가한다. 그런 날이면 부모님간의 갈등이 생겨 언성이 높아지다가 싸움을 하게 된다. B는 불안하고 떨린다. 어머니가 외출하는 날이면 겁이 난다. '엄마, 일찍 들어와. 아빠 오셨어' 등의 메시지를 보낸다. 응답이 없으면 전화도 한다. 별 도움이 되지 않는다. 혼자 동생을 돌보며 마음이 복잡하다. 힘이 들 때 주로 게임을 한다. 게임을 할 때, 게임 보다 더 즐거운 것은 커뮤니티다. 커뮤니티는 마음씨 좋은 오빠랑 한다. 그 오빠가 호칭을 '서방님, 여보야' 라고 부르자고 제안했다. 초등학교 5학년 때부터였다.

서방님이라고 부르는 오빠는 좋은 사람이다. 오빠를 20대 초반으로 알고 있다. 다른 도시에 살아서 잘 못 만난다. 6학년 여름방학 때 시외버스를 타고 B에게 온다고 했다. 그런데 B는 강력하게 거절했다. 자신이 뚱뚱해서 몸무게를 줄여서 만나고 싶었기 때문이다. 아직도 몸무게가 줄지 않아 못 만나고 있다고 하여 웃음이 났다. 오빠는 자신의 모든 고민을 다 받아준다. 지지해주고 격려해주고 친절하다. 마음이 편하다. 이해심이 많고 배려심이 많아 큰 힘이 된다. '20대보다는 나이가 좀 더 있지 않을까?' 라는 상담자의 말에 시간을 두고 물어보니 30대라고 했다. 직장생활을 한다는 것도 알게 됐다.

B와 친밀감형성에 관심을 가졌다. 잘하는 게임에 대하여, 레벨에 대해서도 관심을 가졌다. B는 상담실에 미소를 지으며 왔다. 상담시간이 기다려진다고 했다. 누구랑 있을 때 행복한지?, 무엇을 할 때 힘이 나는지? 즐거운 일이 무엇인지? 내가 스스로 선택한 일은 무엇인지를 물으며 친밀감을 형성했다. 상담을 하던 어느 날 "하고 싶은 일을 해도 돼요?" 라고 물었다. 조금 두꺼워 보이는 공책을 꺼냈다. 공책에는 빼꼭하게 연필로 만화가 그려져 있었다. 자신이 그리는 만화라고 했다. 반 친구들이 매일 B의 만화를 보며 다음날을 기대하고 있다. 그 다음은 어떻게 될 것인지 궁금해 한다. 그 다음은 어떻게 전개될지 상담자도 물어보았다. "나도 몰라요'"라고 한다. 쓸 때마다 생각이 다르다고 했다. 그냥 쓰는데 친구들은 재미있고 기대된다고 한다. 때로는 못해

간 날도 있다. 그러면 반 친구들이 난리가 난다. 당장 그려서 보여 달라고 발을 동동 구른다.

B는 따뜻하다. 사람에 대한 동정, 우호가 있고 상상력이 풍부한 B였다. 나 역시 만화에 대한 호기심을 가지며 관심을 갖고 칭찬해주었다. B는 어느 날 아침에 또 지각을 했다. 운동장을 돌았다. 친구랑 함께 학교에 오기로 약속을 했다. 친구 집 앞에서 7시부터 기다렸는데 친구가 안 나왔다. 학교 가는 친구들이 안보여 문을 두드려 물어보니 친구는 오늘따라 벌써 가고 없단다. 혼자서 친구 집 문 앞에서 기다리다가 학교에 지각을 했다. 원망스럽지는 않았다. 친구에 대한 의리가 대단하다. B는 마음이 따뜻하고 우정을 소중히 여겼다.

B의 어머니는 우울하다. 자신이 우울해서 자녀를 돌볼 겨를이 없다. 어머니의 손을 잡으며 마음을 읽어드렸다. 어머니는 눈물을 흘렸다. B가 학교생활과 가정생활을 힘들어한다는 것을 알렸다. 자신이 힘들어 자녀가 보이지 않았다고 했다. 힘이 없다 보니 거의 드러누워 있었다. 가끔 옛 직장동료의 전화가 오면 뒷일을 생각하지도 않고 시간을 보냈다. 남편은 유순한 사람이다. 그러나 새벽에 들어오면 불편해한다. 배우자가 그럴지라도 동료의 전화가 오면 먼저 달려갔다. 부부 갈등이 자녀에게 영향이 있는 줄 몰랐다. 불안해하고 우울한 B에게 관

심을 가져줄 것을 부탁했다. 동생에 대한 돌봄도 부탁했다. 어머니가 작게나마 힘을 내기 시작했다. 함께 계속적으로 B와 좋은 관계 맺기에 힘썼다. 일과를 물어주고 격려해주고 위로해주었다. 마음의 불안이 조금씩 줄어들고 안정을 찾게 되었다.

"게임이 재미없어요." B는 게임이 재미가 없어졌다. 상담이 지속되며 게임이 줄었다. 게임은 재미가 없어 별로 하지 않는다고 한다. 게임을 적게 하다 보니 오빠와 커뮤니티에서 만남이 이루어지지 않았다. 오빠가 들어오면 B가 안 들어가고 B가 가끔 들어가면 오빠가 들어오지 않아 만나지 못했다. B가 게임을 시작한 것은 불안을 떨치기 위한 방법이었다. 누군가의 지지와 격려를 받고 싶어서였다. 상담자의 지지와 격려, 어머니의 관심은 B가 게임에서 멀어지게 하는 계기가 됐다.

B는 만화그리기에 집중했다. 친구들에게 점점 더 인기가 생겼다. B 엄마의 반성이 더 큰 역할을 했다. B의 엄마도 따뜻하고 여린 분이었다. 우울하면서 거절하지 못하는 성격 탓도 있다. B엄마는 동생도 챙기기 시작했다. 그리고 밤중에 밖에 나가는 횟수를 줄였다. B에게 따뜻하게 대해주니 엄마와 자녀가 함께 건강해졌다. 평안해져가는 엄마의 얼굴은 B에게 도움이 됐다.

어머니의 정서가 중요하다. 어머니의 부정적인 정서가 자녀에게 미치는 영향은 크다. 어머니처럼 B는 우울하고 힘이 없다. B가 지각을 해도, 학습능력이 부족해도 자녀에 대한 관심이 없다. 원하는 것이 무엇인지 몰랐다. 어머니의 마음을 계속 헤아려드렸다. 그런 어머니가 B의 강점을 들었다. 동생을 돌본 점, 집안일을 돌본 점, 우정을 소중히 여기는 점에 대하여 들었다. 친구들을 위하여 매일 만화를 그려오는 B의 성실성, 창의력에 대하여도 들었다. 어머니는 자신이 힘든 것보다 자녀에게 관심을 가지기를 선택했다. 사람과의 관계에서 지지받고 격려 받는 것이 살아가는 힘이다. B는 그동안 자신을 잊어버리고 걱정에 묻혀 살았다. 관계에서 회복을 받자 원하는 것을 알았다.

원하는 것이 무엇인가? B는 학습능력 향상이었다. 그리고 만화그리기였다. 대견스러웠다. 엄마가 직장생활을 하지 않아서 학원 이야기를 꺼내기는 힘들다고 한다. 원하는 것을 이루기 위해서 하고 있는 것이 무엇인지 물어보았다. 만화그리기란다. 다른 거 더 해보고 싶은 것은 있는지 물어보았다. 숙제는 해가고 싶다고 했다. 다르게 해 보고 싶은 것을 점검하여 원하는 것을 이룰 수 있도록 함께 노력했다. B의 어머니의 협조가 큰 역할을 했다. 자녀를 사랑하고 있었지만 내 산이 너무 높아 자녀가 보이지 않았던 어머니였다. 그래도 어머니는 어머니다. 자녀를 위하여 기운을 낸 어머니의 관심과 사랑이 자녀에게 가장 큰 힘이 됐다.

커뮤니티에서 위로를 받았던 유사한 사례가 더 있다.

C라는 중학교 3학년 남학생이다. 다소곳하고 얌전한 인상이었다. 아버지, 누나와 함께 살았다. 혼자 자녀를 키우던 아버지는 특히 아들이라도 제대로 잘 되기를 바랐다. 정신 차리고 살 것을 말하며 공부를 열심히 하라고 채근하신다. 그럴수록 책가방은 잘 열리지 않았다. 고등학교도 안 가고 싶었다. C는 채근하시던 아버지 앞에서는 '예' 라고 대답하지만 아버지가 외출만 하면 바로 컴퓨터와 친구가 된다. 커뮤니티가 편안하고 좋아서 게임을 한다. 공부는 싫고 게임이 좋다. 특히 커뮤니티에서 만난 형들의 이야기는 정이 가고 자신의 마음을 잘 알아주어서 좋다. 만나는 형들은 고등학교를 나오지 않았다. C도 고등학교를 안 갈 생각이었다.

"고등학교 갈래요!" 어느 날 C는 다른 도시에 정팅 모임에 갔다. 기차를 타고 갔다. 그 곳에서 만난 커뮤니티 형들과 숙박을 하며 게임이야기를 했다. 세상 이야기도 들었다. 그 곳을 다녀오더니 "고등학교는 졸업해야 할 것 같아요."라고 한다. 웬일? 정팅 모임에서 형들이 "고등학교는 나와야겠더라." 라고 후배들에게 말했기 때문이다. 게임도 좋지만 고등학교는 졸업하라고 했다. 고졸이 아닌 채로 사회 생활하는 것이 불편하다고 말해 줬다. C는 형들과 관계가 좋으니 그 말을 새겨 들었다. 고등학교를 가겠다는 말은 가족들에게 힘이 되었다.

사람은 관계가 좋은 사람의 말을 듣는다. 자신을 수용하고 이해해 준 사람의 말을 귀담아 듣는다. 이런 이야기를 누나와 나눴다. 누나는 울며 그 동안 자신의 일이 바빠서 동생을 챙기지 못했다고 한다. 누나로서 동생에게 많은 관심을 가질 것을 약속한 사례였다.

내버려두기를 바라는 아이

아버지는 관계를 좋게 하는 습관으로 자녀와 배우자를 대했다.
관계를 잘 하려면 먼저 마음의 잡초를 뽑아야 한다.
아버지는 자기가 옳다고 굳게 믿었던 것을 하나씩 내려놓았다.

D는 10대 후반 남학생이다. D는 학교에 안
가고 있다. 사람 좋아 보이며 조심스럽게 행동하는 아버지와 전업주
부인 어머니 사이의 맏이다. 아버지는 자영업을 하여 나름 성공한 삶
이라고 자타가 인정하는 분이다. 아버지의 수고로 건물도 사고 안락
한 주거지도 있어 경제적으로 여유를 갖고 있다. 그럼에도 D는 이제
더 이상 학교를 못가겠다고 판단을 내렸다. 아버지 때문이다. D는 집
이 부담스럽다. 아버지가 부담스럽다. 처음부터 이런 건 아니다. 학교
에 간다고 나섰다. 수업 도중에 나와 버렸다. 학교에 간다고 나섰다가
도무지 부담이 돼서 안가고 말았다. 학교에 더 다니고 싶지 않았다.
부모님이 깜짝 놀랐다. 왜 그러냐? 뭣이 부족하냐? 부모님의 음성도
들리지 않는다. 선생님이 면담을 하자고 했을 때도 마음은 이미 결정

이 됐다.

　부모님은 뭉쳤다. D의 문제해결을 위해 함께 걱정하고 지인들에게 물어봤다. 학교를 오가며 대책을 강구했다. 그래도 D는 수락할 수 없었다. 친구들에게 더 이상 망신당하고 싶지 않아서였다. 친구들이 나를 우습게 볼 것 같아 부끄러웠다. D는 친구들이 많았다. 조용하고 무난한 성격은 엄마를 닮았다. 친구들과의 관계에서 어려움이 없었다. 문제는 실시간 걸려오는 아버지의 전화이다. 어디냐? 뭐하니?

　아들은 착했다. 아빠가 하는 말이라면 잘 들어주고 순종하는 스타일이었다. 귀한 아들이고 아빠의 말을 잘 따라주다 보니 아버지의 모든 관심은 D에게로 향했다. 아버지에게는 최고의 아들이었다. 아버지 역시 최고의 아빠라고 자부심을 가졌다. 귀한 아들을 잘 키우고 싶어 관심을 많이 가졌다. 어디서 무엇을 하는지 궁금했다. '아들, 어디니? 뭐하니?'로 시작된 아버지의 통제는 초등학교 때부터 시작됐다. '일찍 오너라! 엄마가 기다린다. 뭐하니? 어디야?' 등등의 말은 철없던 때에는 사랑과 관심의 언어로 들렸다. 중1때까지만 해도 아빠 말을 잘 들었다. 일찍 오라면 일찍 왔다. 학원을 가라면 갔다. 전화가 오면 받았다.

아빠가 부담스럽다. 아빠는 아들을 사랑했다. 아빠의 사랑은 D를 힘들게 했다. 친구들과 놀고 있을 때도 유일하게 아버지의 전화를 받아야 했다. 처음에는 별 생각이 없었다. 다른 친구들은 전화가 안 왔다. 시간이 흐르자 친구들이 부담스러워 했다. 전화벨이 울리자 "야, 또!" 이런 말은 친구들에게 미안했다. 아빠에게 전화가 올 때면 친구들에게 부끄럽고 불안했다. 이런 일이 지속되다 보니 아버지가 야속해졌다. 하지만 아버지에게 말을 못했다. 전화기를 진동시켜놓고 받지 않았다. 어떤 날은 아예 꺼놓기까지 했다. 그러면 이 친구, 저 친구 폰으로 전화가 온다. "어디야, 얼른 와야지"라는 사랑의 언어이다. 그러나 D는 목을 죄는 느낌이 든다. 친구들 전화번호를 입력해놓고 여러 친구들에게까지 전화를 하여 아들을 찾는다. 아들은 점점 아빠와 단절을 선택했다. 집에 오면 문을 닫고 자신의 방으로 들어가 버린다. 부모님은 갑갑했다. 무슨 일이 있는지를 짐작하지 못했다.

부모 간 갈등이 시작됐다. 어머니가 더 이상 못살겠다는 폭탄선언을 했기 때문이다. 가족 구성원의 어그러짐은 아버지에게는 충격이었다. 자부심을 가졌던 가정이 무너져 내리는듯하여 혼란이 왔다. 부모님은 연애결혼이시다. 언제부터인지 엄마가 힘이 없었다. 드러누워 있는 날이 많았다. 이상했다. 어머니는 집안 일 아니고는 별 할 일이 없다. 아버지가 모든 것을 다 해주기 때문이다. 엄마한테 큰소리치는 것을 거의 보지 못했다. 아버지는 가족을 위해 열심히 일을 했다. 그럼에도 가끔씩 갈등을 느끼는 걸 짐작할 수 있었다.

엄마는 우울하시다. 자녀는 등교거부, 아내는 우울증으로 아버지는 당황스러웠다. 왜 이런 현상이 우리 집에 벌어지는 걸까? 아버지는 지인의 소개로 아들과 함께 상담을 시작했다. 아내를 변화시키려 했다. 자녀가 철이 없다고 생각했다. 그러던 아버지는 상담 횟수가 거듭되면서 자신의 기여했던 부분을 조금씩 깨닫기 시작했다. 어디서 어떻게 잘못되었는지를 인지하기 시작했다. 자신이 가족에게 한 행동은 통제였음을 알았다. 지금까지의 사랑은 가짜사랑이었다는 것을 알게 되었다.

"나는 아빠도 아니네요." 아버지의 이야기 중 하나였다. 자신은 완벽한 아빠, 남편인 줄 알았다. 왜냐하면 아내와 자녀의 필요를 채워주고 헌신했기 때문이다. 아버지는 집안을 일으키기 위해 새벽부터 노력하고 성실하게 일했다. 예쁜 가정을 위해 아내와는 갈등을 줄이기 위해 최선의 노력을 했다. 자녀에게는 필요를 다 채워줬다. 자녀 친구 누가 봐도 멋진 아빠로 보일 수 있을 만큼 노력을 했다. 혼자 자부심을 가졌다. 그런 아성이 무너져버렸다. 상담을 하다 보니 자신이 옳아 보이는 이상적인 모습이 어떻게 잘못됐는지 알게 됐다.

D의 엄마는 대화를 원했다. 어려운 일이 있으면 대화로 풀기를 원했다. 모든 사람이 남편 잘 만났다고 하는데도 엄마만큼은 아니었다. 엄마가 정작 원하던 것은 남편과의 소통이었다. 아버지는 회피반응으로 아내를 대했다. 아내는 더 화를 냈다. 남편은 최상의 것을 선택하여 가정의 평화를 지키려고 했는데 아내는 더 화를 냈다.

D는 믿어주기를 바랐다. 글라써는 청소년기 부모역할 중 하나는 믿어주기라고 했다. 자녀와 관계를 잘해야 한다고 했다. 또래의 영향을 많이 받는 청소년들에게 최고의 부모는 믿어주는 부모이다. 부모교육의 목적 중 하나는 자녀가 스스로 문제를 해결하는 것이다(고든, 1976). 그런데 아버지는 청소년이 된 D가 철없고 세상을 모른다고 생각했다. 아빠의 옳은 것으로 자녀를 외부통제 했다. '남자는 고등학교 시절이 중요하다, 고등학교는 사회에서 성공하는 인맥이 형성되는 시기이다.' 등의 온갖 좋은 이야기를 다 하며 등교거부를 한 D가 학교에 가기를 바랐다. 좋게 이야기를 하려 했지만 꼬는 말이 나온다. "너는 아빠 없이는 못살아"라는 마음의 생각과 함께 비난하기, 비판하기, 불평하기, 잔소리하기, 협박하기, 벌주기, 매수·회유하기 등의 외부통제를 썼다. 이는 현실치료상담 창안자 윌리엄 글라써가 말하는 관계를 해치는 7가지 습관들이다. 외부통제를 최고의 아빠라고 자부했다. 상담을 받으며 자녀를 사랑하고 있다고 장담했던 자신의 모습이 보였다.

'이만한 아빠가 어디 있니'라는 생각과 함께 D가 아빠 앞에서는 최소한 거역하지 않는 모습이 최고의 아빠라고 착각했단다.

　아버지는 외롭고 힘들다. 아내와 자녀에게 잘해준다고 하면 할수록 멀어진 느낌이었다. 자신의 욕구가 충족되지 않았다. 상담센터를 전전하다 관계를 좋게 하는 7가지 습관을 배웠다. 관계를 좋게 하는 습관을 자녀에게 연습했다. 글라써가 말하는 7가지 관계를 좋게 하는 습관은 경청하기, 존중하기, 수용하기, 믿어주기, 격려하기, 지지하기, 불일치 협상하기 등이다. 경청하기란, 자녀가 힘의 욕구(power need)가 충족될 수 있도록 들은 것을 평가하지 말고 자녀에게 귀를 기울이는 것을 말한다. 존중하기는, 자녀의 존중할 점을 찾아내어 말해주는 것이다. 진정으로 존중한다면 존중심을 가지고 행동하는 것까지 따라야 한다. 수용하기는, 자녀의 이 모습 그대로를 사랑하는 것을 말한다. 자녀의 불완전함을 수용하고 완전한 사람은 없다는 것을 받아들인다. 아버지는 특히 믿어주기를 잘 하려고 노력했다. D의 스케줄을 다 꿰고 있는데 믿어주기는 상당히 어려웠다. 그럼에도 불구하고 자녀에게 할 수 있을 때마다 믿음에 대해 말해 주는 것이 필요하다. 그럴 때 믿음을 주는 행동을 하게 된다. 특히 청소년 시기는 특히 믿어주기가 필요한 시기이다. 격려하기란, 자녀가 잘 한 일을 멋지게 했다고 칭찬의 말을 하는 것을 말한다. 그러면 자녀에게 용기가 생긴다. 지지하기란, 자녀의 실수에도 함께 해결책을 찾아보자고 하며 지지하는 것을 말한다. 불일치 협상하기란, 자녀와 의견차이가 생길 때 하나를 얻기 위해 하나를 포기하는 것을 말한다. 협상할 때 둘 다 솔직하게 주고받는 게 중요하다.

아버지는 관계를 좋게 하는 습관으로 자녀와 배우자를 대했다. 관계를 잘 하려면 먼저 마음의 잡초를 뽑아야 한다. 아버지는 자기가 옳다고 굳게 믿었던 것을 하나씩 내려놓았다. 어색했지만 조금 편안해짐을 느꼈다. 자신만의 옳은 것을 내려놓고 연약하고 부족한 점을 보기 시작했다. 자녀와 배우자에게 측은지심이 생기게 되고 진정으로 사랑하기가 시작됐다.

관심 받고 싶은 아이

사람은 사랑받고 관심 받고 싶어 한다.
사랑받을 때 힘이 난다.
사랑받을 때 긍정의 뇌가 되어 지며 원하는 것을 알아진다.

사람은 사랑과 관심을 먹고 산다. E는 초등학교 5학년이다. 요즘 누나 때문에 살기가 싫다. 가족들이 누나에게만 관심을 갖기 때문이다. 누나는 아침, 저녁으로 워킹맘인 엄마가 자동차로 등하교를 시켜준다. 학교에서 귀가하면 학교에서 무슨 일이 있었는지 관심을 갖고 물어준다. 간식도 챙겨준다. 이것저것 필요하다는 것을 말만 하면 해준다. 반면 E는 "응, 왔어?" 하고는 쳐다만 보고 만다.

누나는 학교에서 친구들과 사고가 생겨 등교를 거부했다. 학교를 가지 않겠다고 하니 출근하기도 바쁜 엄마지만 자녀에 대한 관심을 가지고 학교를 졸업시키고 싶었다. 등교를 하고도 누나는 시내로 놀러가 버린다. 더 큰 사고가 계속 이어진다. 학교를 가지 않겠다고 했다. 검정고시로 중졸을 할까? 여러 궁리를 하다가 1년만 다니면 중졸이 되어 학교를 선택했다. 다니던 학교에서 기어이 다른 학교로 전학을 했다. 집에서 거리가 멀었다. 학교를 거부할까 봐 바쁜 가운데서도 엄마는 누나를 태워준다. 이런 여러 가지 사건으로 E는 힘들다. 집안에 여러 가지 일이 생긴 것은 알겠지만 E도 죽고 싶을 만큼 힘들었다.

E는 말이 없고 착실했다. 초등생이지만 자기 방은 자기가 정리를 잘 한다. 엄마의 짐을 덜어드리고자 자기 방을 잘 정리한다. 시간표를 따라 운동하기와 숙제, 학습지를 미루지 않고 잘 하고 있다. 뭔가 집안에 어려운 일이 생겼다는 것은 짐작이 갔지만 E마음도 힘들었다. 착실하게 행동은 하고 있지만 결과가 시원치 않게 나온다. 마음이 힘들어 죽고 싶다는 것을 몇 번 표현하여 엄마의 눈에 띄었다. 착실한 아이는 더 말이 없고 우울해져 있었다. 상담을 하게 된 것은 다행이었다.

누구랑 있을 때 행복했는지, 칭찬받은 것은 무엇인지, 즐거웠던 것은 어떤 것이었는지, E가 선택하여 행복했던 경험을 적게 하였다. 이 활동은 상담자와 친해지는데 도움이 되었다. 기분 좋았던 경험은 원하는 것이 무엇인지 인식하는데 도움이 되었다. 점심시간에 축구를 하여 기분 좋았던 이야기, 학예회 준비를 친구들에게 열심히 하자고 제안하여 친구들이 따라준 이야기, 방을 깨끗이 청소한 이야기, 체육관에서 운동한 이야기 등을 나누며 기뻐했다. 그런 중에 중간고사 국어성적이 많이 내려가 걱정하고 있었다. E는 상담자와 어머니의 배려로 회복되어 자신의 목표를 이루었다. 인정받고 관심 받을 때 에너지가 생긴다.

또 다른 사례를 보자.

F는 중학교 2학년 여학생이다. 하얀 얼굴에 웃는 모습이 꼭 걸 그룹 같다. 걸 그룹 아이들처럼 웃을 때 입 꼬리가 살짝 올라가 환하고 밝게 보였다. F는 아버지 얼굴은 잘 모른다. 타지에서 일을 하는 엄마와 떨어져 외가댁에서 살고 있다. 장사를 하시는 외조부는 장애인이나 부지런하시다. 하루도 거르지 않고 장사를 나가신다. 장애인이다 보니 F를 주말마다 데리고 나가신다. 하교하여 외조부가 필요하다고 하면 나가야 한다. 일손이 필요해서이다. 그러다 보니 성적은 하위권이다.

얼굴은 웃지만 마음은 허전하다. F의 말이었다. 웃는 얼굴은 스스로 만들었다. 초등학교 5학년 때 친구가 "야, 너 얼굴표정 너무 무서워!" 라고 하는 소리를 들었다. 처음 듣는 소리였다. 집에 와서 거울을 들여야 보았다. 무뚝뚝한 여자애가 시무룩한 표정으로 쳐다보고 있었다. 어머나! F는 깜짝 놀랐다. 아침마다 보는 거울이었지만 친구의 말을 듣고 거울을 보니 과연 그랬다. F는 얼굴에 대한 관심이 생겼다.

원하면 보인다. 연예기사를 보았다. 걸 그룹 중 00가 연필을 입에 물고 얼굴표정을 바꾸었다는 기사였다. F는 연습을 해봤다. 한 달, 두 달, 지속되어온 연습은 마침내 F의 얼굴을 바꿔놓았다. 겉모습은 바꿨지만 마음은 늘 허전하다. 허전한 마음으로 학교에 다니지만 학습내용이 들려오지 않았다. 수업시간은 수면시간이다. 잠을 자다가 일어나서 심심하면 교실을 빠져나온다. 다른 공실을 기웃거려본다. 지각은 워낙 많이 하여 벌점이 가득 쌓였다. 봉사활동을 해야 벌점이 상쇄가 된다. 성적은 하위권에다 학교규칙을 제대로 지키지 못하는 그런 실정이었다.

마음이 고파요. F는 이해받고 사랑받는 긍정적인 관계경험이 적다. 아버지 얼굴도 모르고 엄마는 직장생활을 해야 하기에 볼 수가 없다. 그리고 조부모님은 장사를 하시며 녹초가 되어 집에 오시면 쉬기가 바쁘다. 장애인이라 자신의 몸 추스르기도 바쁘시다. 누구랑 자신의 마음을 터놓을 사람이 없다. 마음의 찌끼가 그대로 쌓이고 쌓인다. 자신의 마음을 노출시켜 본 적이 없고 항상 웃고 다니기에 친구들은 F가 힘들다는 것을 잘 몰랐다.

내 마음이 왜 이래요? 웃고는 있지만 답답하다고 했다. 어린나이에 답답함을 알아차림은 안쓰럽기도 했지만 대견스러웠다. 필요를 인식했기 때문이다. 이렇게 만남이 시작되어 상담자의 지지와 격려는 힘을 받았다. F의 얼굴이 더 예뻐졌다.

"원하는 것이 뭐니?"

"장사는 안하고 싶어요."

"그렇구나. 잘 하는 것은 뭘까? 찾아보자"

"별로 없어요. 한 가지 피아노를 조금 쳐요. 엄마가 심심할까 봐 사 준 피아노가 집에 있어요."

"어머니가 참 대단하시네, 피아노도 좀 치고 얼굴도 밝고, F가 해보고 싶은 거 있어?" "애기들을 좋아해요"

"유치원 선생님?"

이렇게 해서 F는 유치원 선생님에 대한 목표를 가졌다. 한 사람의 관심과 사랑은 F의 꿈을 발견했다.

꿈은 이루어진다. 사람의 뇌는 목표가 설정되었을 때 행동할 준비를 한다. 글라써는 사람은 원하는 것을 이루기 위해 행동을 한다고 말한다. 유치원 선생님이 되기 위해 지금 해야 할 일은 뭘까? 수업내용을 이해하지 못한다고 했다. 눈 맞춤부터 시작하기로 했다. 수업시간에 선생님과 눈을 맞추자! 이거 하나만 실천하자고 계획을 세웠다. 수업시간 내내 잠을 자기로 유명한 F가 선생님과 눈을 맞췄다. 선생님들은 F를 칭찬하기 시작했다. 여태까지 받아보지 못한 소리였다. F는 신바람이 났다. 복도를 지나가도 운동장에 있어도 선생님들이 반갑게 맞아주며 관심을 가져주었다. F는 수업시간 질문대장이 돼 버렸다. "이건 왜 그래요. 이게 뭐예요?" 반 친구들은 엉뚱한 질문을 한다고 모두 퉁을 주었다. 퉁을 받는 것 정도는 아무것도 아니었다. 하루하루가 새롭고 즐거웠다.

중간고사 기간이 다가왔다. 국사와 기가, 기타 암기과목을 공부했다. 신기했다. 평균 40점이 올라버렸다. 학교에서 난리가 났다. 선생님들도 수업태도와 성취도를 칭찬해주셨다. F를 잘 아는 반 친구들은 놀려댔다. "야, 너 하루아침에 그렇게 변하면 죽는 수가 있다." 라고 하며 웃었다. 그리고는 대단하다고 격려해주었다. 한 사람의 지지와 격려를 받다보니 목표를 실천할 수 있는 힘이 생겼다. 실천하려는 노력은 선생님들과 친구들의 관심을 받게 되었다. 더욱 목표를 이루려고 노력하는 F가 되었다.

사람은 사랑받고 관심 받고 싶어 한다. 사랑받을 때 힘이 난다. 사랑받을 때 긍정의 뇌가 되어 지며 원하는 것을 알아진다. E와 F의 사례는 긍정의 힘이 학업성취와 진로를 탐색한 좋은 사례였다.

친구들에게 맞고 사는 아이

남들에게 보이는 나로 살고 싶지 않았다. 나답게 살고 싶었다.
실제적인 자신으로 살고 싶었다. 감정을 표현하니 마음이 시원해진다.
상담자와 함께 역할연습을 했다.

　　　　　　　　　　　G는 2녀 1남 중 막내로 중학교 1학년이다.
조용하고 말이 없다. 학교에서나 가정에서 순하고 착한 OOO라고 불린
다. 공부는 중상위 정도이고 가정사정도 고만고만하다. 어느 날 담임
교사가 3학년에 다니는 누나를 불렀다. 집에서 G는 어떤지 궁금하다
는 내용이었다. 자신의 할 일도 잘 하고 간섭하지 않아도 스스로 잘 알
아서 한다고 했다. 말이 없고 조용해서 부모의 자랑이라고 했다. 학교
담임교사는 동생이 왕따이고 계속 맞고 있는 것을 알고 있냐고 했다.
부모님께 말씀드려서 학교 적응을 잘 하도록 함께 노력하자고 했다.

　G는 맞았다. 5월 말이었다. 학급에서 제법 재는 친구가 G의 머리를
툭 쳤다. G는 아무 말을 안했다. "어라" 친구는 G를 이리 치고 저리 쳐

보았다. G는 뭐라고 말을 하고 싶었지만 참았다. 가만히 있었다. 이런 사연이 남학생들 사이에 퍼졌다. 노는 시간마다 점심시간마다 G는 친구들의 밥이 돼 갔다. 그래도 집에서 말을 하지 않았다. 담임선생님도 잘 몰랐다. 2학기가 되었다. G는 방학을 마치고 학교가기가 겁이 났다. 부모님이 걱정하실까봐 억지로 학교에 갔다. '방학 1개월 동안 얼굴을 보지 않았으니 이제는 잊었겠지' 라고 생각했다. 노는 시간이 됐다. G는 책상에 가만히 앉아있었다. 친구들이 한 명, 두 명 차례로 건드리기 시작했다. 고개를 수그렸다. 이를 보다 못해 한 여학생이 담임교사에게 이야기를 했다.

담임교사는 G를 도우려고 힘썼다. G는 학교에서 말이 없고 조용했다. 선생님은 학교 초임이셨다. G가 모범생이라서 자신의 관심이 적었는지도 생각해 보았다. 조례, 종례 시간에 공지사항을 전했다. 친구들과 잘 지낼 것을 부탁했다. 다른 친구를 괴롭히지 않기를 강조했다. 반 친구들은 "예"라고 했다. 하지만 G 건드리기는 계속됐다. 상담 요청을 했다. 3학년에 다니는 누나에게도 협조를 구했다. 가정에도 협조를 구했다. 학교폭력이라는 단어가 생기기 이전 일이다.

우리 아이는 과묵하다. G 부모님이 이웃에게 하는 말이다. 착한 우리 아이에게 왜 이런 일이 발생하나? 걱정이 됐다. 말이 없고 맡은 일을 잘 하는 것은 아빠를 닮았다. 아빠를 닮아서 그렇다고 생각하며 오히려 자랑스러웠다. 학교에서도 자녀를 착하다고 했다. 착했다. 착하다는 기준이 무엇인지는 몰라도 최소한 다른 사람을 방해하지는 않으니까. G는 학교생활을 마치고 귀가하면 인사를 하고 자신의 방으로 들어간다. 학원을 다녀온 후 저녁 식사 때에 나와서 식사를 한다. 식사를 할 때도 조용하다. 식사를 한 후 바로 자신의 방으로 들어간다. G는 아버지를 닮았다. 아버지는 말이 없고 조용하다. 어머니는 G가 아버지를 닮아서 말이 없다고 낙인찍었다. 딸 둘과 시시콜콜 하루 종일 일어난 이야기를 재미있게 한다. 이야기를 하며 하하 호호 깔깔 웃었다. 막내는 원래 말이 없기에 아무도 관심을 갖지 않았다. 조용했기에 그러려니 하고 자녀의 욕구에 대한 관심을 갖지 않았다.

G가족은 소통을 잘 한다. G만 빼놓고였다. 막내는 과묵한 아이니까. 성격이 그런 것이라고 생각했다. 자녀의 말없는 부분을 덕으로 여기고 오히려 자랑스러워했다. 학교에서 일이 생겨도 아무도 몰랐다. 착한 아이 콤플렉스를 무너뜨리고 싶지 않아서 G는 말을 할 수가 없었다. 착한 아이니까 친구들에게 불편하다는 말을 하면 안 된다. 성가시고 힘들었지만 참았다. 착한 아이니까. 이 친구 저 친구들이 번갈아가며 때리고 웃어댔다. 정당방어를 하지 못했다. 하고 싶은 말이 무엇인지 질문하였다. "때리지 마!"라고 하고 싶다고 했다.

감정의 촛불을 켜자. 감정표현을 연습했다. '감정을 표현하는 어휘들'을 펴 놓고 현재의 감정을 찾아 대화를 했다. 하나씩 감정보따리를 끄집어냈다. G는 감정을 표현하지 않으면 누군가의 도움을 받을 수가 없음을 인식했다. 남들에게 보이는 나로 살고 싶지 않았다. 나답게 살고 싶었다. 실제적인 자신으로 살고 싶었다. 감정을 표현하니 마음이 시원해진다. 상담자와 함께 역할연습을 했다. 상담자가 팔을 쳤다. "때리지 마!"가 모기소리만큼 나온다. 대화를 주고받으며 연습을 했다. 또 쳤다. 조금은 더 소리가 켜졌다. 조금 더 큰 소리, 큰 소리가 나왔다. 장점 찾기도 하였다. 그리고 가족의 협조를 구했다. 부모님이 키우기 쉬운 아이보다 자녀가 원하는 아이로 키우자고 대화했다. 건강한 자기표현을 할 수 있도록 가족의 협조가 중요함을 알게 된 사례였다.

자녀의 성적이 자존심인 엄마

엄마도 자존심을 지키고 싶다. 자녀의 외모, 자녀의 성적이
엄마의 자존심을 유지한다고 생각한다. 자신을 위해서는 투자하기를 망설이고 망설인다.
자녀를 위해서라면 혼신을 마다 하지 않는다.

부모님들의 염려 중 하나는 자녀의 성적이
다. 자녀의 문제행동으로 H는 담임선생님께 자주 호출되었다. 자녀가
성적이 하위권에다 친구들을 괴롭히고 방해한다는 이유였다. H의 시
부모님은 자녀교육에 대한 관심이 많다. 특히 학교성적에 대한 관심이
많다. 시부모님을 만나서 듣는 말은 손자의 성적이 얼마나 되는지에
대한 이야기다. H는 회사를 다녀 아이가 이렇게 됐다는 죄책감이 생
겼다. 자녀교육에 집중하고 싶었다. H는 회사에서 인정받고 있었다.
원하던 만큼 인정을 받아 만족스러운 상태였다. 그런데 학교와 시부모
님의 원함을 생각해 볼 때 더 이상 일을 지속해서는 안 된다는 판단을
내렸다. 초등학생 외아들을 둔 엄마는 직장을 그만뒀다.

H는 워킹 맘을 끝냈다. 자녀는 더 산만해졌다. 숙제도 하지 않고 숙제가 없다고 거짓말까지 했다. 괴로웠다. 엄마가 일을 할 때보다 더 속상했다. 자녀를 잘 키우려고 잘나가던 일까지 접었는데 더 엉뚱한 짓을 해대는 자녀가 힘들었다. 엄마가 일을 할 때는 전화로 조종을 했다. "우유 마셔라, 학원가라, 숙제해라, 학습지 풀어라, 게임 그만해라" 등의 원격조종을 했다. 일을 그만둔 지금은 더 세밀하게 자녀교육을 시켰다. '이거해라, 저거해라' 고 하며 따라다녔다. 자녀에게 물었다.

"원하는 것이 뭐예요?"
"엄마가 회사를 다니면 좋겠어요."
"엄마가 회사를 다니면 어떤 점이 좋아요?"
"우리 엄마 잔소리 쩔어! 킹 왕 짱"

일하는 엄마들의 아이가 훨씬 행복해질 수 있다. 이는 정신과 의사인 안느마리 파이오자가 〈난 엄마가 일하는 게 싫어〉에서 하는 말이다. 일 때문이 아니라 엄마가 행복하지 않기 때문에 아이는 불행하다고 했다. 엄마의 행복이 더 중요하다.

엄마는 잔소리장이다. 자녀가 엄마를 지각한 내용이다. 자녀는 엄마가 싫다. 공부도 싫다. 더 정확한 것은 엄마의 잔소리가 싫다. 자녀는 게임이 재미있다. 이겨야 한다는 생각을 할 때 신이 나고 힘이 난다. 그래서 자녀는 게임을 계속 한다. H는 말한다. "우리 아이는 잔소리 안하면 말을 안 들어요." 라고. 어릴 때부터 이렇게 해 왔다고. 어릴 때는 엄마 말을 잘 들었고 성과도 있었다고 했다. 그런 아이가 이상해졌다고 했다. 말을 안 듣는 아이는 없다. 아이 마음을 상하게 하는 부모가 있을 뿐이다.

엄마의 마음 돌봄이 더 우선이다. 엄마들은 아이의 어떠함, 남편의 어떠함 등 외적인 것으로 자존심을 지키고 싶어 한다. 특히 자녀의 성적이다. 학부모 모임을 생각해보면 이 공부는 이렇게 해야 한다, 저 공부는 저렇게 해야 한다고 나름의 철학들을 이야기한다. 그러다 전교 1등 엄마가 오면 입을 다문다. 전교1등 엄마는 뭔가 비법을 갖고 있다고 생각하기 때문이다. 엄마들이 알아낸 이런 비법, 저런 비법으로 자녀들을 외부통제 한다. 외부통제는 엄마의 마음이 힘들 때 더 많이 나온다. 엄마가 더 행복해져야 할까? 아이의 성적을 올려야 할까? 행복한 엄마가 행복한 아이를 만든다.

또 다른 사례를 보자.

I는 전교 2등 여중생이다. 전교 1등에게는 다른 친구들이 "전교 1

등, 야, 전교 1등!"이라고 하며 항상 전교 1등의 꼬리표를 붙여준다. 그런 친구들이 I에게는 "○○야"라고 부른다. I도 전교 1등 꼬리표를 붙이고 싶었다. 사실 전교 1등과 2등의 평균 점수 차이는 근소하다. 근소한 차이지만 보통 어려운 일이 아니다.

엄마가 사주신 빨간 파카는 I를 돋보이게 했다. "예쁘네!"라고 하자 함박웃음이 났다. 최신형 최고 비싼 파카인데 큰돈을 지불하고 산 것이라고 한다. 상담으로 I의 불안을 낮게 하여 전교 1등의 목표를 도왔다. 전교 1등을 하여 엄마에게 받은 선물이다. 엄마는 자녀의 자존심을 지켜주고 싶어 하신다. 힘들고 어려워도 I가 기죽는 꼴은 보기 싫다고 한다.

엄마도 자존심을 지키고 싶다. 자녀의 외모, 자녀의 성적이 엄마의 자존심을 유지한다고 생각한다. 자신을 위해서는 투자하기를 망설이고 망설인다. 자녀를 위해서라면 혼신을 마다 하지 않는다. 왜? 부모의 자존심을 유지하기 위함이다. 보이는 것은 잠깐의 행복을 준다. 보이지 않는 것은 영원한 행복을 준다. 엄마의 행복이 자녀를 행복하게 하고 행복한 자녀는 스스로 가야 할 길을 찾아갈 수 있다.

07

사춘기 자녀의 마음을 여는 엄마

평소에 어머니 마음을 알고 있었던 자녀는 침묵 한 가지만으로도
안도감을 느꼈나 보다. 간단한 의사소통기술을 통하여 자녀를 이해하게 되었다.
엄마가 경청을 선택하여 부부관계와 부모자녀관계를 개선한다.

J는 성실하고 책임감이 강하다. 성취감도
높았다. 목표를 설정하면 달성되도록 능력을 잘 발휘하였다. 자영업을
하는 남편을 만나 시부모를 잘 섬기고 재테크를 잘 하여 부도 이루었
다. 자녀교육도 목표를 설정하여 최고로 키우려고 노력했다. 그럼에도
J의 첫말은 "억울하고 분하다"이다. 왕따란다. 남편은 주말에 운동한
다고 집을 나선다. 얄밉게 느껴진다. 아내인 자신을 소홀히 하는 것 같
아 실망스럽다. 집안 식구들이 자신을 인정해 주지 않는 것 같아 서운
하다. 큰 아이는 기숙사에서 생활하고 있다. 막내인 아들은 중학생이
다. J가 하는 일은 시부모님 모시는 것과 막내 학업성취에 대해 관심
을 갖는 일이다. 가끔씩 사무실에 가서 부족한 점을 살피고 있다. 이보
다 더 잘 할 수는 없다는 생각을 갖고 있다. 그럼에도 남편은 남편대로

의 스케줄이 바빠 얼굴보기가 힘들다. 아들은 귀가하면 문을 쾅 닫고 자기 방에 들어가 버린다.

인간관계는 어렵다. J는 간절히 원하면 이루어진다는 확신을 갖고 모든 것을 원하는 대로 이루었다. 단 한 가지, 가족과의 인간관계는 최악이다. 억울하고 분하다. 눈물로 호소를 해도 달라지지 않는다. 화를 내고 고함을 질러 봐도 설득을 해 봐도 소용이 없다. 상담으로 가족들을 변화시킬 방법을 찾았다. 한결같은 이야기만 해댄다. 어머니가 달라져야 한단다. 능력자인 J는 자신관리 뿐만 아니라 자산관리도 탁월하다. 문제해결을 잘 한다. 모두가 부러워하는 로망이었다. 왜 내가 바뀌어야 하는가? 우리 가족을 바꾸려고 상담을 받는데 무슨 소리를 하는 거야? 상담자들에게 불만이 쌓였다. 제대로 공부나 하고 상담을 하는 거야? 이 상담센터, 저 상담센터를 다녀봤다. 모두들 비슷한 이야기다. 쓸데없이 시간만 낭비했다는 생각이 들어 답답했다.

J는 자녀를 통제했다. 자녀를 보자마자 "손 씻어라, 우유 마셔라, 00학원가라, 00문제지 풀어라"로 시작한다. 계속 따라다니며 자녀의 할 일을 지적해 준다. "왜 그러니? 이렇게 쉬운 것도 몰라?"등의 말로 동기유발을 준다고 생각했다. 엄마가 핏대를 올릴수록 자녀는 더 어긋난다. 꽉 막힌 기분이다. '엄마 같은 사람을 만난 건 너의 행운이야' 라

고 속으로 생각했다. '엄마 말만 들으면 잘 될 수밖에 없어'라는 생각
이 자신을 지배했다. 엄마의 옳은 것으로 자녀를 통제하려고 했다. 열
심히 말하지만 자녀는 그럴수록 마음의 문을 닫는다. 엄마가 자녀를
사랑하는 방법으로 잔소리하고 화내고 고함을 지르는 상처 주는 습관
을 사용했다.

자녀는 잔소리가 지겹다. 어머니의 귀한 말을 자녀는 잔소리로 받
아들였다. 엄마가 미웠다. 집에 들어오기가 싫었다. '저 완벽에 가까
운 잔소리, 언제 끝이 나나?' 오래 기다렸다. 끝이 날 줄을 몰랐다.
스트레스를 받을 때 하는 행동은 간식을 먹고 드러누워서 게임을 해
댄다. 조금 살만하다. 폰을 만지작거리며 몇 시간이고 있다 보면 공
부할 시간을 놓친다. 이런 생활의 반복이었다. 자녀의 바람은 빨리
독립하는 것이다. 중학생이 된 자녀는 스스로 알아서 자신의 일을 하
고 싶었다.

왜 가족에게는 틀린 것만 보일까요? J는 다른 사람들과는 잘 지낸
다. 남들에게 사람 좋은 사람이라고 칭찬을 듣는다. 야무지고 버릴 데
없고 친절하다는 소리를 많이 들었다. 그런데 가족은 왜 그런 대우를
하지 않는가? 왜 몰라볼까? 정작 가정에 헌신해 온 것이 더 많은데 감
사의 표현을 하지 않을까? 감사는커녕 원수같이 대한다. 부담스러워

피하는 것 같다. 외톨이가 되고 왕따가 된 느낌이다. 자신은 왜 가족의 틀린 것만 보일까? 여러 가지 의문이 생겼다. 해결책을 찾고 찾았으나 정작 해결책은 J가 갖고 있었다.

J는 가족을 사랑하고 기대한다. 잘 되기를 소망한다. 사랑하는 사람이고 관심을 가지고 있으니 고쳐주고 싶다. 더 나은 너를 위해서 단점을 변화시켜 주고 싶다. 그래서 훈계하고 설교하고 가르친다. 어릴 때는 훈육이 필요하다. 그러나 10대가 한참 지나서까지 훈계하고 가르치면 잔소리로 해석한다. 그러다 보니 앞에서는 "예, 예"라고 하지만 행동에 변화는 없다. 그럴수록 엄마는 잔소리가 협박으로 변한다. 사랑하는 사람에게 관계를 해치는 습관들을 사용한다. 사랑하고 기대하는 관계는 점점 단절이 된다. 함께 답답하다. 가슴이 미어진다. 열심히 길렀는데 허무한 생각에 좌절이 생긴다.

P.E.T.(부모역할훈련)교육에서 깨달았다. 사랑하는 자녀와 가족이 변화되기를 기대하는 것을 내려놨다. 이미 커버린 자녀를 바꾸는 것은 어렵다. 엄마가 달라져야 한다. 엄마가 해결책을 갖고 있다. 진짜사랑을 보여줘야 한다. 여러 가지 내용 중에서 J에게 현재 필요한 것을 선택했다. 토마스 고든이 말하는 반영적 경청이다. 반영적 경청이란 자녀의 마음을 헤아려주는 것이라고 했다. 자녀가 문제를 더 소유했기에

마음을 헤아려주는 것이 더 필요했다. 아직은 훈련이 안되어 힘들다. 소극적 경청을 선택했다. 화가 난 자녀에게 엄마가 할 수 있는 한 가지는 침묵이었다. 자녀에게 관심을 갖는 비언어메시지인 그윽한 눈빛만 보이고 침묵을 해봤다. 침묵만 해도 첫째 날은 마음이 편했다. 둘째 날도 할 만 했다. 셋째 날부터는 바보가 된 것 같아 조금 힘들었다. 1주일을 했다. 자녀 눈빛이 조금 부드러워짐을 느꼈다. 자신의 불안한 마음이 줄어들었다는 소감을 나누었다.

엄마의 해결책을 던져버렸다. 침묵으로 가족을 대했다. 내가 답이라는 것을 증명이라도 하는 듯이 이래라, 저래라를 하던 엄마가 말하기를 멈췄다. 가족들이 먼저 말을 한다. "나 운동하러 간다~" 남편이 운동기구를 들고 나서며 하는 말이다. 눈살을 찌푸리고 잔소리하는 대신 잘 다녀오라고 했다. 남편의 귀가시간이 빨라졌다. 자녀가 말을 걸었다. "간식주세요~" 침묵을 하자니 조금은 어색하고 답답했다. 2주간을 가족들에게 관심을 보이되 침묵하였다. 엄마 마음이 점점 편해진다. 어느 날 부엌에서 열심히 음식을 만들고 있었다. 아들이 부엌으로 다가왔다. 그리고 엄마~라고 부르며 슬며시 안아주었다. 음식을 만들다 말고 눈물이 흘렀다. "응"하며 눈물을 훔치고 "고마워"라고 했다.

남들에게는 경청하기, 존중하기, 수용하기를 잘했다. 타인들에게는 사람 좋은 모습으로 기억이 됐다. 인간관계에 어려움이 없었다. 하는 일도 성공적으로 잘 됐다. 성취경험으로는 만족하게 살았다. 그러나 가족과의 관계경험은 실패였다. 남들에게 에너지를 쏟아서 가족에게 쓸 에너지는 적었다. 남들에게는 져서 성공을 이뤘다. 남들에게 진 것을 가족에게 이기려고 했다. 내가 어떻게 이루어낸 성공인데 가족들이 이렇게 살아서는 안 된다는 옳음이 남았다. 옳음으로 가족들을 비난하기만 했다. 가족에게는 비판하기, 비난하기, 불평하기, 잔소리하기가 빠지면 대화가 되지 않았다. 일방적인 대화였다. 아니 대화라고 할 수도 없었다. 혼자서 하는 독백이었으니까.

가족에게 친절하게 말하기는 어렵다. 그래도 J는 수업내용을 잘 인지했다. 그동안 사랑하는 가족에게 상처 주는 습관을 사용하다 하루아침에 사랑하고 돌보는 습관을 사용하기가 쑥스러웠다. 그래서 선택한 것이 침묵이었다. 경청은 사람의 마음을 여는 기술이다. 경청 중에서 그나마 접근하기 쉽다고 생각되는 침묵을 했다. 남편과 자녀의 반응이 달라졌다. J도 행복하고 가족들도 편안해했다. 그동안 성취와 관련된 문제해결은 잘 했지만 진정한 인간관계 문제는 부족했다는 것을 인식했다. 평소에 어머니 마음을 알고 있었던 자녀는 침묵한 가지만으로도 안도감을 느꼈나 보다. 간단한 의사소통기술을 통

하여 자녀를 이해하게 되었다. 엄마가 경청을 선택하여 부부관계와
부모자녀관계를 개선한다.

마음 헤아리기 연습을 하는 엄마

자녀 마음 헤아리기 연습을 하니 엄마 마음도 편해지고 막내 얼굴이 환해졌다.
그런다고 하루아침에 학교를 가지는 않았다. 바쁜 와중에도 엄마보다 마음이 더 힘든
막내에게 반영적 경청을 해주니 막내가 조금씩 반응을 보였다.

막내는 학교에 안 간다. 절반만 다니면 고
교졸업이다. 무슨 일이 있었는지 말을 하지 않는다. K가 학교 가라고
하면 "내 알아서 할게."가 전부다. 아침마다 전쟁이다. K는 워킹 맘이
다. K는 지쳤다. 직장 갈 준비와 자녀 등교권유로 힘들다. 달래서 깨
워서 학교에 보내보았다. 직장에 있으면 학교에서 전화가 온다. 막내
가 학교에서 나갔다고 한다. 허겁지겁 집에 와 보면 집에 와서 누워있
다. 그나마 집에서 그것도 자신의 방에서 방콕하고 있다는 것은 다행
이다. 어머니는 오래 다니던 회사를 그만둘 입장이 아니다. 그렇다고
막내를 이대로 방치하자니 가슴이 먹먹하다.

어머니는 직장생활을 하며 혼자서 자녀 둘을 키웠다. 가정의 경제

를 책임져야 했기에 몸이 지치는 줄 모르고 일을 했다. 밖에서 에너지를 다 쏟고 집에 오면 몸이 쳐지고 지친다. 자기 몸은 돌볼 겨를이 없었다. 자녀들의 먹을 것을 간신히 챙기는 정도이다. 그럼에도 큰애는 무난히 커 주었다. 고마운 생각이 든다. 노심초사 자녀들에게 공을 들였다. 막내가 이렇게 될 줄은 몰랐다. 순하고 착한 아이였다. 아이들 덕분에 직장생활을 잘 할 수 있다는 자부심이 있었다. 똑같은 환경에서 똑같이 키웠다고 생각했는데 왜 하필 이런 일이 일어나는지? 어머니는 울고 또 울었다. 어떻게 살아야 하나? 어머니는 자녀들을 사랑했다. 밥 먹여주고 필요한 것을 공급해주었다.

막내는 사랑받고 싶었다. 사랑이 고팠다. 학교도 싫고 친구도 싫었다. 마음이 허전하고 힘들었다. 자신감도 없고 공부는 재미없었다. 더 필요한 것이 있었다. 관심과 사랑이었다. 내향적인 성격이라서 돌아다니는 것에는 관심이 없었다. 사는 데 힘이 빠졌다. 등교거부는 사랑을 확인하고 싶어서였다. "학교 가라, 일어나라, 얼른…!"이런 말은 성가시게만 들린다. "힘들지? 고생했다! 고마워!" 등의 격려를 받고 싶었다. 어머니는 잘 못한 일이 없다. 필요한 것을 공급해주고 열심히 살았기 때문이다. 감정적으로 보이는 막내가 바라는 것은 위로와 격려와 사랑이었다.

엄마는 바빴다. 열심히 산 결과는 안정된 주택과 잘 자라준 두 자녀이다. 사회에서 인정받는 커리어 우먼이다. 월급도 직급도 높아졌다. 직장에서 인정받는 유능자이다. 엄마의 마음이 아픈지도 몰랐다. 엄마의 몸이 아픈지도 몰랐다. 그렇게 열심히 살았다. 가끔씩 동료들이 자녀의 힘든 이야기를 하면 남의 이야기인 줄 알았다. 어떻게 키워서 그런 아이를 만들었는지 하는 부정적인 생각도 들었다. 그런데 내 아이가 문제를 일으켰다. 자녀들을 대학까지 보내려고 지금까지 고생하며 살았다. 자기 앞가림 할 때까지는 도움이 돼 주기로 마음먹었다. 바쁘다 보니 엄마도 모르고 자녀도 몰랐다.

엄마는 힘들었다. 그냥 사는 줄 알았다. 내 마음의 여유가 없이 있는 에너지를 직장에서 다 소모했다. 집에서 자녀들을 따뜻하게 해 줄 에너지가 적었다. 아예 말랐다. 자녀들에게는 단 답으로 이야기했다.

"엄마"
"왜?"
"00이 필요해요"
"알았어, 준비해줄게, 공부해"

이런 식으로였다. 그것도 애써서 한 것이다. 큰애는 그렇게 해도 통했다. 작은애는 상처가 됐다. 어쩌라고? 나도 사람이다. 나도 위로받고 싶다. 너희가 언제 커서 엄마를 위로해줄래? 마음으로 울며 마음으로 말했다.

엄마도 위로가 필요하다. 그동안 자신의 마음을 추스를 수 있는 기회가 없었다. 결혼 후 20년을 앞만 보고 달렸다. 바쁘게만 살았다. 예쁜 얼굴이 말라있다. 힘들어 보인다. 가끔씩 직장동료들과 한담을 하고 모임을 가진다. 모임도 일의 연장으로 했다. 사는 것이 허전했다. 그러나 현실은 현실이다. 날마다 이 돈, 저 돈이 필요하다고 애들은 줄을 선다. 나를 가꿀 여유도 없다. 이것이 인생인 줄 알았다. 직장동료의 소개로 P.E.T.(부모역할훈련) 교육에 왔다. 사실 그 시간도 아까웠다. 집안일이 태산이기 때문이다. 조금이라도 돈과 연결되는 것을 찾아야 하기 때문이다. 하지만 워낙 절박한 사정이라 시간을 냈다. 처음에는 모두 사치스런 이야기로만 들렸다. 배불러서 하는 소리다. 참! 그런 생각이 들었다. 시간이 흐르며 자신을 알게 됐다. 열심히 산 것은 대단했지만 치우쳐 있었던 자신을 보게 됐다. 점점 굳었던 얼굴이 펴진다. 그리고 말한다. '애들이 문제가 아니라 내 마음이 편해졌어요.' 라고.

막내는 사랑이 필요하다. 그냥 큰애처럼 챙겨주는 것이 사랑인 줄 알았다. 엄마의 역할인 줄 알았다. 하긴 어려서부터 떼어놓고 직장생활을 했으니 엄마의 사랑도 많이 고팠으리라. 큰아이도 사랑받고 싶었을 게다. 이성적인 아이라 그냥저냥 넘어간 것 같다. 작은 아이는 지금까지 버텼던 것이 터졌나 보다. 이제 깨닫게 됐다. "학교 가자, 어서 일어나라, 일어나!"란 말이 아이를 더 힘들게 했다고. 스캇펙은 사랑이란 관심이고 경청이라고 말했다. 첫 출발은 침묵이었다. 아무 말을 하지 않았다. 대화를 거의 하지 않던 터라 달리 할 수 있는 방법이 없었다. 청소년 자녀에게 자신이 실천할 수 있는 일은 입 다물기였다. 엄마 마음도 편안했다. 아이도 움직였다. 아침마다 깽깽하던 목소리가 들리지 않으니 이상한가 보다. 부스럭부스럭 소리가 들렸다. 일어나서 무언가 꼼작거렸다. "일어나서 고맙다"라고 말했다. 반응이 없다. 스킨십의 작전으로 들어갔다. 아들을 안아주고 싶었다. 연습이 안 되어 머뭇거려졌다. 도무지 할 수 없었다. 겨우 어깨를 또닥또닥 두드려줬다. 아이의 반응은 "아, 치워!"였다.

자녀양육도 기술이 필요하다. 어깨를 또닥또닥 두드려주기는 계속됐다. 저항을 하고 고함을 치던 아이가 가만히 있었다. 이렇게 소통이 시작됐다. 또 배운 대로 접근해봤다.

"많이 피곤하구나, 쉬고 싶구나."

"……"

"많이 힘들지, 고생하네."

"......"

"엄마가 몰라줘서 미안해."

"......"

"챙겨놨으니 알아서 먹어, 엄마 다녀올게."

"......"

이렇게 해봤다. 엄마 마음이 먼저 조금씩 넉넉해진다. 편안해진다. 막내와 가까워진 느낌이다. 문제해결보다 막내와의 관계에 초점을 맞추었다. 자녀 마음 헤아리기 연습을 하니 엄마 마음도 편해지고 막내 얼굴이 환해졌다. 그런다고 하루아침에 학교를 가지는 않았다. 바쁜 와중에도 엄마보다 마음이 더 힘든 막내에게 반영적 경청을 해주니 막내가 조금씩 반응을 보였다. 막내를 다독거려 놓고 모른 척 하고 직장을 다녀오니 학교에 다녀온 흔적이 느껴졌다.

ADHD 자녀를 둔 엄마

학교에 갈 때마다 주눅이 들어 죄인처럼 다녔던 엄마였다.
지금은 당당하게 교사와 의논을 할 만큼 자신감이 생겼다. 아이를 바꾸는 삶에서 엄마를
바꾸는 삶을 선택한 것은 아이와 엄마에게 도움을 준 사례였다.

L은 얼굴이 하얘서 상담실에 왔다. 근심이 있었지만 탤런트처럼 예쁜 얼굴이다. 밝고 환한 인상이다. 초등학교 3학년인 맏이가 학교에서 지적을 많이 받는다고 한다. 담임교사로부터 자주 전화를 받았다. 때로는 학교에 방문하여 주의를 받기도 했다. 담임교사는 아무래도 병원에 한 번 가보는 게 좋겠다고 했다. 속상하고 부끄러웠다. 자녀교육에 관심이 많아 모든 것을 걸고 집중하고 있었다. 왜 이런 수모를 당해야 하나 싶어 속상했다. 집으로 들어오는 길에 여러 가지 생각에 힘이 다 빠졌다. 의자에 드러누웠다. 기진맥진하여 아이의 노는 모습을 쳐다보았다. 가만히 지켜보니 담임교사 말이 맞았다. 여태 내 눈에만 보이지 않았다.

우리아이는 장난을 잘 친다. 엄마의 지각이다. 엄마는 자녀를 장난을 조금 더 치는 아이, 귀여운 개구쟁이로 보았다. 장난감 조립을 잘한다. 로봇과 자동차에 대한 관심이 많다. 손재주가 좋다. 우리 아이는 어쩌면 저렇게 에너지가 높을까! 이런 생각이 기대되고 설렜다. 함께 길을 지나가다 보면 "엄마, 이건 왜 그래, 저건 왜? 왜? 왜?"라는 질문을 던져 당황스럽긴 하지만 우리 아이는 밝고 명랑하고 똑똑하다고 생각했다. 엄마는 아이를 사랑했다. 자녀를 사랑하니 긍정적인 느낌이 생겼다.

맏이는 ADHD다. 담임선생님의 말을 듣고 남편과 상의를 하여 검사를 받았다. 병원 검사 결과는 ADHD였다. 선생님 말과 같았다. 결과를 보고 난 후부터 자녀가 다르게 보였다. 어제나 한 달 전이나 우리 아이는 똑같았다. 다만 내가 맏이를 보는 시선이 달라졌다. '그럴 수도 있지, 그럴 수도 있지'에서 '왜 저래? 왜, 저래?'로 바뀌었다. 검사 결과를 받고 더 낙망이 됐다. 자녀가 미워졌다. 고쳐주고 싶었다. 아이는 아무것도 모르고 나부댄다. 얼마 전까지 귀엽게 보이던 행동이 미워졌다. "그러면 안 돼, 그러면 안 된다고 그랬지! 엄마가 몇 번 말했어. 쫌! 하지 마! 야! 00아!'라고 고함을 질러 댔다. 아이는 더 심한 장난을 친다. 지가 무슨 화낼 일인가? 화를 내며 더 심하게 굴었다. 엄마는 숨이 막혔다. 자녀와의 신경전이 에너지 소모가 다 되어버린다. 남편의 행동도 못마땅했다. 이 행동, 저 행동이 미워졌다. 트집을 잡았다. 남편도 기분이 나빠졌다. L의 가족은 갑자기 모두가 힘들어졌다.

작은 애와 비교했다. "00아, 동생을 좀 봐, 동생을~!" 엄마는 가슴이 미어졌다. 작은 아이와 비교하며 정신 좀 차리고 살라고 더 혼을 냈다. 남편은 아내보다 한 술 더 떠서 자녀에게 혼을 냈다. "아이고, 아이고" 해 가며 집에서나 길을 가면서까지 자녀를 고친다고 야단을 친다. 자녀가 원하는 대로 하지 않자 더 화를 내가며 자녀를 나무란다. 가정에서 자녀와 신경전을 벌이다 보니 부부간 갈등이 시작되었다. 이제는 남편까지 작은애와 비교하며 산만한 큰 애를 나무랐다. 큰 애는 점점 더 산만한 행동을 많이 했다. 그리고는 표정이 굳어갔다.

〈ADHD는 없다〉라는 책을 김경림 작가는 썼다. ADHD는 개인의 주의력 결핍, 과잉 행동의 문제가 아니라 우리 사회의 인간에 대한 이해 결핍, 과잉 불안이 빚어낸 문제라고 했다. 자녀는 부모의 지각대로, 믿음대로 자신을 이해한다.

문제에 집중하기보다 바라는 것이 무엇인지를 찾아보자. 엄마는 자녀를 이미 문제라고 여기고 있었다. 문제라고 여기니 부정적인 행동이 나왔다. 엄마는 자신의 문제를 발견했다. 학교와 친구에게 폐를 끼치지 않기만을 바랐다. 좋은 부모라는 소리를 듣고 싶은 자신을 발견했다. 그래서 자녀에게 한 행동은 고함지르기 등 외부통제였다. 엄마의 마음은 혼란스럽고 막막했다. 자녀는 자녀대로 짜증이 났다. 가족 구성원들이 모두 이맛살을 찌푸리고 있었다. 더 힘든 사람은 누구인가? 엄마인 줄 알았는데 자녀였다. 엄마도 힘들지만 자녀가 더 힘들었다. 힘든 자녀를 나무라기만 하고 뜯어고치려는 노력만 했던 자신의 모습이 보였다.

"자녀에게 바라는 점은 무엇인가요?"

"규칙을 지켜가며 바르게살기를 원해요."

"지금은 규칙을 잘 못 지키고 바르게 살지 못하나 봅니다."

"네, 선생님께 계속 채근을 받습니다. 힘들어요."

"많이 힘드시겠습니다. 선생님을 방해하고 싶지 않군요."

"네, 불려 다니는 것이 힘들어서……"

"원하는 것을 얻기 위해 엄마는 어떻게 해 보셨어요?"

"잔소리하며 큰소리로 아이를 혼을 냈어요."

"혼을 낼 때 엄마의 마음은 어땠는지요?"

"빨리 바른 아이가 돼야 될 텐데 우리 아이는 왜이래? 라는 생각이 들며 마음이 아팠어요."

"어머니 몸은 어떠셨어요?"

"얼굴이 붉어지고 소리가 커졌어요."

"아이는 규칙을 잘 지켰는가요?"

"아이는 반항을 하며 더 산만해졌어요."

"ADHD 진단받기 전에는 어떻게 해보셨나요?"

"귀엽게만 생각하고 까불고 할 때 함께 웃고 장난을 치고 했지요."

"어머니는 행복하셨나요? 아이도 행복했을까요?"

"네, 좋았습니다."

"함께 웃고 장난을 칠 때 어머니가 제안을 하면 들어주었나요?"

"네, 함께 장난감치우고 밥 먹자 그러면 잘 치워줬습니다."

"어머니가 아이에게 진정으로 바라는 것은 무엇인가요?"

"그야 행복하기를 바라죠. 그렇지만 규칙도 잘 지키면 좋겠어요."

"아이에게 웃어 주고 함께 놀아주면 아이가 엄마 말을 좀 들을 수 있을까요?"

상담을 받은 후 엄마는 아이를 보는 시각을 바꾸어야 함을 알게 되었다. 아이보다 먼저 자신의 행동이 달라져야 한다는 것을 깨달았다. 엄마가 자녀를 더 고통스럽게 지각하고 있었다. 엄마는 자녀와의 관계가 행복해지기를 바랐다. 자녀를 있는 그대로 수용해주기를 선택했다. 자녀를 '쯧쯧' 이런 시선으로 보지 않고자 노력했다. 자녀가 행복한 삶이 무엇인가를 생각하기를 시작했다. 다정하게 대해주고 마음을 만져줬다. 과잉행동이 당장 멈추어진 것은 아니었다. 단지 엄마가 자녀를 보는 관점이 달라졌다. 아이의 불안해하던 모습이 미소를 되찾게 됐다. 엄마도 자녀가 소중하게 생각됐다. 오히려 역으로 담임교사의 협조를 구하는 여유가 생겼다.

어느 날 시내 백화점 문화센터에서 부모 자녀와 함께 하는 자아성장훈련 집단상담이 있었다. L은 자녀와 함께 참여하였다. 아이는 이곳 저곳을 기웃 기웃거리더니 뒤편에 세워놓은 탁자 밑으로 들어가 버렸다. 이곳 저곳을 다니며 공동 작업에는 관심이 없었다. 엄마는 자녀의 행동을 부끄럽게 보지 않았다. 자녀를 나무라는 대신에 격려하며 잘하고 있다고 부추겼다. 자신의 대처행동을 다르게 했다. 예전 같으면 남들이 나를 어떻게 생각할까를 생각하여 당장에 손을 잡고 뛰쳐나왔을 것이라고 한다. 언제부터인가 자녀의 행동이 그저 그렇게 보이기 시작하더란다. 아이를 사랑하고 돌봐야 한다는 생각만 했다. 그러다 보니 자녀를 더 적극적으로 도와줄 수 있는 방법을 찾게 되었다. 그 중에 처음이 경청이었다. 아이가 부산스럽게 움직일 때 "궁금하구나, 뭐 하고 싶어?"라고 하니 반항적으로 바뀐 아이의 태도가 부드러워져 갔다.

남편은 옛 습관대로 여전히 작은애와 큰애를 비교하였다. 그럴 때마다 L은 남편에게 윙크를 하며 아이를 이해해줄 것을 당부하였다. 남편도 아내의 말에 협조하였고 집안에는 다시 평화가 찾아왔다. 자녀의 행동보다 자녀의 행동에 대한 엄마의 대처가 관계에 영향을 미친다. 엄마의 지속적인 사랑과 돌봄은 단절된 인간관계를 소통시켜 주었다. 학교에 갈 때마다 주눅이 들어 죄인처럼 다녔던 엄마였다. 지금은 당당하게 교사와 의논을 할 만큼 자신감이 생겼다. 아이를 바꾸는 삶에서 엄마를 바꾸는 삶을 선택한 것은 아이와 엄마에게 도움을 준 사례였다.

루이 코졸리노는 〈뇌 기반 상담심리학의 이론과 실제〉에서 사랑하는 관계는 뇌의 발달과 통합과 유연성을 촉진한다고 했다. 사랑의 욕구가 좌절되면 정신건강은 손상된다. 아동기 때 다른 사람들이 돌봐주고 소중하게 여겨준 경험이 있다고 보고하는 사람들은 부모의 방치에도 불구하고 성공한 사람들이다. 아이를 바꾸기보다 엄마의 시각을 바꾸니 저절로 관계를 좋게 하는 습관들이 나왔다. 아이를 사랑하니 아이의 장점이 빛을 발한다. 지금 L의 자녀는 사립학교에 전학을 하여 학교적응을 잘 하고 있다.

66

자존감이란 자신에 대한
자신의 평가이다.
건강한 자존감은 성공과 행복의 바탕이다.

99

CHAPTER
04

• • •

제 4 장
자존감이란 무엇인가?

어린 시절 외조모와 살던 시간은
고마움의 시간이자 외로움의 시간이었다.
외조모의 조건 없는,
한없는 사랑에 감사한다.

자존감이란 무엇인가?

　　　　　　　　　　　자존감이란 자신에 대한 자신의 평가이다. 건강한 자존감은 성공과 행복의 바탕이다. 반면 열등감, 즉 만성적 낮은 자존감은 정서적 문제와 정신장애의 원인이 된다(정동섭). 낮은 자존감은 자신을 가치 있게 여기지 못하여 쉽게 자기 자신을 비하하고 정죄한다. 스스로를 무가치한 존재, 실패한 존재로 간주해 버려 쉽게 상처를 받는다. 잠재력을 마비시키고 꿈을 파괴하며 관계에 어려움을 초래한다. 자신을 치료하지 못한 채 결혼에 이르게 되면 부부관계, 자녀와의 관계, 기타 대인관계에서까지 어려움을 초래하며 신앙생활까지도 부정적인 영향을 미친다. 이러한 자존감은 과거의 관계경험 특히 부모와의 관계를 통해 생겨난다(맥그래스). 그래서 부모역할이 중요하다. 한 사람의 사랑을 받은 관계경험도 힘이 된다. 하나님의 사랑 역시 힘이 된다.

　자존감 회복은 관계 회복으로부터 시작되었다. 하나님과의 바른 관계, 타인과의 바른 관계, 특히 나 자신과의 바른 관계를 위해 노력했다. 신앙생활로 나의 자화상이 바뀌었다. 그리고 '현실치료상담'은 관계회복에 지혜를 주었다. 'P.E.T. 부모역할훈련'은 상대방의 감정을 읽어주고 내 감정을 표현하여 억압된 감정을 건강하게 해소하는데 도움이 되었다. 또한 가족을 방해하지 않는 범위 내에서 내 욕구충족에 관심을 가졌다. 사랑·소속의 욕구충족을 위하여 사랑받고 싶은 관심을 사랑하는 습관으로 바꾸기 위해 노력했고, 성취의 욕구는 나를 이기는 습관으로 충족했다. 지속적인 배움을 통하여 즐거움의 욕구, 자유의 욕구를 충족시켰다. 나를 사랑하는, 건강하고 행복한 엄마를 먼저 만들어 나갔다.

자신감과 자존감

남이 조금씩 보이기 시작했다.
타인도 상처로 인하여 방어기제를 사용하고 있음을 알게 됐다.
나를 알아가는 것이 자존감향상의 시작이었다.

자존감이란 자신에 대한 스스로의 평가이다. 가치 있는 사람이라는 자기 가치감과 맡겨진 일을 잘 해 낼 수 있는 사람이라는 자신감에 대한 평가이다. 자존감이 형성되는 과정은 어릴 때는 중요한 타인이 보는 대로 된다. 그러나 나이가 들면 스스로 생각하는 법을 배워 자신을 믿어야 형성된다. 따라서 어릴 때에 올바른 대접을 받았든, 잘못된 대접을 받았든, 내 자존감은 이제 나의 책임이다. 어렸을 때는 외할머니가 붙여진 '순하고 착하다' 는 닉네임대로 살았다. 대접도 받았지만 불편한 점이 더 많았다. '진정한 나' 를 만나지 못하여서이다. 그러나 이제는 내가 나의 자존감을 책임지게 되었다.

아침에 일어나며 하루를 시작하게 되어서 감사한 마음이 들었다.

겨울의 새벽이지만 포근한 느낌이 든다. 신선한 공기가 느껴지며 오늘 하루가 기대된다. 콧노래를 부르며 아침을 준비했다. 아침을 준비하는 마음이 가벼웠다. 가족들이 행복하게 먹을 것을 생각하면 기분이 좋다. 연수를 받으러 가는 작은아이에게 과일주스를 갈아주었다. 밥은 꺼끌꺼끌해서 싫단다. 열심히 준비한 밥을 먹고 가면 얼마나 좋아! 이렇게 생각한 마음을 내려놨다. 강요하던 예전과 달리 다른 방법을 찾은 게 과일주스였다. 잘 마시고 외출하는 자녀를 보니 뿌듯해졌다. 낮은 자존감을 갖고 있는 사람은 강요하는 경향이 있다고 글라써는 말한다. 강요하기는 원만한 인간관계에 도움이 되지 않는다. 예전에는 엄마 말이 정답이었으나 아침에 자녀의 말을 수용해준 내 모습이 대견스럽다.

40대 전후부터 인생에 대하여 생각했다. 사는 것이 고통스러웠다. 고통은 어깨의 통증으로 나타났다. 내 안의 상처받은 내면아이가 내 인생을 엉망으로 만들고 있는지를 그때까지만 해도 몰랐다. 내 감정이 무엇인지도 몰랐다. 내 감정을 찾기보다는 가족을 원망하고 탓할 것을 찾았다. 부모와 일찍 떨어져 살았던 것은 외할머니의 과잉보호를 받게 했다. 과잉보호는 나를 더 소극적으로 몰고 간 것 같기도 하다. 내 속에 어딘지 모르게 특별한 대우받기를 기대하는 것 같았다. 그리고 늘 내 마음에 내가 옳다고 생각됐다. 그 옳음은 인생 40에 나의 외모를 낯선 여자로 만들어 놓았다. 못생긴 여자가 거울 앞에 서 있어 당황스러웠다. 그리고 가족에게 사사건건 트집을 잡았다. 마음이나마 예쁘게 살고 싶었는데 그것도 성가시어 내려놓고 싶었다. 내려놓는 것조차도 내 마음대로 되지 않았다. 모든 사물이 부정적으로 보였다. 내가 원하는 삶이 아닌지라 죄책감까지 생겨서 더 나를 힘들게 했다. 나는 모든 것을 내가 해야 직성이 풀리는 병이 있었다. 가족이 그 일을 하면 양에 차지 않았다. 여러 가지를 하며 힘에 벅차서 비난과 불평이 나온다. 상처를 많이 주게 됐다. 우리 가족은 이렇게 단절이 시작됐다. 겉으로는 평온한 가정이지만 생기가 없이 눈치를 보는 사이가 됐다.

상담공부는 나의 내면세계를 아는데 도움을 주었다. '나와 너'를 알고자 기웃거렸다. '나'라는 존재를 알아갔다. 내가 아무도 없을 때 가끔씩 왜 흐느끼며 울게 되었는지도 알아졌다. 어릴 때 제대로 채워지지 못한 욕구로 인하여 슬퍼하고 있었던 것이다. 감정이 풍부하여 우는 것이 아니라 내 안의 아이가 울고 있는 것이었다. 나를 알아가는 것은 내가 옳고 내가 잘하고 있다고 믿는 것들을 무너뜨렸다. 입을 닫게 했다. 고개를 숙이게 됐다. 시비를 걸 필요가 없어졌다. 트집을 잡을 일이 적어졌다. 나의 연약함, 부족함을 알아갔기에 그랬다. 남이 조금씩 보이기 시작했다. 타인도 상처로 인하여 방어기제를 사용하고 있음을 알게 됐다. 타인도 강점이 있고 존귀하게 여기는 존재라는 것을 알게 됐다. 나를 알아가는 것이 자존감향상의 시작이었다.

초등학교 때 산천초목을 바라보며 시골 외할머니와 단둘이 살다가 복잡한 도시로 전학을 왔다. 칠흑같이 어두운 시골에서 외출을 할라치면 등불을 들고 다녀야했다. 도시에 오니 전등불빛이 찬란해서 딴 세상 같았다. 어리바리한 상태로 학교적응을 잘 못했다. 당시 전업주부로 있었던 어머니는 딸에게 따뜻한 점심을 먹이고 싶었나 보았다. 그당시에는 초등학교 정문입구에 수위실이 있었다. 점심시간만 되면 엄마는 수위실에 오셨다. 계란을 풀고 잔 파를 송송 썰어 넣은 계란 후라이를 맨 위에 덮은 도시락을 들고 수위실 옆에 서 계셨다. 도시락을 건네주며 고개를 끄덕이신다. 맛있게 먹으라는 눈짓을 보냈다. 김이 모락모락 나는 점심을 먹으며 밥을 지을 때 어머니의 행복한 마음이 느껴진다. 이것을 얼른 딸에게 갖다 주려는 기대감이 어머니를 행복하게 했을 것 같다. 자녀가 많아 바쁜 와중에도 어머니는 지혜롭게 우리를 길러주셨다. 맏이의 혜택인 것 같다.

딸이 많은 집이다. 어머니는 두 번 입었다는 주황색 한복을 뜯어 나와 둘째의 여름원피스를 만들어주셨다. 동네 사람들은 모두 예쁘다고 칭찬해주셨다. 나는 소극적이고 활동이 적어서 그런지 오래 입었다. 동생은 적극적이고 활동적이다 보니 빨리 해어졌다. 사소한 것에서 엄마의 지혜와 사랑을 느꼈다. 겨울이 되었다. 법원 옆에 살았던 우리 집 앞은 판사가 사는 집이었다. 법원에 근무하는 공무원들이 제법 살았던 것 같다. 몇몇 부잣집 아이들은 검정 밍크 카라에 빨간 모직 코트를 입고 다녔다. 날씨가 추웠는데 빨간 모직코트가 따뜻해 보였고 멋져보였으며 부러웠다. 어느 날 어머니는 사 온 코트라며 입어보라고 하셨다. 기분이 좋았다. 국제시장에서 산 폴리에스테르가 많이 섞인 코트였다. 멋모르는 나는 마음이 으쓱해지고 뽐을 내며 코트를 입고 학교에 갔다. 살짝 다른 친구들 코트를 보았다. 뭔가 쳐진 느낌이 났다. 색상도 선명하지 않고 고급스럽게 보이지도 않았다. 제법 코트를 입다가 친구랑 비교해보니 나는 내 코트가 입기 싫었다. 내 마음도 모르고 어머니는 춥다며 자꾸만 코트를 입고 가라고 성화셨다. 이러한 어머니의 사랑이 마음을 훈훈하게 했던 것 같다. 외조모와 어머니의 사랑은 어려움을 견딜 버팀목이 돼 주었다.

반면 순하고 착한 아이의 닉네임을 달았던 나는 '남과 다르다' 라는 생각이 지배를 하고 있었다. 시골에서는 통했다. 부지런한 외조모님 덕분에 들일과 집안일을 거들어주는 분이 들락거렸던 시기여서 우대를 받았다. 외조모님의 과잉보호가 남달라서 그랬을 수도 있다. 그러나 상담심리를 공부하며 나의 내면아이가 나에게 주는 생각이라는 것을 알게 되었다.

시골에서의 생활은 공부 욕심 없이 단조로웠다. 여름에는 마당에서 여러 가지 놀이를 하다가 밤이면 멍석을 깔아놓고 이야기하며 놀았다. 늦가을은 꼬마망태를 들고 산에 갈비를 긁으러 다닌 일이 생각난다. 겨울에는 방에서 오자미를 가지고 내기를 하며 놀았다. 놀다가 화롯불에 고구마를 구워 먹었다. 홍시와 곶감도 맛있는 간식이었다. 파묻어 놓은 무나 고구마를 먹는 맛도 일품이었다. 봄이 되면 언덕에서 잡기놀이를 했다. 놀고 이야기한 것 밖에 생각이 안 난다. 시골에서는 학습에 대해서는 무엇을 배웠는지 기억이 나지 않았다. 그저 마당에서 동산에서 산에서 동무들과 놀았던 생각밖에는 없다. 국어며 산수며 아무 생각이 나지 않았다.

도시의 아이들은 달랐다. 한 문제를 틀리면 속상해했다. 나는 왜 그러는지 이해가 안됐다. 그게 뭐가 그리 중요하다고 그러는지 이해가 되지 않았다. 그 당시에는 중학교가 시험제였다. 좋은 중학교를 가려고 모두들 과외를 많이 받았다. 교사인 친척 아재도 방을 얻어 과외를 하셨다. 아버지는 도시에서 공부한 경험이 있는데다가 교사친척아저씨의 영향을 많이 받았다. 여식이지만 공부를 시켜야 한다는 신념이 있었다. 2학기 기말고사가 다가왔다. 반 친구들은 사회, 국사를 달달 외우다시피 했다. 나는 아직도 그 중요성을 몰랐다. 그저 멍하니 가방만 들고 학교를 다녔다. 시골 동산이 아직도 눈에 삼삼했다. 눈이 소복이 쌓인 곳에서 미끄럼틀을 타고 논 것만 아른거렸다. 그런 어느 날 짝이 공부를 얼마나 했냐고 물었다. 가만히 있었다. 조금이라고만 대답했다. 오며가며 생각해 보니 공부를 하긴 해야 했다. 책을 들여다보았다. 무슨 이야기인지 잘 몰랐다. 그러나 친구의 한 마디가 내 마음을 찔렀다. 자존심을 지켜야 한다는 생각이 들었다. 보고 또 봤다. 책을 몇 번이나 보았다. 친척아저씨가 준 표준전과를 참고해서 공부했다. 시험결과는 내 생애 깜짝 놀랄 만큼 나왔다. 80점을 훌쩍 넘었다. 부모님도 기뻐하셨다. '하면 되는 구나' 라는 생각이 들었다. 이때부터 책을 들여다보게 된 계기가 되었다. 작은 성공경험이 자신감으로 이어졌다.

내가 중학교에 입학할 때는 이미 평준화 2기였다. 집 근처 사립학교에 추천되었다. 좋은 성적을 내고자 혹독하게 훈련시켰다. 특별반이란 것을 만들었다. 시험을 치고 나면 복도에 특별반 명단을 붙였다. 내 이름은 자랑스럽게 붙어있었다. 이리저리 눈을 둘러보니 초등학교 때 공부를 잘했다는 친구는 특별반에 빠져있다. 신기했다. 1학년 때는 사립초등학교 출신들이 거의 반장을 했다. 영어도 잘하고 용모도 단정하고 맵시도 있었다. 우리의 교복은 세라 복에 주름치마였는데 그들의 주름치마는 칼 같았다. 어머니는 그 새 태어난 동생에 의해 더 바빠지셨다. 그래서인지 내 치마는 주름인지 아닌지 펄렁거렸다. 민망하여 동복을 입을 때는 주름만 보였다. 저녁에 요 밑에 깔고 자 보기도 했지만 칼같이 서지는 못했다.

가정선생님의 사랑이 힘이 됐다. 나는 얌전하고 조용하여 별로 주목받지를 못했다. 그런 어느 날 새로 부임하신 여선생님이 있었다. 나를 양파라고 하며 볼 때마다 칭찬해주셨다. 교무실에 심부름을 가면 멀리서도 나를 보셨다. 예쁘다고 꼭 한 마디 해 주셨다. 양파 왔냐고 한 마디 해주셨다. 나도 보답하고 싶었다. 가정시간에는 더 열심히 들었다. 서울에서 오신 선생님은 나의 우상이었다. 말씨도 예쁜데다 얼굴도 예뻐 내 마음에 쏙 들었다. 가정은 거의 만점이었다. 그 당시 40점 만점이었는데 한 개 틀리거나 다 맞은 기적이 있다. 그러다보니 점점 공부에 자신이 생기며 집에서도 학교에서도 공부를 하게 되었다. 집에서는 동생을 업고, 마당에 서서까지 책을 읽었다. 집안일을 도우면서도 영어단어를 외웠다. 왜 그랬는지 모른다. 집에서는 부모님의 기쁨이 되었다. 그 당시에 한 반에 70명 가까이 있었는데 10% 안으로 들어갔다. 공부가 가장 쉬웠다. 가정선생님의 사랑과 관심은 내 자존감을 향상시켰다. 모든 면에 자신감이 생기는 계기가 되었다.

어릴 때 부모님과의 이별은 나를 불안하고 외롭게 했다. 그나마 외할머니, 어머니, 교사의 사랑은 나를 행복하게 했다. 멋모르고 마음껏 뛰어 놀았던 유아시절은 인생의 큰 힘이 됐다. 그럼에도 어느 새 환경의 지배 속으로 들어가다 보면 고통이 내 앞에 서 있었다. 고통에서 헤어 나오기는 어려웠다. 살기를 선택한 것은 나를 알아가는 시간이었다. '남이 보는 나' 로 사는 삶이 줄어들었다. '내가 보는 나' 로 살아가고 있다. 나는 행복을 선택해갔다.

나를 사랑하는 연습

용기를 내서 나-전달법이라는 것을 사용하여 내 마음을 전했다. 어색하고
불편한 것은 잠시고 지금은 과다하게 표현하는 것은 아닌지 자기평가를 해 볼 정도이다.
건강하게 내 마음을 표현함은 나를 보듬고 사랑하는 연습의 출발이었다.

올해 들어 가장 춥다고 하는 날 뒷산에 올
랐다. 생각보다 춥지 않았다. 적당한 땀과 함께 싸한 공기는 기분을 좋
게 했다. 하늘을 보았다. 새파랗다. 어떤 크레파스로 저렇게 예쁘게 색
칠할 수 있을까? 산 쪽의 하늘은 파랗지만 시내 쪽의 하늘은 옅은 갯
빛이었다. 올라오길 잘 했다는 생각에 입 꼬리가 올라간다. 사계절이
푸른 소나무가 든든하게 버티고 있어서 고마웠다. 대부분의 나무들은
잎이 다 떨어지고 앙상한 가지만 처절하게 남았다. 마음이 아프다. 이
런 나무는 어디서 힘이 날까? 봄이 되면 다시 싹을 내는 모습이 기특
하기만 하다. 추위라는 어려움, 물이 모자란 어려움이 자생력을 주었
을까? 겨울이라는 휴식시간을 거쳐서일까? 변함없이 한 곳에 깊고 굳
게 뿌리내린 덕분일까?

부족함이 삶의 원동력이다. '우리가 고마워해야 할 것'이란 동호라는 만화작가가 쓴 글을 읽었다.

원예사들은 꽃나무를 꺾어 꺾꽂이 할 때
모래밭에다 합니다.
그것은 기름진 땅에다 꺾꽂이를 하면
자생능력이 퇴화해 뿌리가 나지 않기 때문입니다.
반면 모래밭에 꽂으면
영양소의 공급이 부족하기 때문에
스스로 뿌리를 내려 부지런히 영양소를 찾아 나섭니다.
부족함이 곧 삶의 원동력이 되는 것이지요.

상처는 부족함이다. 연약함이다. 연약함을 이기려고 스스로 뿌리를 내렸다. 어린 시절 외조모와 살던 시간은 고마움의 시간이자 외로움의 시간이었다. 외조모의 조건 없는, 한없는 사랑에 감사한다. 그렇지만 어딘가 모르게 마음 한 구석이 허전하고 외로웠다. 할머니와 나랑 살던 어린 시절에는 특별히 말을 나눌 사람도 없었다. 그나마 가끔씩 사촌형제들이 집에 놀러왔다. 초등학교에 들어가서야 동무들이 집으로 놀러오기 시작했다. 그런 내가 선택한 것은 책읽기와 꿈꾸기였다. 책을 읽으며 상상하던 나만의 세계는 아름다움이었다. 나는 그렇게 나를 보듬어주기 시작했다.

　나만의 시간도 필요하다. 어려우나 좋으나 부모님 밑에서 있을 때는 걱정이 덜했다. 차려준 밥을 먹는 것도 안 먹는 것도 나의 선택이었다. 삼시세끼 식사준비에 대한 고민은 최소한 없었다. 현실을 어떻게 해보려고 하지 않아도 됐다. 이상을 품고 결혼이라는 것을 하고 나니 얼마간의 꿈같은 시간은 순식간에 날아가고 냉혹한 현실이 기다렸다. 현모양처, 자녀양육이라는 목표가 기다리고 있었다. 내가 움직여서 자녀에게 좋은 옷을 싸게 살 수 있다면 발품을 팔았다. 가족이 더 신선하고 영양가 있는 음식을 먹을 수 있다면 재래시장이든 도매상이든 발품을 팔았다. 땀을 흘리며 집으로 운반하여 가족을 위해 정성껏 음식을 만들었다. 안락한 환경을 위하여 내가 기여할 수 있는 일도 찾아보았다. 그런 세월이 10년이 넘어서자 마음이 소진되었다. 부드러운 마음은 온데 간 데 없고 굳은 마음과 굳은 얼굴은 딴 사람으로 변해있었다. 주부, 아내, 엄마의 사표를 던지고 싶었다. 주부의 '마음 상함'이란 것이 이런 것인가 보다. 나라는 존재를 잊고 가족만을 위한 삶을 살다보니 영혼과 몸이 지쳐 있었다. 그래서 시작한 것이 동네 도서관 독서모임이었다. 한 달에 한 번 책을 읽고 나누며 봄, 가을에는 멀리 소풍도 갔다. 나는 이렇게 나를 보듬어주기 시작했다.

가정에 뿌리를 내린 것은 뿌듯한 일이었다. 그동안 가족공동체에 헌신한 것은 잘한 일이었다. 나의 헌신으로 건강한 가정에 기여를 한 것은 자타에게 인정이 됐다. 단지 나를 돌보지 않으며 살아온 것이 마음을 굳게 만들었다. 굳은 마음은 나 자신 뿐만 아니라 가족에게도 도움이 되지 않았다. 결혼하기 전의 삶과 비교하며 엄마라는, 아내라는 자리의 무거움에 눌려 탈출하고 싶은 적도 있었다. 앙상한 가지 같은 내 마음은 생수가 필요했다. 분초를 쪼개서 혼자서 바쁘게 쫓긴 삶에 영양분이 필요했다. 다 놓고 싶었다. 어디서 어떻게 하나? 예전에도 산은 올랐지만 시간표에 짜여 진 일과로 시작했다. 일정에 의한 등산은 버겁고 얼른 내려가야 한다는 쫓김이 있었다. 이제는 달랐다. 폰마저 놔두고 자유로운 상태로 산을 오른다. 하늘도 나무도 새들도 내편이다. 자유를 얻었다. 뒷산 무장애숲길을 올랐다. 무장애숲길을 오르며 나무랑 하늘이랑 대화를 하며 걷는 길은 행복하다. "나무야, 나무야, 너는 원하는 게 뭐니?" 나는 이렇게 나무와 자연과 대화하며 나를 보듬어주기 시작했다.

원하면 이루어진다. 박사과정 입학한 지 5년 만에 교육학박사가 됐다. 그리고 두렵고 떨리는 마음으로 처음 풋풋한 학생들 앞에 선 지도 10년이 됐다. 다른 학교까지 합치면 대학에서 강의를 14,5여년이 넘도록 하고 있다. 현실치료상담 강의와 수퍼비전, 부모교육을 교육청, 학교 등 공공기관에서, 운영하는 상담센터에서 실시하고 있다. 연수교재도 10여권 썼다. 단 한 가지 책을 쓰지 못했다. 그러던 중 「최고다 내 인생」, 「내가 글을 쓰는 이유」의 저자 이은대 작가와의 만남이 시작됐다. 이은대 작가의 [인생을 바꾸는 글쓰기 책쓰기]의 과정에 참여하여 용기를 냈다. 글쓰기 책쓰기가 시작됐다. 원하면 이루어진다.

원하는 것 중 다른 한 가지는 나만의 공간이었다. 나는 지금 나만의 공간에서 글을 쓰고 있다. 처음에는 거실 탁자가 내 공간이었다. 자꾸 TV를 틀었다. TV시청과 독서, 글쓰기, 다른 일들을 병행하다 보니 집 중력이 떨어졌다. 그리고 무엇보다 겨울에는 썰렁했다. 냉장고에는 왜 자꾸만 발걸음이 가는지. 차도 한 잔 마신다. 진도가 나가지 않았다. 마침 아이들이 초등학교 때 쓰던 책상을 버리고 싶다고 한다. 그 때 쓰던 책상이 아직도 새 것이라 교체하고 싶지 않았다. 그러나 사회생활을 하고 있는 막내는 화장대와 서랍, 노트북과 책상을 겸한 책장을 신청해 버렸다. 이미 막내 방에 들어가 자리를 잡았다. 나는 이 책상을 어디다 놓으면 좋을까를 생각하다가 안방에 공간을 마련했다. 문제가 생겼다. 자꾸 침대에 드러눕고 싶었다. 조금 앉아 있다가 벌렁 드러눕고, 후회를 반복했다. 안되겠다 싶어 고민하던 중 큰 애가 쓰던 방이 생각났다. 큰애가 결혼하여 빈 방을 남편의 옷 방으로 만들었다. 막내가 버린 책상을 남편 옷 방 한 쪽에 앉혔다. 딱 맞게 들어간다. 피아노

맞은편에 자리 잡은 나만의 책상, 양쪽은 남편 옷으로 꾸며진 방이다. 방이 작아 집중이 잘되기는 제격이다. 나만의 공간이 희한하게 만들어졌다. 이곳에서 책을 읽으며 글을 쓰며 나를 보듬어주고 있다.

나는 부끄러움이 많다. 왜 그런지를 몰랐다. 공부를 하고 보니 영유아시절과 관련이 있었다. 그런 나의 대인관계는 회피형이었다. '내가 참고 말지 뭐, 나만 조용하면 돼' 라는 비합리적인 신념을 갖고 있었다. 이익도 있었다. 모두들 '사람 좋다' 고 추켜세운다. 만족스러웠다. 그러나 '남에게 보이는 나' 로 더 이상 살고 싶지 않았다. 나도 화가 나면 화를 내고 싶었다. 기분이 좋으면 좋다고 하고 싶었다. 회피형으로 길들여진 나는 감정을 마음대로 표현하기가 어려웠다. 감정의 억압은 나를 더 힘들게 했다. 겨우 한 번 표현해 놓고 혼자 당황하여 잘했나 못했나를 더듬어보기를 수없이 해댔다. 착한 나를 깨뜨리고 싶지 않아서였을 것이다. 좋은 사람으로 남고 싶어서였을 것이다. 세월이 흐르며 책임질 일이 많아지다 보니 회피형 대인관계가 불편했다. 회피형 대인관계는 관계단절을 초래했다. 얌전하고 좋은 사람으로 보여 졌는지는 모르나 소통된 인간관계는 되지 않았다.

'있는 모습 이대로' 의 나로 살고 싶었다. 소통의 길로 가고 싶었다. 내 안에 갇히니 남의 말을 잘 받아주기도 어려웠다. P.E.T. 부모역할훈련에서 배운 대로 우선 가족에게 반영적 경청을 사용하기 시작했다. 마음을 읽어주다 보니 내 마음도 정화가 되고 가족들이 편안해 보였다. 용기를 내서 나-전달법이라는 것을 사용하여 내 마음을 전했다. 쑥스러웠다. 한 번, 두 번, 세 번을 반복하다 보니 습관으로 자리 잡기 시작했다. 어색하고 불편한 것은 잠시고 지금은 과다하게 표현하는 것은 아닌지 자기평가를 해 볼 정도이다. 건강하게 내 마음을 표현함은 나를 보듬고 사랑하는 연습의 출발이었다.

상대방의 감정 읽기

내 마음의 여유가 생기니 상대방이 보였다. 남편의 마음을 헤아려줬다.
자녀들의 마음 헤아려주기를 연습했다.
해결책제시가 불쑥불쑥 나왔으나 다시 가다듬고 자기평가를 하며 계속 연습했다.

친정에 오랜만에 들렀다. 엄마는 건강이
안 좋으시다. 허리, 이, 발이 아프다며 이맛살을 찌푸리신다. 엄마는
허리 수술을 두 차례나 하셨기에 아픈데 밖에 없는 듯 했다. 마음이 아
팠다. 이는 임플란트를 했는데도 최근 아프시다며 잇몸을 들추어 보이
신다. 엄마 손을 꼭 잡으며 손등을 비볐다. "엄마, 우리 엄마, 많이 힘
들어서 어떡해요?"라며 눈을 맞췄다. 엄마는 "으응, 그러게"라고 하신
다. "너는 아픈데 없냐?"고 물어보신다. 금세 눈빛이 측은지심으로
바뀌며 내 손을 잡으신다. 오늘 복지관에는 다녀왔는지, 점심은 무엇
을 드셨는지 물어봤다. 복지관에서 침을 맞고 왔다고 하여 박수를 쳐
드렸다. 엄마 최고, 엄마 대단하시다고 엄지 척을 해드렸다. 마른 얼굴
에 실눈이 될 만큼 웃으신다. 그렇게 조금이나마 시간을 보냈다. 옛날

이야기를 같이 나누고 함께 웃었다. 나도 모처럼 엄마와 함께 박장대소를 하며 웃었다. 헤어지기가 아쉬웠는지 현관까지 따라 나오신다. 고개를 끄덕이시며 "잘 가라"를 반복하신다. 이만큼 된 것은 토마스 고든의 P.E.T. 수업 덕분이다. P.E.T.에서 상대방이 문제를 소유했을 때는 반영적 경청을 해야 한다는 것을 배웠기 때문이다.

P.E.T.를 모를 때도 엄마는 아프다고 하셨다. 아프다고 하시면 "엄마, 이는 00치과가 잘 해요. 허리는 00정형외과가 괜찮대요." 나는 있는 대로 병원 소개를 했다. 운동을 이렇게 해라, 저렇게 해라는 잔소리를 끊임없이 해댔다. 엄마는 인상을 찌푸리며 한숨을 쉬며 "내가 왜 이래, 내가 왜 이럴까?"를 반복하신다. 듣기가 싫었다. 엄마의 마음은 이해하지만 계속해서 아프다는 소리는 짜증이 났다. 짜증이 나면서도 왜 이리 못난 딸일까를 반성하며 후회했다. 아프다는 소리는 내 마음을 힘들게 했다. 가끔 들어도 이 소리가 힘들었다. 함께 사는 동생은 얼마나 힘들까도 생각해보았다. 아프다고, 힘들다고 하시면 엄마의 마음을 읽어드려야 했다. 기술도 모르고 내 마음도 좁으니 함께 불편한 결과가 초래됐다. 엄마의 문제가 아니라 내 문제로 소유하고 무거운 발걸음을 하며 집으로 온 일이 허다했다.

엄마는 부지런하시다. 외가 식구들은 모두 부지런하시다. 농사일을 하는 사람은 부지런하면 부자였다. 덕분에 논밭을 많이 소유하게 된다. 논밭이 많으면 일이 많다. 일찍 일어나야 하고 농토가 적은 사람보다 더 많이 일을 해야 한다. 엄마는 외가의 영향을 받아 부지런하신 게 몸에 붙었다. 새벽에 일어나 도시락을 네댓 개 준비하셨다. 맏이부터 하얀 쌀밥이 더 들어간다. 나중에야 동생들로부터 그 소리를 들었다. 가족모임이 1년에 두 세 차례 있는데 그 때 한 이야기였다. 형제들은 벌써 조카들이 결혼을 할 나이만큼 세월이 흘렀다. 모이면 옛 이야기에 배꼽을 잡기도 하고 눈물을 흘리기도 한다. 모두들 산다고 애를 쓴 것이다. 부지런하고 지혜가 많으신 엄마는 수돗물도 아껴 써야 한다고 무수히 가르치셨다. 불도 아껴야 한다고 강조하셨다. 자신이 실천하시고 잘 하시니까 강조, 강조를 하셨다. 좋은 이야기이지만 잔소리로 받아들여졌다. 듣기가 싫었다. 엄마가 무서워서 시키는 대로 했지만 기분이 안 좋았다. 나는 "엄마처럼 되지는 않을 거야." 라는 생각을 하고 또 했다.

나도 때가 되어 결혼을 했다. 의식주에 대한 관심은 많았다. 젊어서는 가족들을 잘 먹이려고 애를 썼다. 탄수화물, 단백질, 지방 등 영양을 생각하며 식단을 만들었다. 아이들도 사랑으로 키웠다. 자녀를 노엽게 하지 않기 위해 노력을 했다. 젊었을 때는 반영적 경청이니 공감이니 이런 이야기를 몰랐다. 주로 읽은 책은 요리책과 육아 책이다. 육아 책도 심리적인 것보다는 좋은 환경을 제공해줄 것과 건강에 대한 관심이 더 많았다. 몇 개월에 어떤 현상이 생기니 어떻게 대처해라는 것만 생각난다. 잘하려고 노력을 했다. 그런데 어느새 부터인지 기쁨이 줄어들었다. 사는 게 벅찼다. 그러며 내 말투를 더듬어보니 엄마 말을 하고 있었다. 빨리 일어나라, 아침밥을 먹자, 부지런해야 한다는 소리를 해댔다. 어디서 많이 듣던 소리였다. 자녀의 감정을 읽기보다는 명령하고 지시하는 데 길들여졌디. 엄마를 닮았다. 뿐만 아니라 자녀들과 남편을 내가 원하는 대로 바꾸고 싶었다. 내가 원하는 틀을 만들어놓고 거기에 가족들을 끼워 맞추려고 하고 있었다. 가족들은 하나같이 무언의 저항을 했다. 저항을 하는 모습이 못마땅해서 대화를 한다는 게 계속 관계를 해치는 말을 하게 됐다.

관계가 서먹해졌다. 사랑하기보다 통제하고 있는 내 모습이 가득했다. 나는 좋은 성과를 내려고 몸부림치는데 가족들은 왜 저러나 싶어 안타까웠다. 내 마음이 딱딱해지니 우리 가족의 마음을 움직이지 못했다. 서로가 겉도는 느낌이 자녀들 사춘기까지 이어져갔다. 그럼에도 지금 건강하게 살아가고 있는 모습에 감사가 나온다. 큰 아이는 소나무 같은 성향인데 대나무처럼 자라기를 강요하니 얼마나 힘들었을까? 항상 웃고 다니는 큰 아이는 내 눈에 최고의 아이로 콩깍지가 쓰여 있었다. 항상 즐겁고 신나게 학교생활하고 있는 줄 알았다. 내가 상담을 공부하고 우리 큰 아이가 대학생이던 어느 날 큰애가 한 말이 생각난다. "엄마, 나 중학교 때 많이 힘들었어. 친한 친구 몇 명이 있었을 뿐 외로웠어." 이렇게 이야기하며 눈물을 글썽인다. 어쩌나 하는 생각에 가슴이 미어졌다. 엄마의 마음이 회복되니 자녀 마음도 회복되나 보다. 대학생시절을 다양한 친구들과 사귀며 멋지게 해냈다. 그리고 지금은 한 가정을 잘 꾸려나가고 있다.

사람의 마음은 양식이 필요하다. 영양과 물이 필요하다. 마음도 텃밭처럼 가꾸어주어야 했다. 우리 집 옥상에 텃밭을 일구어놓았다. 남편의 취미로 시작했다. 처음 몇 해는 온갖 정성을 다해서 물을 주고 풀을 뽑아 주었다. 여름이면 상추, 고추, 깻잎 등의 야채는 마트에 갈 필요가 없었다. 고추가 많이 열려 고춧가루를 살 필요가 없을 정도였다. 가끔씩 포도와 무화과, 블루베리 열매가 열려 따먹기도 한다. 거름을 만들어 뿌려주고 아침저녁으로 물을 주었다. 남편이 외출할 때면 아내인 나는 신경을 쓰지 않아도 옥상에 야채의 물은 꼭 주라고 당부까지 한 남편이었다. 그런데 어느 날 옥상에 올라가보니 잡초가 내 키 만큼 쑥 자라나 있었다. 시간이 흐르자 남편의 옥상관리가 시들해졌기 때문이다. 옥상 텃밭이지만 사랑과 관심이 필요했나보다. 그저 되는 것은 없다는 것을 배웠다. 옥상이 왜 이렇게 됐는지 물어보니 신경을 덜 썼다고 한다. 함께 풀을 뽑았다. 땀이 나고 힘들었다. 풀을 뽑아서 버리는 것도 일이었다. 옥상의 텃밭처럼 우리의 마음도 사랑과 관심이 필요했다. 굳은 마음을 부드러운 마음으로 가꾸어야 했다. 내 마음을 가꾸는 작업을 시작했다. 다른 사람의 관점을 받아들이기 시작했다. 새롭게 성경공부와 상담공부를 병행해서 시작했다. 목이 마른지를 인식하고 시작한 공부였다. 그래서인지 갈라진 내 마음을 적셔주었다. 살 것만 같았다. 돈이라는 우상이 던져졌다. 가난을 선택해도 불편하지 않았다.

　마음가꾸기는 사랑에서 시작된다. 사랑에 대한 정의는 많이 있다. 그 중 나의 마음을 움직인 것은 스캇펙의 사랑의 정의이다. 사랑은 '자신과 타인의 성장을 위해 자신을 확대해나가는 것' 이라는 정의가 공감이 간다. 상대방의 성장을 돕는 것이 사랑이다. 상대방의 성장을 도우려면 나를 확대시켜 나가야 한다. 나를 확대시켜 나가기 위한 노력은 잘 선택한 것 같다. 내 마음의 여유가 생기니 상대방이 보였다. 사랑은 관심이며 최고의 관심은 경청이라고 스캇펙은 말했다. 예전의 나의 사랑은 헌신과 물질제공과 해결책 제시였다. 틀린 것은 아니다. 그러나 더 중요한 것은 가족이 스스로 자신의 목표를 향해 갈 수 있도록 경청해주는 것이었다. 마음 헤아려주기는 그렇게 해서 시작이 됐다. 남편의 마음을 헤아려줬다. 자녀들의 마음 헤아려주기를 연습했다. 해결책제시가 불쑥불쑥 나왔으나 다시 가다듬고 자기평가를 하며 계속 연습했다. 스스로 문제를 해결하는 모습이 삶에서 많이 발견된다. 더 이상 남편의 문제와 자녀의 문제는 내 소유로 삼지 않아도 됐다. 남편의 마음이 헤아려지니 한 없이 고마운 마음이 든다. 자녀의 마음이 읽어지니 존재 자체만으로 감사하다.

나의 상처 치유 이야기

상처치유의 일환으로 배움을 선택했다.
나를 알아가는 여행의 출발이었다. 다른 사람은 내 옳음으로 쉽게 판단했지만
나는 나를 잘 몰랐다. 나를 모를 때 나는 최고의 엄마인 줄 알았다.

현재 나의 행동은 어디서 왔나? 상처받은 어린 시절의 내면아이가 지금의 삶에 영향을 주고 있다. 무의식 속에 자리 잡고 있는 상처받은 내면아이는 힘들고 고통스러울 때 상대방을 탓하며 전이감정이 생긴다. 나의 어린 시절은 연약하고 소심했다. 부끄러움이 많고 말이 없었다. 있는지 없는지 존재조차 모를 정도로 조용조용하게 살았다. 이른 나이에 부모와 떨어진 탓일까? 외로웠던가? 외조모와 단 둘이 살았으니 대화가 적어서 그런가? 여러 가지 생각을 해 본다. 살아오며 인생의 무게가 짓누를 때면 슬픔과 함께 외로움이 단골손님으로 찾아와 힘들어졌다. 두렵고 불안함은 눈물로 나타났다. 그 이유를 몰랐다. 다만 나는 '감정이 풍부해서 그런가 보다'라고 이해한 것이 전부였다. 상담을 공부하며 현재 행동의 근원을 인식하게

됐다. 어릴 때 억압된 감정의 표현이었다.

상상하고 공상하는 취미가 있었다. 이렇게 하는 것은 감정을 멈추려는 나만의 방식이었다. 이상적인 나, 이상적인 가정, 이상적인 부모를 내가 만들어봤다. 친정어머니는 교양이 있었다. 예쁜 얼굴에 단정한 모습으로 참신하다는 생각이 어린 나이지만 들었다. 그런 어머니였지만 화가 나면 분노를 표출하는 모습은 나를 당혹스럽게 했다. '그렇게까지 해야 할까?'라는 생각과 아울러 '엄마가 많이 힘드나보다, 엄마를 위로해드리고 싶고 도와드리고 싶다'라는 생각이 자리를 잡았다. 그와 동시에 내 안에 이상적으로 사는 부모를 그리기도 해봤다. 나이가 들어 생각해보니 나는 어머니보다 더 하면 더 했지 그리던 이상적인 어머니상을 재현하지는 못하고 있다. 지금은 화가 나면 화를 낸다. 회피형인 나로서는 상상을 못한 일이다. 화가 날 때는 화를 내고 나서 다시 내가 한 행동을 평가해보고 다르게 할 것을 찾아보게 되었다. 마음이 한결 편하게 되니 원하는 것에 관심을 더 쏟게 되었다.

부모님 능력의 한계가 답답했다. 나보다는 부모님 걱정을 더 많이 한 나였지만 나도 좋은 모직코트도 입고 싶고, 친구들과 함께 담임선생님의 과외도 받고 싶었다. 그 당시만 해도 비교적 형제 네 명 정도가 대다수였던 시절이었다. 딸 다섯에 아들까지 6형제의 맏이인 나는 학교에서 형제 숫자를 조사하는 것이 부담스러웠다. 형제가 몇인지를 손을 들어 나타낼 때 그 순간이 빨리 지나기를 바랐다. '형제는 왜 이렇게도 많이 두어 나를 힘들게 하나' 라는 생각도 해봤다. 현실은 현실이다. 원망도 잠시, 맏이의 책임감이 발동했다. 부모님 탓을 하기는 답이 나오지 않았다. 탓하기 보다는 내가 할 수 있는 일을 찾아봐야 했다. 어른이 빨리 되었나보다. 딸이 다섯인 엄마에게 도움이 되고 싶었다. 그나마 어려운 중에도 부모님이 잘 하신 것 중의 하나는 딸자식들을 공부시킨 것이다. 딸이라도 배워야 함을 강조하셨고 딸들의 가방 들기는 오랜 세월 계속 이어졌다. 부모님은 얼마나 힘들었을까? 나는 두 명의 자녀교육도 감당하기가 힘들다. 그런 중에 교육비 걱정을 하며 한숨을 쉬는 부모님의 모습을 보았다. 그게 고3이었으니 참 운명도 희한하다. 대학의 흔들림은 그렇게 시작이 됐다. 여태까지 공부로서는 나름 자랑거리였다. 멋모르고 살다가 고3이라는 중요한 시기에 부모님 말이 들려 부모님의 걱정을 내 걱정으로 소유하게 됐다. 부모님이 원한 것은 아니었으나 함께 가정을 걱정하는 처지가 됐다. 결과는, 원하는 대학 1차 낙방이었다.

나를 탓하고 강요하는 삶이 시작됐다. 대학 낙방을 계기로 나를 탓하고 강요하는 삶을 선택했다. 나의 롤 모델을 한 사람 정했다. 고등학교 가정선생님 덕분이었다. 이상적인 롤 모델을 택하여 그렇게 노력해

보기를 권했는데 그 말에 공감이 갔다. 내적인 성장이 없는 상태에서 이상적인 사람을 정해놓고 나를 강요하다 보니 힘에 벅찼다. 그러다보니 점점 나는 나를 인정하지 못했다. 가치 없고 존재감이 없는 사람으로 보여 졌기 때문이다. 대학에 1차 낙방 후 선택한 것은 음악이었다. 지금 생각해보면 나에게는 이상적인 나로 접근하기가 좋아서 한 선택 같다. 내면의 성숙보다는 외적인 모습을 가꾸어갔다. 그리고 나만의 옳은 모습을 스스로 지지하며 지냈다. 그러나 한 쪽 마음은 비어있고 남의 인생을 살고 있는 것 같이 여겨졌다. 이 모습 이대로 결혼생활로 이어져 미성숙한 나는 내 기준으로, 내 옳음으로 가족을 탓했다.

　신혼시절까지는 그저 행복하기만 했다. 잠시였다. 환경은 잠시다. 자녀가 생기고 책임감이 늘어나고 환경에 대한 염려가 생기며 또다시 탓하기가 고개를 들었다. '남편은 왜 저럴까, 자녀들은 왜 저럴까' 라고 생각하며 힘들어 했다. 남편의 고마운 점보다는 못마땅한 버릇이 더 크게 보였다. 그 전에는 왜 보이지 않았는지 모르겠다. 시댁도 벅차고 힘들었다. 며느리노릇도 어려웠다. 탓하고 원망하는 것은 습관으로 자리 잡았다. 아무래도 남편을 잘 못 만난 것 같았다. 자녀교육이 너무 벅차다며 눈물도 흘려봤다. 탓하고 있는 내 모습이 더 싫었다. 이렇게 안하고 싶은데, 예쁘게, 더 예쁘게 살고 싶은데 잘 되지 않았다. 또 다시 마무리는 나의 통제로 이어져갔다. 이런 내가 가면을 벗게 된 것은 자

유를 얻은 느낌이었다. 완벽주의에서 벗어나 최적주의로 살게 된 것은
쉼의 축복으로 다가왔다.

자존감이 낮은 사람은 외부통제를 한다. 외부통제는 상처를 낳는
다. 태어나서 받은 상처는 무수히 많다. 부모로부터 받은 상처, 가까운
지인으로부터, 가족으로부터, 학교 교사로부터 받은 상처, 내가 나에
게 준 상처, 살다가 힘이 들어 마음 상함으로 인한 상처 등 수없이 많
다. 상처는 나의 자존감을 떨어뜨린다. 나를 무기력하게 한다. 대인관
계의 어려움, 부정적인 생각, 부정적인 정서로 나를 힘들게 한다. 상처
는 탓하고 원망하고 불평하고 비난하는 외부통제로 나타난다. 상처를
극복해보려고 한 시도는 남을 바꾸려고 했다. 남 때문이라고 생각했기
때문이다. 이 세상에서 가장 바꾸기 어렵다는 남을 바꾸려고 했다. 사
실은 상대방 문제가 아니라 내 안의 상처 때문에 외부통제를 한다.
'OO 때문이다. OO 때문이다' 라고 생각했던 것은 알고 보니 내가 남을
통제하기 위해 선택한 것이었다. 부부간에는 서로 사랑이 담긴 친밀한
언어로 대화를 하라고 누가 말했던가. 이런 글귀를 볼 때는 '음, 그래
야지' 라고 생각을 한다. 그 글귀를 보고 '우리남편은 왜 그렇게 하지
않나' 따지며 더 외부통제가 나온다. 때로는 반발도 생긴다. '누군 그
렇게 안하고 싶어서 못하나, 자기가 달라지면 내가 왜 그렇게 하겠어!'
라는 저항이 먼저 앞선다. 머리로 뻔히 답은 알고 있다. 실천하지 못한

나는 내 탓까지를 더하게 된다. 탓을 하다 보면 자연스럽게 비난하기, 비판하기, 불평하기가 나오며 나와 남이 더 못나 보인다. 이런 악순환이 지속되었다.

상처치유의 일환으로 배움을 선택했다. 나를 알아가는 여행의 출발이었다. 다른 사람은 내 옳음으로 쉽게 판단했지만 나는 나를 잘 몰랐다. 나를 모를 때 나는 최고의 엄마인 줄 알았다. 최고의 아내인 줄만 알았다. 나를 모르니 교만하다가, 자책하다가를 반복하는 조울증 환자의 모습이 나왔다. 나의 옳고 그름이 잣대가 되다 보니 관계에 어려움이 초래되었다. 사는 것이 힘들고 마음이 답답하고 울적했다. 이 때 선택한 것은 관계의 회복이었다. 종교생활을 하고 있던 나는 인격적인 하나님에 대하여 알아가기 시작했고 하나님과의 관계를 회복해나갔다. 하루에 6시간 이상을 3년 정도 투자하다 보니 연약한 내 모습이 발견되었다. 대인관계의 회복을 위하여 상담공부가 시작이 됐다. 이제는 남에게 안내함으로 더욱 체화된 삶으로 가고 있다.

사랑하기를 시작했다. 반영적 경청이 도움이 되었다. 반영적 경청이 사랑의 시작이었다. PET 부모역할훈련을 받으며 반영적 경청을 시도해보기로 했다. 반영적 경청이란 내가 거울이 되어 상대방의 마음을 비춰주는 것이다. 내가 상대방의 마음을 헤아려주는 것이다. 처음에

안하던 행동을 한다는 것이 쑥스러웠다. 답을 주고 해결책을 제시하는 것이 습관이 된 나는 어려웠다. 작은 아이 고3때 PET를 배웠다. 고3에게는 말을 잘 못하면 불이 튄다. "공부 잘했니? 공부 잘 됐어?" 라고 하면 "아, 몰라!"라는 짜증 섞인 답이 오든지 아님 방문을 쾅 닫고 들어가 버린다. "내가 뭘 잘 못했나?" 라는 마음으로 나도 기분이 나빠진다. 늦은 시간까지 열심히 기다려준 엄마는 아랑곳없이 막무가내로 답하는 행동이 서운하기만 하다. 그 대신에 "고생했지! 응, 쉬어"라고 해주었다. 막내가 순순하게 변한다. 막내는 결국 원하던 대학에 합격을 했고 대학에서도 스스로 열심히 공부를 하게 되는 비결이 되었다. 예전의 나의 습관대로라면 나도 화가 나고 자녀도 힘들었을 것이다. 이 글을 쓰고 있는 지금은 막내가 어엿한 사회인이 되어 한 몫을 하고 있다. 상대방 마음을 읽어주기는 처음에 어색했지만 계속 노력하다 보니 내 마음이 먼저 정화가 됐다. 마음 헤아려주기는 사랑의 출발이다.

나의 1차 감정을 표현했다. '나-전달법'이 힘을 실어주었다. 나를 직면한다고 하여 '직면적 나-전달법'이라고 한다. 나 자신의 감정을 알아차려 1차 감정을 표현한다. 1차 감정을 찾아 표현을 하고 나니 속이 시원하다. 상처로 인하여 분노가 쌓였을 때 1차 감정을 표현하는 것이 시작이다. 1차 감정이란 흔히 말하는 속상하다, 답답하다, 막막하다, 두렵다, 외롭다, 기쁘다, 즐겁다 등의 감정을 표현하는 어휘들을 말한다. 분노는 두려움, 고통, 당혹감 같은 1차 감정에 뒤이어 나타나는 이차적인 감정이다. 1차 감정을 표현하지 않으면 2차 감정인 분노로 이어진다. 1차 감정에만 접하면 화를 낼 필요가 없다. 마음 밑바닥에 끓고 있는 1차 감정을 표현하면 감정이 흩어져버린다. 최소한 화를 내지는 않는다. 1차 감정의 표현은 언어로 할 수 있다.

"○○가 친구들과 만나서 놀고 오니(행동)

마무리했냐고 물어보고 또 물어보다보면 잔소리꾼 같은

엄마가 될까봐(영향)

걱정돼(감정)"

라고 말했다. 다행히 자녀는 논문에 대하여 관심을 갖기 시작했다. 회피형인 나로서는 '나–전달법'이라는 도구가 도움이 되었다. 예전의 나는 문제가 생기면 도움을 요청하기가 어려웠다. 거절당할까봐 걱정돼서이다. 상대방이 도와주지 않을 거라고 짐작을 해서도 그랬다. 내가 해결하고 말았다. 해결하고는 어찌 그렇게밖에 안 되냐고 화를 내는 그런 모습이었다. 그렇지만 '나–전달법'은 나의 감정을 표현하고 덤으로 상대방에게 도움도 받을 수 있었다.

일기쓰기를 했다. 어떤 사건을 간단하게 적은 후 나의 활동하기와 생각하기, 느끼기와 신체반응을 적어보았다. 활동하기, 생각하기, 느끼기, 신체반응은 현실치료상담에서 전행동의 4가지 구성요소이다.

사건의 예 : 연락을 기다리고 있는데 연락이 오지 않는다.

활동하기 : 가만히 있었다.

생각하기 : 너무하다. 뭐가 그리 바쁜데! 라고 생각했다.

느끼기 : 답답하다. 초조하다.

신체반응 : 긴장된다.

라고 적어보았다. 그래도 조금 마음이 불편했다. 다시 한 번 정리를 해 보았다.

활동하기 : 많이 바쁘시죠! 라고 메시지를 보냈다.

생각하기 : 많이 바쁜가 보네! 라고 생각했다.

느끼기 : 안쓰럽다.

신체반응 : 입 꼬리가 살짝 올라간다.

이렇게 간단하게 쓰는 일기는 내 감정을 다스리기에 도움이 됐다. 또한 상대방을 오해하지 않아서 좋았다. 대인관계의 폭이 넓어지는 길이 되어 좋았다.

감사하기를 시작했다. '긍정적 나-전달법'을 연습함으로 '때문에'를 '덕분에'로 바꿀 수 있었다. 우리 집 막내는 현관에 신발 정리를 잘한다. 감사의 표현을 했다.

"막내가 현관에 신발정리를 해준 덕분에
신을 바로 신고 나갈 수 있어서 기분이 좋아, 고마워."

라고 해 줬다. '몇 번 그러다가 말겠지'라고 생각했다. 막내는 지금도 현관 신발 정리를 깔끔하게 잘한다. 습관이 됐나 보다. 고마운 일이다. 또한 예순을 갓 넘은 남편은 어느 날 설거지를 해 놓았다. 내가 바쁘게 여겨졌나 보다. 놓치지 않고 말했다.

"당신이 설거지를 해 준 덕분에 식사준비가 빨라져서 고마워요."

라고 했다. 자주 설거지와 집안청소를 함께 하게 됐다. 감사의 표현을 하니 내 마음도 흐뭇해진다. 남편도 기분이 좋은 모양이다. 그리고 자발적인 마음으로 표현한 사람을 기쁘게 해주려고 노력하는 모습이 보였다. 가족과의 관계가 좋아졌다.

용서하기를 시작했다. 부모님을 용서했다. 사실 용서라고 말고도 없다. 산골에 살다가 대도시에 와서 적응하신다고 얼마나 고생스러우셨을까? 남아선호사상으로 인하여 아들을 낳지 못한 어머니는 나의 친조모께 얼마나 많은 구박을 받았을까? 눈물을 머금고 딸 다섯을 낳고 막내아들을 얻었을 때의 기쁨은 얼마나 컸을까? 육남매를 가방을 들려 내보내는 심정은 얼마나 애간장이 녹았을까? 우리 부모님은 '옷을 팔아 책을 사라'는 삶을 실천한 케이스다. 딸 다섯이 뭐이라고 대학 공부를 다 시키셨다. 막내딸이 안쓰러워 도시에 정착할 때까지 막내딸의 맏이인 나를 데리고 있었던 외조모의 심정은 어떠하셨을까? 모든 걸 생각해보면 감사의 눈물이 나온다. 부모님도 고생하셨다. 외조모님도 고생하셨다. 그런 분들에게 무슨 용서를 해야 하나? 그럼에도 상처가 많아 마음고생을 오래 했다. 감사의 표현으로 '당신들을 용서합니다. 감사합니다. 고맙습니다. 사랑합니다.'라는 고백은 나의 상처 치유의 첫 시작이었다.

뒷산 오르기에 긍정적 중독이 됐다. 구청에서 뒷산에 무장애숲길을 만들어 놨다. 우리 집은 도서관 바로 아래에 있다. 도서관을 끼고 올라가면 무장애숲길이다. 산 정상까지 휠체어를 타고도 올라갈 수 있도록 해 놨다. 학생에서부터 연세가 지긋하신 분까지 하루 종일 많은 사람들이 오르내린다. 산에 오르다 보면 고마운 손길들이 보인다. 낙엽을 전부 쓸어 한 곳으로 모아 놓은 곳도 있다. 무장애숲길까지의 짧은 길에 행여나 힘들까봐 나무토막을 잘라서 미끄러지지 않도록 배려해 놓은 분도 계시다. 좋은 일을 하시는 분들이 많다. 고마운 분들이다. "고마워요."를 몇 번 외치고 지나간다. 나도 누구에게 고마운 존재로 남고 싶다. 사람은 바라보는 것을 닮는다고 했다. 하늘을 보고 나무를 보면 온갖 시름이 다 없어진다. 무장애숲길을 오르며 하늘을 보는 습관이 생겼다. 같은 하늘인데도 보는 위치에 따라 색깔이 다르다. 내 마음도 덩달아 파래지고 맑아진다. 평안이 밀려온다. 자연의 고마움이 느껴진다. 이렇게 시작된 뒷산 오르기는 긍정적 중독이다. 긍정적 중독이 나를 새롭고 희망찬 모습으로 변화시켜줬다.

무엇보다 소중한 내 인생

상처로 인해 낮은 자존감에 머물지 않고
무엇보다 소중한 내 인생을 잘 가꾼 결과이다.
나는 내가 자랑스럽다.

엄마 인생도 소중하다. 그동안 가족을 위해서만 살아왔다. 상처를 극복하기 위한 과도한 돌봄인 것 같다. 내가 물을 마셔야 잎이 싱싱하고 꽃을 피울 수가 있다. 더 오랫동안 함께 행복을 이루어낼 수 있다. 나는 목이 마르면서도 내 물은 챙기지 못했다. 목이 마른 것조차 인식하지 못했다. 목이 마른채로 가족을 위해 헌신하려고 하니 탈진현상이 왔다. 우리 집에 잘 자라고 있는 행복나무를 봤다. 행복나무도 생명인가 보다. 내가 물을 주지 않으면 먼저 잎에서 힘이 빠진다. 축 처지면서 말라간다. 관심을 주지 않아서 발생되는 결과이다. 물을 주지 않으면 초록나무 잎은 노랑으로 변해간다. 미안하고 안쓰러워 물을 주게 되면 춤을 춘다. 특히 비오는 날, 비를 맞도록 밖에 내 놓으면 진초록이 되어 마음껏 산소를 공급해준다. 언제 그랬

나는 듯이 싱싱해지고 건강한 행복나무가 된다. 엄마인 나도 관심과 물이 필요하다.

Quality한 선택이란 무엇인가? 나는 Quality한 선택을 하지 못했다. 내 상처를 극복하고자 더 나를 힘들게 했다. 현실치료상담에서 말하는 Quality한 선택 중 하나인 자신의 욕구충족이 되게 하지 못했다. 자신의 욕구충족이 된다는 것이 현실치료상담을 배울 때 가장 인상 깊었던 것 중의 하나이다. 내 옷을 사러 가족이 함께 나가서도 남편 옷이 보이고 자녀 옷이 보였다. 묘한 기분이 되어 남편 것과 자녀 것을 산다. 내 옷은 필요 없다고 하며 누워있는 것 중 하나를 겨우 사서 온다. 뭔가 화가 났다. 내 욕구 충족이 안 되었다는 말이었다. 식구들도 눈치채지 못했다. 엄마는 바로 그런 존재이려니 하나 보다. 화가 나고 일이 손에 잘 잡히지 않는다. 내가 속 좁은 사람이 된 것 같아 더 화가 난다. 나는 비로소 내 욕구충족이 왜 필요한지를 알게 되었다. 물론 타인의 욕구충족을 방해하지 않는 범위 내에서 해야 한다. 내 욕구를 건강하게 충족시키는 것이 필요했다.

현실치료상담에서 말하는 Quality한 선택의 특징은 다음과 같다.

1. 기분이 좋다.

2. 유용하다.

3. 자신의 욕구충족이 된다.

4. 타인의 욕구충족을 방해하지 않는다.

5. 파괴적이지 않다.

6. 항상 발전지향적인 변화를 추구한다.

내 욕구충족은 무엇으로 하나? 나는 배움에 대한 욕구강도가 높은 것 같았다. 배움은 윌리엄 글라써(현실치료상담 창안자)가 말하는 인간의 5가지 기본욕구 중 즐거움의 욕구에 해당이 된다. 즐거움의 욕구는 놀이와 배움을 통해서 충족이 된다. 어릴 때 시골 외조모 마당에서 삔 따먹기, 고무줄뛰기, 오자미놀이, 겨울이면 방안에서의 즐거운 놀이, 밖에서는 눈으로 미끄럼틀을 만들어 즐겨 탔던 생각이 새롭다. 이런 놀이를 통해서 이나마 건강하게 살아가는 힘이 되나 보다. 그런 중에도 더 즐거운 것은 책읽기였다. 동화를 통해서 상상의 나래를 펴고 책 속의 주인공이 되어 사는 것은 기쁨이었다. 현실을 쳐다볼 때의 막막한 마음이 책과의 만남은 꿈을 꾸게 도와주었다. 결혼과 함께 현실에 파묻혀 산 세월은 마음을 답답하고 막막하게 만든 것 같다. 잘 살아보고 싶고 가족에게 더 좋은 것으로 공급하고 싶은 마음이 마음을 팍팍하게 한 것 같다. 내 나이 마흔이라는 숫자를 바라볼 즈음 몸도 마음도 상해 있었다. 지쳐 있었다. 궁지에 몰리니 살 궁리를 했던 것 같다. 가족이라는 울타리를 벗어나 내 소중한 인생을 각색하고자 길을 찾았다. 배움의 길로 들어섰다. 새로운 것을 배울 때 산소를 마시는 것 같았다. 숨을 쉴 만 했다. 희미하게나마 내면의 기쁨이 솟아나기 시작했다. 내 욕구충족을 건강하게 시작한 것 같다.

엄마가 건강하니 가족이 건강하다. 나는 나대로 열심히 가족을 돌본다고 생각했다. 가족들도 각자 자신의 위치에서 열심히 살았다. 그렇지만 우리는 뭔가 모르게 함께 불만스러웠다. 단지 그것을 인식하지 못했다. 서로가 관계단절이 된 상태에서 그냥 살았다. 그렇게 사는 것인 줄 알았다. 엄마가 건강하지 못한 것이 가족에게 영향을 미쳤다. 내 욕구충족이 안 된 채로 가족의 외적인 돌봄을 했지만 내 속에서는 무언의 독이 나왔다. 예쁘게 말하고자 했으나 뼈있는 소리가 나왔다. 이게 아닌데, 이렇게 살고 싶지 않다는 생각을 했다. 그나마 다행이었다. 여러 방법을 통해 노력해보았다. 기도도 해보고, 책도 읽어보고, 마음을 다스리려 노력을 해 봤다. 머리로는 훤히 다 아는 내용인데 내 속에서 나오지는 못했다. 어떤 방법이 떠오르지 않았다. 내 마음이 가뭄에 갈라진 논바닥같이 되었을 때 시작한 것이 공부이다. 공부는 내 마음을 녹여주었다. 심리적인 풍요를 안겨주었다. 엄마의 마음이 평안해지니 가족의 마음도 평안해보였다. 소통이 시작됐다.

간절히 원하면 이루어진다. 청소년들에게 항상 하는 이야기주제이다. 나 역시 강력하게 소원을 가지니 환경이 열렸다. 이런 걸 기적이라고 하나 보다. 내가 살고자 하니 환경이 눈에 보이지 않았다. 내 인생을 먼저 소중히 여기기를 선택했다. 그 때 내 마음을 움직이는 어귀는 '옷을 팔아 책을 사라'였다. 빅터 솔로몬이 유대인 자녀교육서로 지었고 현용수가 번역한 책 제목이다. 공부의 즐거움, 교육의 필요성을 위해 환경을 보지 말 것을 말해주고 있는 듯하다. 공감이 가는 내용 중하나는 '많이 배운 자가 돈을 가진 자보다 더 행복하다'이다. 상담공부와 대학원 석사 공부는 큰 기쁨이었다. 내 욕구충족이 충분히 되었다. 새로운 사람들과 만나는 사랑과 소속의 욕구충족, 작고 사소한 것에 인정을 받아 성취의 욕구충족, 내가 선택했으니 자유의 욕구충족, 배움이라는 즐거움의 욕구충족이 시작됐다. 인생을 더듬어볼 때 공부를 시작한 시기는 경제적으로 가장 힘들 때였다. 환경이 열어가는 가는 것이 아니었다. 원해야 환경이 열린다는 것을 알았다. 돈이 없다, 배우자의 반대로 어렵다, 자녀 때문에 등으로 환경에 잡히는 분들이 더 많다. 생각해보면 바싹 마른 내 마음이 가장 축복이었다. 적당히 말랐더라면 어떤 선택을 했을까?

고난이 축복이었다. 고난은 유익이고 용기를 준다. 최소한 나에게는 그랬다. 성경에 심령의 상함은 뼈를 마르게 한다고 했다. 내 상한 심령이 나를 돌아보게 했다. '다른 사람이 보는 나'로 살지 않고 '내가 원하는 나'로 살게 도와줬다. 건강한 삶으로 갈 수 있도록 용기를 줬다. 나의 심리적인 건강은 가족의 건강으로 이어졌고 연결되는 느낌이 생겼다. 우리는 서로 대화가 됐다. 그토록 원하던 예쁜 말이 나왔다. 예쁜 말은 서로의 마음을 쏟아내게 하였고 비로소 이해하는 공동체가 되었다. 남편은 자신의 일에 더 열중했다. 자녀들도 각자의 위치에서 성과를 냈다. 큰 애는 학업성적 향상으로 학교에서 인정을 받았다. 작은 애는 도서관에서 밤낮을 버텨내는 힘이 생겼다. 엄마가 시키지 않았다. 엄마는 편안한 정서제공만 했을 뿐이다. 엄마 마음이 촉촉해지니 가족의 정서에 영향을 미치는가 싶었다.

분석심리학자 융이 말하는 '놀라운 아이'는 상처로 인하여 정서적 문제로 어려움을 겪었다. 살고자 선택한 관계회복의 노력은 치유에서 성장으로 그리고 '놀라운 아이'로 재생이 되어가고 있다. 지금은 충청권 이남에서 현실치료상담과 부모교육강사로 강사로 활동 중이다. 물론 서울 경기 권에서도 연락이 왔었다. 하지만 주로 활동한 곳은 대전 밑으로이다. 수줍고 부끄럼 많고 남 앞에 나서기가 제일 싫었던 나는 어느새 기차로, 자동차로 강의 현장을 누비게 되었다. 내 인생을 소중하게 생각하고 행동한 것 뿐 인데 결과는 놀랍다. 아줌마로 살며 하루하루를 무엇을 먹을까 입을까를 고민하던 인생은 변화됐다. 나를 만겨

주고 싶어 시작했는데 남의 아픔까지 만져줄 수 있는 힘이 생겼다. 예전의 나는 사람이 제일 겁이 났다. 대인관계가 부족하여 어떻게 대해야 할지 알지 못해서이다. 그런 내가 개인상담, 집단상담으로 다른 사람의 이야기를 들어주고 방향을 안내해주고 있다. 상처로 인해 낮은 자존감에 머물지 않고 무엇보다 소중한 내 인생을 잘 가꾼 결과이다. 나는 내가 자랑스럽다.

나를 사랑한 엄마의 가족사랑 이야기

편한 것은 얼굴에 나타난다. 말과 행동에 나타난다.
함께 행복을 만들어간다. 자신을 책임감 있게 사랑할 줄 아는 엄마가
가족을 사랑할 수 있다.

하늘이 예쁘다. 나뭇잎도 예쁘다. 내 마음의 풍요가 생기니 모든 게 귀하고 사랑스럽다. 자연과 사람 모두가 고마운 마음이 든다. 남편도 고맙고 연애할 때처럼 사랑이 간다. 자녀들에게도 아무 조건 없이 고맙다는 표현을 자주 하게 된다. 이런 마음의 천국이 지속적이기를 바란다. 성경에서는 '천국은 침노하는 자의 것'이라고 했다. 내 마음의 천국을 이루려면 내가 지속적으로 노력을 해야 한다. 영혼을 위해서도, 정서를 위해서도, 몸의 건강을 위해서도 노력이 필요하다. 사랑하는 법, 행복하게 사는 법을 더 배워나갈 것이다. 건강을 위해서까지도 뒷산 오르기 한 가지라도 실천을 하고 있다.

만물에는 때와 기한이 있다. 사랑받을 때가 있고 사랑할 때가 있다.

부모님 그늘 아래 있을 때까지는 사랑받을 때였다. 결혼을 하고부터 사랑할 일이 더 많다. 성숙해져야 가능할 일이다. 나이가 들수록 더 성숙해져야 함을 말하고 있는 것 같다. 그동안 열심히 가짜사랑을 했다. 내가 말하는 가짜사랑이란 나의 일방적인 목표를 정해놓고 가족을 몰아붙이는 것을 의미한다. 가짜사랑을 하니 에너지가 빨리 소진됐다. 사랑을 해야 하는데 힘이 빠진다. 내게 있는 사랑이 고갈되어 힘이 빠져있다. 가짜사랑은 일시적이다. 다행스럽게 진짜사랑에 대하여 알기 시작했다. 진짜사랑은 상대방이 원하는 것을 지지해 주는 것이다. 진짜사랑이라는 마음의 산들바람이 불어와 생기를 찾아간다. 진짜사랑을 할 힘이 생겼다.

가끔씩 뒷산을 오르는 것은 머리를 식히는데 도움이 된다. 여러 가지 부정적인 생각들이 정리가 된다. 마음이 상쾌해진다. 이산화탄소가 쌓인 몸과 마음이 산소로 채워져 가뿐해진다. 뒷산을 오르면서 자연과 대화한다. 한국심리상담연구소를 이끌고 계신 김인자 소장님의 말이 생각난다. 집안의 화초에게 "화초야, 너는 원하는 게 뭐니?"라고 대화하셨단다. 나도 산을 오르면서 "나무야, 너는 원하는 게 뭐니? 다람쥐야, 너는 원하는 게 뭐니?" 이렇게 대화하며 산에 오르니 재미있다. 모든 생물은 원하는 것을 이루기 위해 행동한다. 나무도, 다람쥐도 원하는 게 있다. 물도 적고 매서운 바람이 불어 고통스러우나 원하는 게 있으니 참는다. 산을 오르는 자들에게 인내를 가르치고 싶은가? 더 큰 나무가 되어 사람들에게 많은 산소를 주고 싶은가? 친구들과 사람들에게 희망을 주고 싶은가? 나무를 보며 내 모습을 본다. 나도 겨울나무처럼 뿌리는 내리고 있으나 잎도 줄기도 말라 있었다. 그러나 인내한 것은 칭찬할 만하다. 겨울은 길지 않다. 겨울은 봄을 위해 존재한다. 뒷산의 2월의 새순들은 어느새 많이 나와 있다. 신비롭다. 아직까지 바람도 차가운데 어디서 힘이 났을까? 고개를 내밀고 파랗게 돋아나 있다. 때가 되면 싹이 난다. 나 역시 사랑할 때가 되었나 보다. 나와 가족, 다른 사람도 그리고 자연까지 사랑스럽다.

마음이 낮아지니 행복하다. 나를 알아가는 여행은 겸손하게 만들어 준다. 나를 몰랐을 때는 내가 법이고 최고인줄 알았다. 나를 알아가는 여행은 나의 연약하고 부족함이 보인다. 입이 다물어진다. 미안해서이다. 할 말이 없어서이다. 귀가 열린다. 남의 말이 들리기 때문이다. 내할 말만 계속 생각하고 내가 옳다고 하는 것에서 벗어났다. 나 힘든 것만 알았던 시간들에서 탈출을 했다. 마음이 평안하다. 더 감사한 것은 나의 내면에서 하는 말들을 듣는 힘이 생겼다. 내가 한 행동들에 대하여 자기평가를 해 보는 시간이 됐다. 무엇이 더 귀하고 추구해야 할 것인가가 정리된다. 침묵도 경청의 하나라고 한다. 할 말이 없게 되자 자연히 가족의 이야기를 들어주게 됐다. '그랬구나, 그랬구나!' 를 반복하며 마음이 평안하다. 자녀도 좋아하고 남편도 좋아한다. 자녀의 언어 속에 '행복하다' 라는 단어가 자주 나온다. 가족들이 더 말이 많아지게 됐다. 더 즐거워하는 것 같다. 들어주는 것이 사랑인가보다.

가족이 독립적이 됐다. 의존성과는 결별을 했다. 예전의 나는 내가 기분이 나쁘면 내 의도와 상관없이 기어이 가족을 기분 나쁘게 만들었다. 그리고는 나 자신이 미워 자책한다. 자녀가 기분이 나쁘면 내 기분까지가 나빠졌다. 남편이 화를 내면 '그게 지금 화날 일이냐'며 나는 더 화가 났다. 그랬던 가족 구성원들이었다. 어느새 부터인가 마음을 헤아려주는 노력으로 독립적이 됐다. '기분 나빴구나!' 라는 한 마디는 '응~' 하며 분을 가라앉히는 놀라운 능력이 있었다. 그리고 없던 애교까지 생겼다. 서로 믿어주기가 되어 각자의 생활을 존중하게 됐다. 의사소통의 노력으로 관계단절에서 관계소통으로 이어졌다. 반영적 경청의 기적이었다. 내가 가족을 경청해주니 가족도 내 말을 들어준다. 마음에 서운하고 미웠던 감정이 사라졌다. 예전에 부부대화라고 한 것은 '예', 아니면 '아니요' 라는 간단한 답만을 주고받았다. 짧았다. 그것도 해결할 일이 있을 때에만 했다. 사는 것이 왜 멋쩍은지를 몰랐다. 왜 사는가? 그런 마음이 들었다. 관계가 단절된 상태였다. 그런 남편이 나에게 먼저 말을 걸어온다. 아이도 말을 걸어온다. 직장에서 있었던 일들을 이야기한다. 깜짝 놀랐다. 이렇게 가족의 사랑이 시작됐다.

예전에는 현실에 과민하게 반응했다. 자녀를 낳아 기르며 결혼생활 10년이 조금 지나자 땅만 쳐다보는 인생이 됐다. 날마다 문제가 보이고 갈등이 생겼으나 원하는 것이 무엇인지 몰랐다. 그저 현실만 바라보며 좌절을 벗 삼아 지냈다. 현실만 바라보니 마음이 말라진다. 힘이 빠져 무기력해진다. 나도 밉고 너도 밉다. 아무리 사랑을 실천하고 싶어도 자원이 없다. 실천할 힘이 없다. 사랑도 눈물도 말라버린 것 같다. 에너지가 떨어졌다. 나를 사랑할 힘이 없었다. 배우자와 자녀, 그리고 이웃을 사랑할 힘이 없었다. 이것도 싫고 저것도 싫었다. 뭔가 꼬투리를 잡고 싶었다. 삶의 의미를 잃어버렸을 때 막다른 생각도 해봤다. 그나마 용기가 나지 않는다. 잘 된 일이다. 더 좋은 선택이 기다리고 있었기 때문이다. 현실보다 내가 원하는 삶을 찾게 되니 마음이 편해지고 힘이 나고 미소가 나온다.

자녀와 함께 상담실을 찾는 어머니들을 본다. 근심이 많다. 고운 얼굴에 인상이 그려져 있다. '아이 때문에 못 살아요'가 얼굴에 쓰여 있다. 처음 보는 얼굴인데 상담자인 내가 봐도 안쓰러운 얼굴들이 더 많다. '자녀 마음도 많이 불안 했겠다'라는 생각이 든다. 자녀는 부모의 언어, 비언어행동 뿐만 아니라 정서까지를 닮는다. 윌리엄 제임스는 '웃어야 웃을 일이 생긴다.'라고 한다. 많은 경우 '웃을 일이 있어야 웃지요'라고 말한다. 그렇다. 우리 모두는 네가 달라져야 내가 달라진다고 한다. 네가 달라져야 웃을 일이 생긴다고 한다. 상담자들은 내담자가 변화되기를 바란다. 내담자가 부모라면 부모가 변화되기를 바란다. 내담자가 자녀이면 자녀가 변화되기를 바란다. 자녀와 함께 상담실을 찾은 어머니들은 대개 근심이 차 있고 인상이 그려져 있다. 자녀역시 불안에 차 있든지 반항기 있는 모습을 하고 있다. 그래서 상담을 할 때도 유머가 필요하다. 내담자와의 관계를 좋게 하여 사랑·소속의 욕구가 충족되도록 도와드린다. 내담자의 강점도 찾아준다. 자녀의 강점자원을 찾도록 도와준다. 다른 시각으로 자녀를 볼 수 있도록 도와드린다. 자녀의 고치고 싶은 행동을 보기보다 자녀에게 바라는 것에 초점을 맞추게 도와준다. 어머니의 인상이 펴진다.

사람은 욕구를 충족하기 위해 행동을 한다. 현실치료상담 창안자윌리엄 글라써가 말하는 4가지 심리적인 욕구 중 가장 충족하기 어려운 것이 사랑과 소속의 욕구라고 한다. 왜냐하면 사랑과 소속의 욕구는 혼자 충족할 수 없기 때문이다. 사랑하고 사랑받아야 한다. 사람은 사랑받기 위해 태어난 존재이다. 사랑과 소속의 욕구는 심리적인 욕구충족의 열쇠가 된다. 인간은 더불어 사는 존재이다. 누군가에게 관심과 격려, 그리고 지지를 받아야 힘이 난다. 부모의 역할, 가르치는 자의 역할, 그리고 상담자의 역할 중 하나는 관계 맺기이다. 이 세상에 몹쓸 사람은 없다. 너의 행동이 문제가 아니라 내가 너를 어떻게 보느

냐가 더 관계를 좌우한다. 우리 모두는 다를 뿐이다. 다름을 인정하고 수용하고 지지하는 연습이 나를 더 행복하게 한다. 상대방도 사랑받는 느낌이 난다.

내 욕구를 충족시켰다. 과도한 헌신을 한 나는 나를 사랑한 것 중 하나가 내 욕구를 효율적으로 충족시키는 노력이었다. 내 욕구가 충족되니 힘이 생겼다. 내 마음의 잡초를 뽑아주고 물과 거름을 주니 내면의 힘이 생겼다. 환경과 상관없이 평화롭다. 학대하던 나를 사랑하는 힘이 생겼다. 어디에 종노릇하고 사는가? 잠시잠깐인 보이는 세계에 종노릇하고 살았다. 보이는 것은 잠깐이다. 고운 것도 잠깐이요, 어려운 것도 잠깐이다. 더 의미 있고 가치 있는 것에 시간을 투자하게 됐다. 이런 내가 대견스럽다. 이제야말로 나를 진정으로 사랑하게 됐다. 내 가족이 보였다. 보이는 것에 목숨을 걸고 있는 아내와 엄마를 둔 가족은 얼마나 불안했을까? 그러나 잘 참아 주었다. 고맙다. 엄마가 가치 있는 것에 눈을 떴다. 엄마를 사랑했다. 엄마가 행복했다. 가족은 엄마눈치를 볼 필요가 없다. 마냥 편안하다. 편한 것은 얼굴에 나타난다. 말과 행동에 나타난다. 함께 행복을 만들어간다. 자신을 책임감 있게 사랑할 줄 아는 엄마가 가족을 사랑할 수 있다.

66

작은 성공경험으로
자신감을 갖고 살고 싶다. 나를 보듬어주는
삶을 우선적으로 살고 싶다.

99

CHAPTER

05

• • •

제 5 장
내가 나를 보듬어주기

나를 알아가는 재미는 신선했다.
MBTI 성격유형에 대한 공부가 시작이었다.
그리고 소개받은 프로그램으로
나를 알아가는 여행을 했다.

제 5 장

내가 나를 보듬어주기

　　　　단골손님이 바뀌었다. 편안함과 감사함이
나를 찾아오는 단골손님이 되었다. 나를 이해하여 나의 부족함과 연약
함까지도 그대로 인정하고 받아들이며 '실제적인 나'로 살아갈 힘을
얻었기 때문이다. 있는 모습 그대로 나를 사랑하는 힘을 얻었으며 덮
어주고 감싸주는 생명나무가 되기를 노력해 가고 있다.

　　변화와 성장에 대한 관심을 갖고 산다. 힘들었을 때에 가장 갑갑했
던 것은 변화되지 않는 내 모습이었다. '지금 여기에'를 충실하게 살
되, 지속적으로 관계를 위한 노력을 하고 싶다. 작은 성공경험으로 자
신감을 갖고 살고 싶다. 실수와 실패를 두려워하지 않고 자기평가를
하여 나를 보듬어주는 삶을 우선적으로 살고 싶다. 건강한 자신이 되

어 하나님과 가족과 이웃을 사랑하는 삶이 지속적으로 이어질 수 있도
록 행복을 연습해 나가고 싶다.

매일 아침 새로운 삶이 시작된다

늦게 시작한 학업은 녹록지만은 않았다.
그럼에도 날마다 새 힘이 솟아나온다. 매일이 기대되고
기대 속에서 내적인 기쁨이 충만해진다.

　　　　　마음이 힘들어서 시작한 상담공부는 내가 누구인지 알아가는 시간이 됐다. '나는 누구인가'에 대한 자아상을 정립해 가다 보니 마음이 편안해지고 관계가 쉬워졌다. 남편과 자녀, 그리고 이웃이 보였다. 건강하고 만족스러운 인간관계를 위해서 스스로 노력하게 되었다. 스스로 나의 가치를 찾아나갔다. 내 억압된 감정들은 불쑥불쑥 이상행동의 단골손님으로 나타났으나 토닥토닥 어루만져 줄 수 있는 힘이 생겼다. 희망이라는 것이 보이고 '있는 모습 그대로' 살아가는 능력이 생겼다. 비로소 내 삶의 자동차를 내가 운전하게 되었다.

　나를 알아가는 재미는 신선했다. MBTI 성격유형에 대한 공부가 시작이었다. 그리고 소개받은 프로그램으로 나를 알아가는 여행을 했다. 여러 가지 다양한 방법으로 나를 알아갔다. 동료들과 함께 무리를 지어 이 곳 저 곳을 다녔다. 나만 아픈 것은 아니었나보다. 나만 왜 이렇게 아픈지가 염려되었는데 나와 비슷한 사람이 많아 안심이 됐다. 이렇게 나를 알아가는 시간이 시작된 것은 행운인 것 같다. 마음의 상처가 있는지에 대한 인식조차 못하는 사람도 있을 터이다. '어려움은 유익이 된다.'는 말은 이런 경우인가! 라는 생각이 들었다. 나를 알아가는 시간을 통해서 어색했던 나와의 관계가 부드러워졌다. 여러 가지 공부 중에서 W. Glasser의 현실치료상담(Reality Therapy)을 지속적인 관심분야로 삼았다.

배워가는 기쁨은 내적 힘까지 얻게 됐다. 그동안은 상대방이 잘해야 나도 한다는 'Give and Take' 식의 인간관계였다. 지금은 상대방이 어찌하든, 상황이 어떻든 내 감정을 관리하는 힘이 생겼다. 그러다 보니 야속하고 밉게 상대방을 바라보는 나의 시각은 '그럴 수도 있지'라고 보여 졌다. 그 동안은 책에 나온 대로 남들에게 좋게 보이는 행동을 하려고만 했다. 정작 배고픈 내 마음을 채우는 데는 무관심했다. 심리적으로 고갈된 상태에서 한 보기 좋은 행동은 내가 나를 더 미워하게 된 원인을 제공했다. 원하지 않던 뼈있는 소리를 해댔기 때문이다. 상대방도 많이 힘들었을 터이다. 상담공부로 허기진 마음을 채워나가니 내 욕구가 충족이 됐다. 그리고 내 정서는 내가 관리하는 힘이 생겼다.

배움은 현실치료상담에서 말하는 즐거움의 욕구가 충족이 됐고 성취의 욕구와 사랑·소속의 욕구, 그리고 자유의 욕구 등의 심리적인 욕구까지 충족되었다. 고운 행동이 쉽게 나왔다. 신기했다. 신앙생활에서 은혜를 받을 때 모든 것이 아름답고 용서되고 예쁘게 보이는 그런 느낌이다. 지식이 타인을 판단하는 데 쓰였다면 몸으로 익힌 공부는 원하던 행동을 쉽게 했다. 자신을 알아간다는 것은 나의 부족하고 연약함을 인식하여 나를 변화시키는 계기가 됐다. 나름대로는 제법 잘나가는 인물인줄 알았는데 빛은 어두움을 확실히 드러내주었다. 힘을 준 내 어깨는 힘이 빠져가며 내 인생의 짐은 쉽고 가벼워졌다.

자아상을 정립해 나가는 과정에서 나 역시 혼란과 불안을 경험했다. 그러나 지속적인 노력은 내가 제자리를 찾아가는 느낌이 들었다. 융이 말하는 '놀라운 아이(Wonderful Child)'로 재생된 느낌이다. 긍정은 강화되고 부정은 보완되었다. 아직도 다듬어야 할 부분이 많다. 그러나 이제는 완전해지려고 하지 않는다. 실수는 실수로 인정하고 싶다. 엄마도 사람이고, 아내도 딸도 사람이다. 실수한다는 것은 인간적인 냄새가 나는 것이라고 해석하고 싶다. 그러나 후회를 덜 하는 방향으로 선택하고자 노력은 하고 있다. 내 행동에 대하여 죄책감으로 괴로워하지 않으며 자기평가를 할 수 있는 단단한 사람이 돼 간다. 타인이 평가해주는 것보다 내가 나를 평가하는 것은 나를 단순하게 해 준다.

단순하다는 것은 머리가 아프지 않고 복잡하지 않음이라고 말하고 싶다. 머리가 아플 때는 집중이 되지 않았다. 사소한 것에 에너지를 뺏겨 나를 부정적인 정서로 몰고 갔다. 시간만 흘러가고 부정적인 정서는 더 누적이 됐다. 그러니 부정적인 행동이 나올 수밖에 없다. 그런 내가 '진정으로 원하는 것은 무엇일까?' 라는 원하는 것에 초점을 맞추게 된 것은 현실치료상담 덕분이다. 원하는 것을 찾아 행동을 하고 실시행동에 대하여는 평가를 해 보았다. 그리고 새롭게 해야 할 행동을 찾아본다. 이것이 현실치료상담의 RWDEP SYSTEM이다. 덕분에 마음의 여유가 넉넉해졌다.

RWDEP SYSTEM이란 무엇인가? Relationship, Want, Doing, Evaluation, Plan의 앞글자이다. 상대방의 욕구충족을 도와 관계형성을 하고 원하는 것을 탐색한다. 원하는 것을 이루기 위하여 하고 있는 것은 무엇인지를 탐색한다. 하고 있는 행동이 원하는 것을 이루는데 도움이 되는지를 평가하여 새로운 계획을 세울 수 있도록 돕는 상담기법을 말한다.

현실치료상담을 접한 지 10년 하고 절반을 넘었다. 이론과 실습을 반복하여 내용을 정리하고 선택이론을 내 삶에 적용해 나갔다. 상황과 관계없이 긍정적인 정서를 자기 주도적으로 선택할 수 있는 힘이 생겼다. 긍정적인 정서는 자존감과 연결되어 있다. 오랜 세월 붙어 다니던 낮은 자존감은 점점 기를 펴지 못하게 되었다. 자신감 없이 웅크리고 변명하고 원망하던 삶을 싫어하면서도 반복된 행동으로 선택한 나였다. 그런 내가 지금은 구겨진 마음을 말끔히 다림질해 놓은 느낌이다. 게다가 상대방을 내 가치관으로 판단한 것을 내려놓고 수용하는 능력이 생겨서 관계가 쉬워졌다.

대인관계의 부드러움은 나의 상처를 싸매는 것으로 출발했다. 내가 나를 통제하는 것을 내려놓기 시작하니 부부관계가 원만해져갔다. 부부관계는 남자와 여자의 차이, 기질과 성격의 차이를 이해한 것도 도움이 됐다. 어린 시절 이야기를 나눔도 서로를 이해하는데 도움이 됐다. 남편에게 마음 헤아려주기를 하다 보니 남편을 보는 관점이 변화되었다. 고치고 싶은 부분보다 고마운 부분이 더 크게 보였다. 이는 긍정적인 행동이 나오게 되어 서로의 자존감 향상에 도움이 됐다. 남편도 상담에 관심을 갖게 되었다. 함께 주변 사람들을 이해하는데 도움을 주고받는다. 판단했던 인간관계가 돌보는 인간관계로 변화되어 가고 있다. 자녀에게도 나만의 옳음으로 거절하던 것에서 믿어주기를 하다 보니 친밀한 관계가 형성되었다.

　매일 아침 새로운 삶이 시작된다. 현재(present)라는 선물(present)은 뿌듯하고 감격스럽다. 하루하루가 기대된다. 문제는 날마다 크고 작게 있지만 문제를 바라보는 것보다 원하는 것에 집중하는 능력을 키워나 갔다. 자연스럽게 문제에 당황하지 않고 해결하려는 방향으로 행동을 시도하게 됐다. 상담을 직업으로 삼고자 시작하지는 않았다. 나의 길을 찾고자 시작했는데 길을 찾다 보니 빛이 보였다. 이 빛을 다른 사람과 나누고 싶었다. 10년의 아동 · 청소년상담과 부모교육, 그 밖의 상담과 교육을 실시하고 있다. 다른 사람을 도우며 인간에 대한 이해가 명료해지는 것을 느낀다.

　마음관리가 중요하다. 나는 근 40여년을 안경을 사용했다. 안경은 관리를 잘 해주어야 한다. 그리고 매일 닦아주어야 한다. 하루에 한 번이 아니라 필요시마다 닦아주어야 한다. 자동차 유리창 역시 마찬가지이다. 닦아주면 앞의 사물이 잘 보인다. 이처럼 내 마음의 창을 매일 닦아주려고 노력한다. 내가 건강해야 가족과 이웃을 섬길 수 있기 때문이다. 늦게 시작한 학업은 녹록지만은 않았다. 바쁘게 살았다. 공부에 상담과 강의를 해가며 얼굴은 발갛게 상기되어 이리 뛰고 저리 뛴 세월은 거름이 됐다. 허덕거리며 바쁘게 살아도 잠만 자고 나면 피곤을 모른 채 새로운 삶을 시작했다. 몰입을 통한 만족을 경험해서이다. 물론 늦깎이 박사논문을 정리할 때는 어려움도 많았다. 그럼에도 날마다 새 힘이 솟아나온다. 육체적인 피곤함은 있지만 넉넉하게 견뎌낼 수 있는 것은 심리적인 욕구충족이 잘 되어졌기 때문이다. 매일이 기대되고 기대 속에서 내적인 기쁨이 충만해진다.

하루 3가지 감사로 마음을 열어간다

가족의 마음을 헤아려줘서 감사로부터 시작했다.
감사하니 모든 것이 예뻐 보인다.
감사할 일이 많아지며 마음이 더욱 넉넉해졌다.

관심분야 중 하나가 긍정심리학이다. 긍정
심리학은 인간의 심리적 문제와 그 치료방법보다는 인간의 긍정적인
심리적 측면과 미덕, 강점을 과학적으로 연구한 학문이다. 긍정심리학
의 목적은 웰빙이론으로 흐르고 있는데 웰빙이론에는 다섯 가지 요소
가 있다. 긍정적 정서(Positive emotion), 몰입(Engagement), 관계
(Relationship), 의미(Meaning), 성취(Accomplishment)이다. 기억하기 쉽게
첫 글자만 따서 PERMA라고 부른다. 부정정서에서는 전투적인 사고
작용이 활발해져서 잘못된 것을 찾아 제거하는 것에만 신경이 집중된
다. 반면 긍정정서에서는 창의적이고, 남을 배려하고, 융통성 있는 사
고 작용을 촉진시킨다. 이는 잘못된 것을 찾기보다 올바른 것을 발견
하는데 초점을 맞춘다. 방어적인 자세보다 강점과 미덕을 계발하고 베

푸는 일에 힘쓴다(셀리그만).

낮은 자존감은 많은 경우 부정적인 정서에 노출이 되어있다. 잘못된 것을 제거하는 데에 초점을 맞춘다. 잘못된 것을 제거하려다 보니 대인관계가 힘들어진다. 좋은 일을 해놓고 어려움을 당한다. 그래서 다시 외로움이 발생한다. 불행해진다. 어렸을 때 받은 상처는 낮은 자존감으로, 방어기제로 이어진다. 긍정심리학에서는 생각이 과거의 정서를 좌우하며 과거에서 자신을 해방시킬 수 있다고 주장한다. 감사하기와 용서하기는 과거에 대한 정서들을 안정과 만족으로 바꿀 수 있는 방법이라고 말한다.

부모님과 떨어져 시골에 살 때 무조건적인 수용을 받으며 할머니의 사랑을 받았던 것에 대하여 감사드린다. 그 사랑의 힘이 지금의 나를 있게 한 것 같다. 힘이 들고 지칠 때에 힘을 내서 일어서게 되는 원동력이 되어 주었다. 초등학교를 졸업할 때까지는 방학이 되면 당연한 일정으로 외할머니 댁을 찾았다. 할머니는 좋아서 무엇을 해주어야 손녀가 힘이 날까 싶어 애쓰는 모습이 역력했다. 귀하다 싶은 것은 다 내밀었다. 그렇게 방학을 마치고 나면 이것저것을 싸서 시외버스에 태워 주셨다. 당시에는 조방 앞이 시외버스 정류장이었는데 어머니께서 마중을 나오시곤 했다. 학년이 올라가며 시골 외할머니를 자주 찾아뵙기가 어려워졌다. 공부에 관심을 가져야 했기 때문이다. 그런 나에게 가끔씩 '너는 할머니의 공을 갚아야 한다.' 라는 어머니의 음성은 마음의 빚을 지게 했다. 할머니께 받은 사랑의 빚을 가족과 이웃에게 나누는 삶으로 대신하고 싶다.

주부로 지내며 보이는 데에만 관심을 갖다보니 문제가 크게 보였다. 문제는 나에게 스트레스라는 선물을 안겨주어 몸까지 아프게 했다. 미혼일 때보다 결혼을 하고 보니 더 그랬다. 평안한 마음은 사라지고, 비교하고 따지고 분석하며 잘잘못을 크게 보기 시작했다. 그게 불편해서 시작한 상담공부는 축복과 원하는 삶에 관심을 갖게 해주었다. 오늘도 원망이 찾아온다. 미움이 찾아온다. 마음의 답답함도 찾아온다. 그러나 답답함이 희망이라는 생각을 가지고 하루 중에 감사했던 것을 3가지 찾기 시작했다. 감사하기를 찾아보니 분명히 있었다. 미워했던 마음이 반성이 된다. 함께 미성숙해서 그렇다. 나와 너를 되돌아보는 계기가 됐다. 마음이 편안해졌다. 부정적인 정서가 싹 씻겨 나간다. 인생에 대한 기대가 되어 진다.

문제를 바라보고 있는가? 축복과 원하는 삶에 집중하는가? 감사를 찾다보니 축복과 원하는 삶에 집중하는 힘이 생겼다. 긍정적 정서가 될 때에 원하는 것을 찾기가 쉬워졌다. 부모교육을 실시하며 어머니들께 물어 보았다.

"바라는 게 뭐예요?"
"네, 남편의 건강과 성공, 자녀의 공부"
"네, 그러시죠."
"어머니 자신의 바라는 것은 무엇인가요?"

이렇게 나누었을 때 제대로 말이 나오지 않았다. 나도 과거에 그랬
다. 어머니로 산다는 것은 스트레스를 많이 받는다는 뜻이다. 가장 스
트레스를 많이 받는 직업 중 하나가 워킹 맘이라고 한다. 다음은 전업
주부라고 한다. 웃음이 나온다. 어머니로 산다는 것은 이만큼 스트레
스를 많이 받는다는 뜻일 게다. 스트레스를 많이 받다 보니 내가 원하
는 것에 대한 관심이 적다. '나' 라는 존재 자체가 없다. 오직 남편이고,
오직 자녀이다. 아내의 역할, 엄마의 역할로만 사는 것이 아니라 나를
찾는 것부터가 행복의 시작이다. 나와의 관계를 우선 회복해야 한다.
엄마가 행복해야 가족이 행복하다.

상담공부를 하다 보니 마음의 풍요를 경험한다. 자신의 이해가 조
금이나마 되었다는 뜻이다. 그제야 자신이 원하는 것이 무엇인지 깨닫
게 되었다. 원하는 것을 찾으면 긍정적 행동이 나온다. "하루가 금방

가요~." 누군가가 그랬다. 눈을 떠서 기도하고 식사준비해서 식사를 마치고, 집안을 정리하고, 조간신문을 보고나면 어느새 점심이라고 했다. 점심을 먹고 설거지를 하고 조금 쉬면 저녁이란다. 이래저래 하루가 금방 간다고 했다. 나 역시 비슷한 삶을 살았다. 신문 대신에 TV를 보며 넋이 나가기도 하고 드라마를 보며 눈물을 훔치기도 했다. 그러던 내가 얼굴은 홍조를 띠고 숨을 헐떡거리며 바빠졌다. 강의 준비하랴, 상담하랴! 갈 데가 있고 부르는 이가 있었다. 살아있는 것 같았다. 점점 읽을 책이 많아진다. 작정하고 책을 읽으면 때가 되는지도 모를 때가 있다. 도서관에 가서 참고서적을 여러 권 이상 찾아서 읽고 또 읽는다. 몰입이란 것을 경험해봤다. 돈 걱정, 자녀 걱정, 남편 걱정은 이제 더 이상 내 몫이 아니다. 때가 되면 되리라. 그리고 가족 구성원의 문제는 그들이 해결해야 할 문제였다. 처음에는 너무 냉정해졌나 하는 미안함이 있었다. 그런 가운데 함께 건강해짐을 느껴본다.

내가 나를 사랑하는 것이 더 중요하다. 좋은 인간관계보다 나의 상처를 치료하는 것이 우선이다. 나의 이해가 되어져가며 상대방을 이해하기 시작했다. 새롭게 인간관계가 시작됐다. 좋은 인간관계가 행복을 보장해주는 충분조건은 아니지만 좋은 인간관계 없이 행복할 수 없다. 나는 인간관계 능력이 부족하다. 분리불안을 경험해서인지 선뜻 아무하고나 사귀지를 못했다. 낯을 가린다. 그리고 친해져서 헤어질 것을 먼저 걱정했다. 상처받기 싫어서 가까이 하기가 꺼려졌다. 낮은 자존감의 영향이다. 외할머니와 오래 지내온 것은 부끄럼이 많고 수동적이고 소극적인 행동이 내 몸에 배어 있었던 것 같다. 주로 회피형 대인관계를 하게 됐다. 그래서 피아노와 독서가 더 좋았는지 모른다. 피아노와 독서는 대인관계를 크게 요구하지는 않았다. 신앙생활을 하며 대인관계가 조금 회복된 것 같았으나 하나님을 올바로 만나지 못하여 방황했었다. 인격적인 하나님을 만나고 상담공부를 한 것은 나를 알아가는 시간이 되었다. 완벽주의로 살아가지 않아도 되었다. 방어기제를 사용하지 않아도 되었다. '이대로의 나'를 사랑하고 품는 능력이 생겼다. 행복하고 편안했다.

고통에는 뜻이 있다. 한 때는 나 밖에 보이지 않았다. '나 상처받기 싫다. 나 간섭받기 싫다. 내 생각이 옳고 최고다. 나만 힘들다.'라는 반복적인 부정적 정서로 스스로 만든 장벽에 갇히게 되었다. 그러나 상담을 공부하며 다른 사람이 보였다. 상처를 받으면 더 성숙하기를 바라는 하나님의 은혜로 해석이 되었다. 이제야 의미부여를 하게 되었다. 인간이 조금 되었나 하는 생각도 든다. 다른 사람에 대한 관심이 생기고 비로소 경청이란 것이 시작되었다. 다른 사람들도 어려움이 많구나. 그들도 연약한 데가 있구나. 이러한 생각은 안심이 되고 측은지심을 느끼게 했다. 예전에는 지식으로 알았던 측은지심이 실천하기가 어려웠다. 지나고 나면 후회했다. 그러나 지금은 내가 행복해지고 마음의 풍요와 내적 자유가 있다 보니 좋은 문구들은 어느새 내 삶을 지배하고 있었다.

행복한 사람은 심리적인 욕구를 하나 또는 그 이상을 스스로 충족시키는 자이다(글라써). 심리적인 욕구 중 가장 중요한 열쇠는 사랑 · 소속의 욕구이다. 행복한 사람은 자신이 선택한 것에 책임을 지려고 한다. 자신이 선택한 것에 책임을 지기 위해서는 노력이 필요하다. 그런후 그것을 이루어 냈을 때의 기쁨은 자신감을 갖게 한다. 자신감 있는 삶은 우울이나 무기력과는 거리가 멀다.

성취가 큰 것을 이루는 것도 좋지만 그야말로 간단하게 할 수 있는 일부터 시작할 수 있었다. 하루에 세 번 웃기, 같은 공간에 있는 사람에게 먼저 인사하기 등으로 시작하여 점점 확대해 보았다. 하루에 3가지 감사를 매일 찾아보았다. '하나님을 의지하고 살아서 감사, 앞 집 할머니에게 내가 먼저 인사를 해서 감사, 옆집 코카콜라 아저씨에게 운전을 하고 가면서도 인사를 먼저 나누어 감사, 잠을 잘 자서 감사, 밥을 먹어서 감사, 책을 1줄이라도 읽어서 감사, 가족의 마음을 헤아려줘서 감사' 로부터 시작했다. 감사하니 모든 것이 예뻐 보인다. 감사할 일이 많아지며 마음이 더욱 넉넉해졌다.

내 자신의 모습을 그대로 수용해간다

사람은 사랑할 의무만 있다.
상대방을 사랑하고 있는 모습 그대로 보려면 먼저 내 마음이
빛을 향할 수 있도록 부단히 노력해야겠다.

여고시절 나의 가장 큰 관심은 장딴지였다. 어느 날 할머니께서 '우리 손녀는 장딴지를 보니 키는 많이 안 크겠구나.'라고 하셨다. 그 때부터 나는 장딴지만 쳐다봐졌다. 알이 더 굵어진 것 같기도 했다. 칠성사이다 병으로 문질러보았다. 얼마 전 집안 모임에서 동생이 말하기를 "어린 시절에 언니가 사이다병으로 다리를 문질렀던 기억이 새롭다."고 하여 함께 웃었다. 교복을 입고 버스를 탔는데 자리가 없을 때는 난처했다. 모든 남학생들이 나의 장딴지만 보는 것 같았기 때문이다. 그렇게 미운 다리도 아니었는데 조모님의 그 한마디는 오랜 세월을 장딴지를 보게 했다. 지금 생각하면 '왜 그것을 툭 털지 못하였을까' 하는 생각에 웃음이 나온다. 누구의 한 마디에 예민하게 반응하는 나, 장딴지가 굵으면 굵은 대로 자신을 못 받아들인 것이다. 낮은 자존감의 특징 중 하나인 의존성이다. 남이 말한 것에 대하여 민감하게 반응한다. '남에게 보이고 싶은 나'로 살아간다. 나라는 존재를 잊은 채로 살았다. 그리고 실수하지 않으려고 몸부림을 치다 피곤해지고 스트레스가 누적됐다.

있는 모습 그대로
있는 모습 그대로
있는 모습 그대로
오시오~

하나님은 우리에게 있는 모습 그대로 오시기를 바란다는 어린이 복음성가에 나오는 내용이다. 주일학교 학생들을 위한 성가이지만 이제야 보인다. 낮은 자존감에 노출된 나는 독특한 사람으로 비추고 싶었다. '나는 남들과 달라'라는 마음의 벽을 치고 있었다. 그러다 보니 판단이 나온 것 같았다. '판단하지 말라, 판단하지 말라'라고 하지만 저절로 나오는 판단은 죄책감을 안겨다 주었다. 죄책감은 나만의 장벽을 더욱 굳게 치게 돕는다. 그런 내가 '있는 모습 그대로 수용하는 능력'이 생겼다. 나이도 작용했을 터이다. 그러나 인간이해에 대한 공부가 큰 몫을 한 것 같다. 훨씬 자유가 생겼다. 나는 완전한 사람이 될 필요가 없다. 나는 실수하는 사람이다. 나는 연약하다. 이것을 인정하고 나니 숨길 필요도 없고 그렇다고 내놓고 드러낼 필요도 없어 편안했다. 원하는 것에 집중하는 능력이 생겼다. 자존감이 향상되어 나와 가족, 그리고 이웃이 함께 편안해졌다.

나는 수줍음이 많았다. 남 앞에 나서기가 부담스러웠다. 초등학교 1학년 때의 일이다. 무용이란 것을 했다. '나비야, 나비야', '산토끼 토끼야'를 열심히 연습했다. 담임선생님이 학예회를 위하여 특별히 지도해 주셨다. 학교 강당에 많은 학부형들이 모였고 마을 잔치가 시작되었다. 학생들이 하나하나 준비한 것을 무대에서 보여줄 때 우레와 같은 박수가 쏟아졌다. 나도 그동안 열심히 연습한 것을 발휘할 시간이 되었다. 특별히 도시에서 부모님이 사 주신 원피스를 입고 만반의 준비를 갖추고 내 차례를 기다렸다. 몸이 떨려왔다. 아무리 생각해도 저 무대 위에 못설 것 같았다. 내 이름이 불리었다. 나는 나가야 했다. 선생님께서 어서 나갈 것을 권했으나 나는 눈물을 뚝뚝 흘렸다. 안 나가겠다고 고개를 저었다. 절대로 안 나가고 싶었다. 문 입구 벽에 딱 달라붙어있었다. 안 나간다고 애원을 하였다. 시간이 더 흐르자 다음 학생이 준비한 것을 차례로 해 나갔다. 나는 기어이 나가지 않고 말았다. 할머니는 그런 나를 꼭 안고 애썼다고 하며 손을 잡고 집으로 왔다.

할머니께서 혼을 내지 않고 애썼다고 지지해준 모습은 나에게 큰 힘이 됐다. 시골에서는 당시 9살, 10살이 되어 초등학교에 입학하는 애들이 더러 있었다. 학구열이 높았던 아버지는 나를 7살에 학교에 보냈다. 나이가 어리고 마르고 작은 아이라서 적응을 못하는 것으로만 알고 있었다. 그러나 그게 아니었다. 엄마와의 분리가 나를 더 힘들게 한 것 같다. 부지런하신 할머니의 둘도 없는 사랑은 큰 힘이 되기도 했지만 한 면으로는 더 소극적이고 약한 아이로 자라게 한 것 같다. 부지런하신 할머니 덕분에 밥을 먹여주는 조건으로 살림을 도와주신 분, 들일을 해주신 분이 있었다. 이런 할머니의 모든 좋은 것은 나에게 제공되었다. 할머니는 들에 다녀오실 때도 '우리 강아지, 우리 강아지 어디 있냐?'라고 하시며 나를 먼저 찾으셨다. 그런 중에도 연약하고 유순한 나는 불안과 함께 마음에 두려움이 많았다. 그런 나의 유일한 벗은 책읽기였다.

책읽기는 나에게 무한한 상상력을 안겨 주었다. 하이디, 키다리 아저씨, 빨강머리 앤에서부터 학년이 높아지며 세계문학과 그리스 로마 신화에 이르기까지 다양한 책들은 나를 사로잡았다. 책 속에 묻혀 있을 때는 꿈을 꾸듯이 행복했다. 부정적인 감정이 어디 갔느냐는 듯이 사라졌다. 그리고 한 가지가 더 있다면 음악이었다. 피아노는 정확한 음길이가 수학적이라서 좋았고 연습한 만큼 결과를 안겨주어 굉장한

위안을 주었다. 다만 책읽기와 피아노치기는 대인관계와는 거리가 멀다. 오직 자신과의 싸움이다. 결심한 것을 이루어내는 데는 딱 좋았다. 그래서 성취에 대한 관심이 높아졌는가보다. 한 번 목표로 한 것은 나와의 약속을 기어이 지키는 데 탁월했다. 어디서 이런 근성이 나오는지 궁금하기도 했다. 인간관계는 부족했지만 성취에 대한 약속을 자신에게 지키며 내면의 힘을 키워나갔다.

다만, 멘토 없이 책읽기는 마음의 교만을 안겨주기도 했다. 지식이 늘어갔기 때문이다. 지식이 많아지니 마음이 높아지고 못 된 나로 변해가는 것 같았다. 또한 현실과 이상에 대한 괴리감이 느껴져 괴로움도 함께 했다. 겉으로는 유순했으나 지식과 분별력이 적은 사람을 판단하는 병에 걸려버렸다. 이렇게 하고 싶지 않은데 조절이 어려웠다. 내 마음은 차라리 아무것도 몰랐으면 좋을 뻔 했다는 생각까지 들었다. 마이너스 요인이었다. 약점이 인식되니 괴로움을 알아차리기 시작했고, 괴로움을 벗고 싶은 갈망이 생겼다.

음악이라는 것은 또 다른 나만의 즐거움이었다. 내 인생의 큰 즐거움은 책읽기 외에 음악이라고 말하고 싶다. 동생들에게 클래식을 모른다고 퉁을 주곤 했다는 이야기를 들었다. 동생들도 어지간하면 피아노를 조금씩은 쳤지만 모두들 전공은 다른 것을 하고 말았다. 나로서는 마음을 다스리기에 좋은 도구 중 하나가 책읽기와 음악이었다. 그런데 나와의 관계가 제대로 안돼서 그런지 다른 사람을 이해하는 데는 어려움이 있었다. 혼자서는 잘 지낼 수 있었지만 상호작용에 어려움이 생겼다. 어렸을 때는 몰랐는데 나이가 들면서 갑갑해졌다. 그래서 만난 것이 성경공부이다. 하나님의 인격을 알아가는 성경공부를 시작했다.

빛 된 주님이 내 마음을 비춰지니 어두움이 드러났다. 부끄럽고 두려웠다. 빛이 내 잘못을 드러내주었다. 하나님과 사람 앞에서 행했던 부족한 모습들이 보였다. 어디 숨을 구멍이 있으면 숨고 싶은 심정이었다. 그러다보니 내가 쉽게 내려놔진다. 나를 내려놓으니 평안이 찾아왔다. 힘을 줄 필요가 없으니 대인관계가 편안해졌다. 내 약점을 인식하고 절대자를 의지할 때 나를 너무도 편안하게 해 준다. 나를 안다는 것은 큰 보화를 얻은 것이다. 남에게 잘 보일 필요가 없어졌다. 나를 있는 그대로 받아들이게 해줬다.

그렇지만 조금만 게을리 하면 내 옳은 것이 나온다. 내 옳은 것으로 가족과 이웃을 비판하고 판단한다. 우리 집 옥상에 텃밭이 있다. 조금만 무관심하면 잡초가 무성하게 자란다. 잡초는 원하던 야채보다 훨씬 빠른 속도로 크게 자란다. 희한하다. 내 마음과 같다. 내 마음의 잡초는 순식간에 자란다. 다듬고 정리해놔도 금세 올라와 원하던 나보다 더 자라있다. 이런 나를 안다는 것은 나의 연약하고 부족하고 죄를 지을 수밖에 없는 본성을 인정하는 것이다. 그러다 보니 사람의 마음이 이해가 된다. 만물보다 부패하고 타락한 것이 사람의 마음이다. 그런 사람을 소중하게 대하라는 것이 세상의 진리이지만 쉽지는 않다. 사람은 사랑할 의무만 있다. 상대방을 사랑하고 있는 모습 그대로 보려면 먼저 내 마음이 빛을 향할 수 있도록 부단히 노력해야겠다.

나는 무슨 일이든 할 수 있다

지금은 행복이 무엇인지가 느껴진다.
원래의 나는 힘이 없고 연약한 존재였다. 하지만 하나님의 관점과
선진들의 관점을 수용하니 무슨 일이든 가능했다.

혼자서 하는 것에는 어느 정도 성취가 가능했다. 책읽기, 학교 공부, 일본어 공부, 피아노연주 등을 성취경험으로 만족감을 가졌다. 정확하게 말하기도 가능했다. 20대 초 부활절 칸타타 연습을 하는데 내레이터 할 사람을 뽑았다. 도전해보고 싶었다. 대학방송국에 소속돼 있던 친구의 도움으로 내레이터에 관심을 가졌다. 말을 어떻게 끊어 읽는지, 억양을 어떻게 하는지에 대하여 많은 정보를 제공받았다. 문장을 끊어서 호흡을 맞추어 읽어보기를 연습했다. 결과, 원하던 내레이터를 맡게 되었다. 칸타타 연주는 만족스러웠다. 그러다 보니 점점 자신이 생겼다. 원하는 것은 '노력에 따라 가능하구나.'를 인식하게 되었다.

피아노 연주에 대한 관심이 생겼다. 나의 학창 시절에 나온 수필이나 소설에서 자주 등장하는 이야기 소재 중 하나는 피아노였다. 2층 집에서 들려오는 피아노 소리를 소재로 쓴 수필과 소설을 읽은 기억이 난다. 초등학교 때 법원 옆에 살았다. 어느 날 현대식 2층집을 멋지게 짓더니 판사 댁이라고 했다. 간간히 골목까지 피아노 소리가 들려왔다. 이 때 시작된 피아노와의 인연은 주일학교 교회생활을 통하여 더 적극적으로 시작되었다. 우여곡절 끝에 피아노가 집에 들어와 손이 닳도록 연습했다. 어느 날부터 교회 반주가 가능해졌다. 나의 반주에 맞추어 노래를 따라 부르는 모습은 내가 나를 자랑스럽게 여기는 순간이었다. 이것이 1차 대학에 낙방하고 피아노과를 선택하게 된 계기가 되었다. 자신과 싸울 기회가 많았다. 피아노 역시 목표를 세워놓고 밤낮을 가리지 않고 연습을 한 나와의 싸울 기회였다. 피곤에 지칠 만큼 연습을 많이 했다.

잡지사에 투고해 본 경험도 있다. 중학교 때부터 여학생잡지 등을 보며 독자들이 투고한 것을 보고 나도 한 번 도전해보고 싶다는 생각이 들었다. 이런 저런 글을 써서 잡지사에 보냈는데 두세 번 당첨이 되었다. 처음에 당첨이 되었을 때 소정의 원고료를 받았던 기억이 있다. 가능성이 있음을 확인하고 기쁨이 샘솟았다. 도전을 더 높이고 기술을 닦았어야 하는데 기술 없이 하기에는 한계에 부딪혔고 언제부터인가 다른 쪽으로 시선을 돌리고 말았다. 그 정도의 경험이었지만 지금도 기관에서 강의 의뢰가 올 때 50페이지 이상의 연수교재를 10여회 정도 쓸 수 있는 초석이 만들어진 시간인 것 같다. 언젠가 실시했던 프로그램 워크북을 보니 책 쓰기를 하고 싶다고 적혀 있었다. 꿈을 적기만 할 뿐이었는데 하나하나 이루어져가고 있다. 이렇게 성취경험을 통하여 자신감이 생겼다.

그러나 관계에서는 어려움을 겪었다. 어려운 것 중에 하나가 부부생활이었다. 그 어려운 부부생활을 30년이 넘게 했다. 연애시절 사랑했던 경험이 지금까지 이어온 끈이 되었을까? 부모 밑에서 있었던 세월보다 남편과 함께 지낸 세월이 더 오래됐다. 사랑했던 시간, 행복했던 시간, 헌신했던 시간, 배려 받은 시간, 미워했던 시간, 미워하기 싫어서, 변화되고 싶어서 몸부림쳐 본 시간들을 보냈다. 누가 못됐고 잘됐는지가 아니라 서로 다를 뿐이었지만 다름을 소화시키기는 많은 시간과 지식이 필요했다. 어쩌면 부부생활이 어려운 것이 아니라 나 자신과의 관계가 안 되었다는 것을 마음공부를 하며 알게 됐다. 나와의 친밀감 형성이 어려우니 단 두 사람의 인간관계가 어려웠다. 그나마 어려웠던 부부관계를 지금까지 이어온 것이 대견스럽다. 나를 이해하며 남편을 이해하게 됐다. 사랑했던 시간과 미워했던 시간들이 믹싱이 되어 지금은 친구 같은 동반자가 되어 있다.

엄마역할도 어렵다. 엄마가 무엇인지도 모른 채 미숙한 엄마가 되어 자녀를 키웠다. 기도와 사랑으로 자녀를 양육한다는 철학을 가지고 출발했다. 그런데 사랑은 내가 기분이 나쁘면 나오지 않았다. 친정어머니로부터 아이를 너무 오냐오냐 키우면 안 된다는 소리를 들을 정도로 사랑으로 키웠지만 내 마음은 내가 알았다. 내 마음이 힘들 때면 진정한 사랑을 하는 것이 어려웠기 때문이다. 내가 답을 만들어놓고 아이를 틀 속에 넣었다. 아이가 원하는 대로 양육하는 것이 아니라 내가 원하는 대로 키우려고 했다. 사랑이 아니라 지배하고 통제하는 엄마표 가짜사랑이었다. 아이를 양육하는 것이 아니라 내 마음대로 하고선 원하는 대로 되지 않으면 화를 냈다. 어릴 때에는 아이들이 아무것도 모른 채 잘 따라왔지만 커가면서는 마음대로 되지 않았다. 잘 따라주지 않는 것 같아 답답하고 화가 났다. 화를 내고는 미안해서 후회를 반복하는 우를 지속적으로 범했다. 죄책감에 나를 학대하기도 해보았고 울어도 보았다. 이처럼 자녀를 잘 키운다는 것은 어려웠다. 허용적인 부모가 되었다가 권위적인 부모가 되었다가 답을 잘 못 찾았다.

부모역할도 기술이 필요하다. 좋다는 학원, 최고의 교육 등의 물질적 제공을 해주고 최고의 부모인 양 착각했었다. '엄마 같은 사람 없다' 라고 생각하며 나 혼자만의 자부심을 갖고 있었다. 그 자부심이 자녀들의 학년이 높아갈수록 무너져갔다. 많이 늦었지만 작은아이 고교 시절부터 부모역할에 눈을 뜨게 되었다. 그 전에는 나만의 관점으로 아이들을 지도했다. 부모역할에 눈을 뜨게 되며 처음 느낀 것은 아이들에게 미안한 마음뿐이었다. 그리고 고마웠다. 부족한 엄마를 믿고 예쁘고 올곧게 성장해 준 아이들이 고마웠다. 그러나 아이들 마음은 이해받지 못하여 힘들었을 것이다. 부모교육에서는 엄마가 달라져야 한다는 이야기가 계속 들린다. 말은 맞는데 내 마음은 거역하고 있었다. 엄마가 달라져야 한다는 말을 들을 때마다 '그래도 아니거든요. 가정마다 사정이 다를걸요.' 라고 하며 마음이 거부하고 있었다. 부모역할을 이해하고 시간이 지나자 부모가 달라져야 한다는 말이 귀에 쏙쏙 들어왔다.

노력했다. 자녀와의 관계에서 내 고정관념을 깨뜨리고 아이의 마음을 헤아려주기 시작했다. 성과보다는 정서가 중요함을 인식한 때문이다. 덜컥덜컥 답이 먼저 나온다. 이미 청소년기를 벗어날 즈음이라 그런지 안하던 짓을 왜 하냐는 표정이어서 더 어려웠다. 마음 헤아리기에 실패를 하여 자녀에게 창피를 당하고 내 방에 들어가 웃어보기도 했다. 연습하고 노력했다. 그럼에도 가끔은 해결책을 먼저 내놓아 반성하기도 한다. 그럼에도 나의 지지와 격려는 자녀들에게 힘이 됐던 것 같다. 지금의 결과를 보면 그렇다. 나 역시 돌이켜보면 부모님의 지속적인 격려와 지지가 힘이 되었다. 어머니는 이웃집 아주머니들에게도 나를 자랑스럽게 이야기하셨다. 그리고 친척들에게도 자랑스럽다고 말했다. 지나가는 말로 했을지도 모르지만 나에게는 큰 힘이 되었다. '이대로 가면 되는구나.' 라는 자신감으로 이어졌다.

　노력해도 안 될 때가 있다. 내 나이 마흔을 바라볼 때 마침 모 방송국에서 '서른아홉의 반란' 이라는 드라마가 방영되었다. 탤런트 김혜자가 피아노 레슨을 하는 역할로 나왔다. 나의 이야기와 흡사했다. 내용은 기억나지는 않지만 그 드라마가 내 마음을 울리며 눈물을 훔쳤던 기억이 있다. 중년이 넘어서면 인생이 원하는 대로 굴러가지 않는다는 내용이 나왔던 것 같다. 나는 그 말에 공감했다. 노력하면 되지만 노력해도 안 될 때가 있음을 경험했다. 인간의 절망은 하나님의 시작이다. 그 때부터가 다르게 살기를 간절히 원하는 시간이 됐다. 열심히 해도 안 될 때 죽음이란 것을 사람들이 왜 생각하는지를 느꼈다. 젊어서는 목표를 정해서 열심히 달려오면 됐었다. 그러나 여러 가지 복합적인 이유에 의해 노력해도 되지 않을 때가 있었다. 그야말로 하늘을 보라는 음성으로 들렸다. 한계에 부딪혀 생각해보니 안 된 것에는 이유가 있었다. 원하는 것이 마음대로 되지 않는 것은 바로 가치 있는 삶으로 전환하는 계기가 된 것 같다. 성숙에 대한 관심을 갖게 된 계기가 된 축복의 시간이었다.

나는 무슨 일이든 할 수 있다. 프로이트가 말하는 성취경험과 관계 경험이 만족스럽기 때문이다. 지금은 행복이 무엇인지가 느껴진다. 원래의 나는 힘이 없고 연약한 존재였다. 하지만 하나님의 관점과 선진들의 관점을 수용하니 무슨 일이든 가능했다. 평안이 오고 감사와 기쁨 등이 이어진다. '감사해, 감사해'라는 단어가 입 밖으로 나온다. 햇빛도 예쁘고 나뭇잎도 예쁘다. 하늘도 예쁘고 꽃들도 나무도 예쁘다. 생명이 바뀌고 관점이 바뀌니 나와 타인이 보인다. 마음의 창이 조금씩 넓어져간다. 남을 판단할 일이 적어지고 잘 난체 할 일이 없으니 자유하다. 나는 다 잘할 수 없다. 그러나 내가 하지 못하는 것은 함께라면 가능하기에 나는 무슨 일이든 할 수 있다.

아프고 힘들면 잠시 쉬어간다

완벽주의로 일했던 삶이 탁월함으로 가고 있는 것 같다.
더불어 '내가 나이를 먹었구나.' 라는 것에 동의하게 되었다.
아프면 쉬어가자. 쉬는 것도 나를 사랑하는 시간이다.

완전한 엄마가 되지 말자. 나는 부족하다.
실수한다. 실수하니까 사람이다. 요즘 내가 자주 하는 말이다. 낮은 자
존감의 특징 중 하나가 완벽주의라고 했다. 잘하려고 자신을 혹사시키
고 돌보지 않고 그리고도 모자라서 학대하며 자책감과 자괴감에 젖어
있다. 여기서 끝나지 않고 나처럼 하지 않는 상대방까지도 내가 원하
는 대로 되기를 바랐다. 특히 가족에게는 더 심했다. 내 옳은 것을 주
장하며 내가 원하는 대로 가족을 바꾸려고 했다. 관계가 허물어지는
느낌이 왔다. 가족관계는 물에 기름 뜨는 것 같은 느낌이 들었다. 관계
는 관계대로 무너지고 일도 원하는 대로 되지 않았다. 인생이 너무 벅
차다. 가슴이 메어진다. 눈물이 난다. 완벽주의의 반대는 최적주의라
고 했다. 완벽주의가 '왜 저래? 라고 한다면, 최적주의는 '그럴 수도

있지'라고 한다. '그럴 수도 있지'라는 말은 태평스러운 말 같기도 했다.

그럴 수도 있지! 이 태평스럽게 들리는 말은 나를 자유하게 해 준다. 엄마도 힘들 때가 있다. 엄마도 쉬고 싶을 때가 있다. 집안청소를 미루고 싶을 때가 있다. 설거지를 쌓아놓고 싶을 때가 있다. 이러한 안도감이 나를 편안하게 해준다. 몸이 지쳐 집안청소와 설거지를 하고 싶지 않을 때 쉬어도 된다. 어떤 내담자가 말했다. 내가 정신병원에라도 다녀오고 싶다고. 나 역시 공감했다. 일을 보고 가만히 있지 못하는 내 성격 때문이리라. 이제는 더 중요한 것이 무엇인지 알았다. 더 중요한 것을 잃고 싶지 않다. 그것은 가족과의 관계이다. 내가 화를 내며 일을 하는 것이 무슨 도움이 되나? 가족에게 짜증을 내가며 일을 한 결과는 서로의 마음에 상처만 남기며 관계가 멀뚱해진 느낌이다. 성과보다는 가족들과 좋은 관계에 더 관심을 갖고 싶다.

13년간 학생들에게 피아노를 가르쳤다. 삼사십 여명의 아이들에게 '도레미, 도레미에서부터 체르니, 모차르트, 바흐, 베토벤'을 가르쳤다. 신혼 때는 먹고 살기 위해서 시작했다. 음표도 모르는 아이들이 선율을 꿰맞춰 음악이 완성되었을 때 보람을 느꼈다. 음악을 전공한 아이에서부터 교회 반주자, 취미로 배우는 아이들까지 기억나는 제자들이 많이 있다. 유학을 간 제자들의 이야기도 들었다. 제자들의 나이가 많으면 마흔이 넘었고 40대 전후에서 30대 전후까지 있을 것 같다. 모두 아이엄마, 아빠가 됐을 것이다. 그렇게 보람으로 여기던 일이었지만 시간이 흐르자 학원 문 열기가 지옥 같았다. 지금도 사람들이 한 직장에 싫증을 낼 때 그 마음을 충분히 이해할 수 있을 것 같다. 결단의 시간이 필요했다. 너무 힘들어 아무것도 보이지 않았고 마음이 시키는 대로 피아노 가르치기를 멈췄다.

남들은 의아해하며 아깝다고 했다. 나는 속이 후련했다. 아무 미련이 남지 않았다. 생업으로, 조금 좋게 말하면 전문직으로만 했기 때문이다. 성장과 성숙이 없었기 때문에 더 힘들었을 것 같다. 같은 것을 반복하는 생활에서 '나와의 소통, 동료와의 대화가 없어서 그랬나?' 이런 생각도 들었다. 그러나 소명의식이 약했고 천직으로 여기지 못해서 더 지옥 같았다. 결혼생활이 10년이 넘어서자 내 영혼은 현실과의 접촉으로 메말라져 있었다. 하늘이 보이지 않았다. 현실이 더 크게 보였다. 내가 생각해도 나라는 사람이 멋이 없어져버렸다. 경제적인 것과 상관없이 문을 닫아 버리자 마음이 날아갈 것 같았다. 섭섭하지 않았다. 잘 결정한 일이었다. 경제적으로 숨을 쉬고 살았던 여유 있던 삶은 서서히 쪼개고 아껴야 하는 삶으로 변했다. 아이들이 "엄마, 학원 다시 하면 안 돼?"라고 했을 때 '이 녀석들도 답답하기는 하나 보네'

라는 생각이 들며 씁쓰레한 웃음이 났다. 아직은 엄마를 이해할 수 없는 아이들이 순수하게도 보였지만 슬프게도 느껴졌기 때문이다. 누군가가 내 마음을 알아주면 좋겠다는 생각이 들었다.

마음의 상처는 표현되고 수용해주어야 한다. 나의 핵심감정은 외로움이다. 나는 눈물을 흘릴 만큼 외롭다고 느낄 때가 있었다. 그냥 운다. 아무도 없을 때는 소리를 내서 운다. 우는 것도 표현이다. 눈물을 흘리고 나면 부정적 감정이 부분적이나마 사라졌다. 다른 일을 할 수 있는 에너지가 생겼다. 이런 것이 크게 정리된 것은 상담공부가 큰 역할을 하였다. 상담이란 '자신의 마음을 알아가는 것'이라고 했다. 나는 누구인가? 어디에서 왔으며 어디로 가는가? 이런 의문을 품고 마음공부를 시작했을 때 밴댕이 콧구멍보다 더 작은 내 마음이 보였다. 그러다 보니 내가 상처를 선택하여 받았다는 생각이 더 많이 든다. 누구의 문제가 아니었다. 내 속이 좁으니 내가 상처를 받았던 것이다. 시간이 흐르며 나를 통제하는 능력이 생겼다. 그러나 통제만 하고 싶지는 않다. 내 감정에 충실하여 나를 맡기고 싶을 때가 있다. 그렇게 편안하게 내어맡긴다. 이렇게 내어맡기는 삶이 지속적으로 이어지니 속에서부터 기쁨이 샘솟았다. 내면에서는 기쁨이 생기지만 현실은 현실이었다.

결핍 속에서도 죽지는 않았다. 결핍은 오히려 감사가 되었다. 적은 돈이지만 주머니에 돈이 들어올 때는 감사가 부족했다. 땅에서 더 부자가 되려고 애썼다. 이맛살이 찌푸려지고 마음은 더 괴팍해진다. 성공에 대한 집착이 더 생기며 가족들이 협조하지 않는다고 생각될 때는 짜증이 났다. 그러다 보니 비난하고 비판하고 잔소리가 습관이 되어버렸다. 그런 내가 경제력을 잃는다는 것은 나를 낮추는 시간이었다. 하는 일이 없으니 낮아졌다. 미안한 마음으로 가족에게 정성을 쏟게 되었다. 남편에게 하던 잔소리, 자녀에게 하던 잔소리는 사라져갔다. 하늘이 보였다. 나무와 다람쥐도 보였다. 오히려 그동안 보지 못했던 것을 더 많이 볼 수 있는 기회가 찾아왔다.

집 근처의 도서관을 찾았다. 성경도 읽고 좋은 책도 읽었다. 아내라는 짐, 엄마라는 짐을 벗고 나만의 힐링을 경험했다. 도서관 식당에서의 점심밥도 꿀맛이었다. 음식도 싸고 밥도 푸짐하다. '학생들이 많이 먹고 이 나라의 큰일을 하는 일꾼이 되라는 의미가 있구나.'라는 생각이 들었다. 이른 아침부터 도서관이 꽉 차있다. 나라의 미래가 보인다. 미소가 지어졌다. 꼭두새벽부터 와서 밤 11시까지 앉아있는 사람들 틈에 끼어 책을 보았다. 오랜만에 책을 보니 잠이 쏟아진다. 나도 모르게 도서관은 침실이 되었다. 침을 흘리며 잠깐 자는 잠은 꿀잠 그 자체였다. 얼굴에 사선이 그어져 있어도 아무도 탓하지 않았다. 이렇게 다르게 세상과 나를 찾아가는 여행은 아픈 뒤에 새 살이 돋아난 느낌이었다.

"괜찮으니까 잠깐 도망가도 돼." 2016. 10월 어느 날 '말하는 대로' JTBC 프로그램을 보게 되었다. 이종범이라는 웹툰 작가가 나왔다. 젊은이들에게 자신의 가치관을 이야기해주는 프로그램 같았다. 작가는 '도망가자, 피하라, 후퇴를 잘하는 장수가 승리한다.' 라는 주제로 말을 하였다. 젊은 분이지만 인생의 진리를 터득한 것 같아 보였다. 함께한 청소년들이 공감을 많이 해 주었다. 그렇다. 무조건 앞만 보고 가면 지쳐버린다. 무너지고 쓰러진다. 쉬었다 가야 한다. 쉬어 가야 멀리 갈 수 있다. 마음의 여유를 가질 수 있다. 마음의 여유는 나를 사랑하는 시작이다. 서로를 보듬을 수 있는 힘이다.

자존감이 낮은 사람은 즐기는 것을 두려워한다고 슬레지는 말한다. 그러고 보니 결혼 후부터는 즐기는 것에 대하여 생각해보지 못했다. 환경을 바꾸고자 하는 마음이 더 컸기 때문이다. 결혼 전에는 책임감이 적었고 마음의 여유와 멋이란 것이 어느 정도는 있었다. 무의식의 세계는 힘들고 어려울 때 작동한다. 결혼하여 아내와 엄마로서의 책임감을 지며 환경에 더 크게 노출될 때 나오는 행동은 억압된 감정의 표출이었다. 바로 충동적 행동으로 나타나 성취에만 관계를 맺게 했다.

이것이 힘들어 멈추고 싶었지만 마음대로 되지 않았다. 세월이 흐르며 상담공부를 하며 알았다.

늦게 시작한 공부는 재미있었다. 반면에 신체적인 어려움도 생겼다. 건강하던 내가 몸이 상한다는 말이 무슨 말인지를 알게 되었다. 머리는 건드리기만 해도 아팠다. 그러나 해야 할 일이 많아 아픈 줄을 몰랐다. 혀가 꼬였다. 내가 원하는 대로 말이 나오지 않았다. 왜 그런지를 몰랐다. 강의를 하며 혀가 꼬여 말이 나오지 않아 대안으로 껌을 씹었다. 참가자들에게 양해를 구했다. 병원 갈 시간도 없었고 어디가 고장이 났다는 생각도 못했다. 한 학기를 바보처럼 마쳤다. 어느 분이 피가 잘 안 통하는 것 같다고 하며 머리를 톡톡 쳐주었다. 아팠지만 시원했다. 그 때서야 '내가 아프구나.' 라고 인지를 했다. 이렇게 열심히 살았다.

'수고하고 무거운 짐 진 자들아 다 내게로 오라 내가 너희를 쉬게 하리라.' 라는 말씀처럼 쉼이 필요했다. 그러나 쉬지를 못했다. 불쌍한 인생이다. 쉴 시간이 없었다. 늦게 선택한 공부를 해야 하고 일도 해야 했기 때문이다. 허리가 아프고, 얼굴이 붉었다 하얬다 하는 것을 반복해도 나를 돌볼 줄을 몰랐다. 그 결과, 늦깎이 최종학위가 내 손에 쥐어졌다. 이제야 나는 결단을 내렸다. 늦잠자기를 선택했다. 나 자신에게 미안하기도 했지만 꿀잠이었다. 낮잠도 즐겼다. 게으른 것을 용납하기가 어려운 나였지만 게으름을 부리며 죄인으로 사는 것이 더 자유로웠다. 게으름이란 걸 부려보며 죄인으로 인식되자 오히려 주님을 가까이하는 시간이 됐다. 신앙을 회복할 때 쉼이란 걸 알았다. 최종학위 졸업 사진을 보면 초조하고 지치고 피곤한 모습이 역력하다. 그렇게 열심히 살았다. 일시적으로 몸은 힘들었으나 몰입의 능력을 경험하게 됐다. 완벽주의로 일했던 삶이 탁월함으로 가고 있는 것 같다. 더불어 '내가 나이를 먹었구나.'라는 것에 동의하게 되었다. 아프면 쉬어가자. 쉬는 것도 나를 사랑하는 시간이다.

나를 먼저 위로해가며 살아간다

내가 나를 사랑하기 위하여 시작한 것이 있다.
바로 일기쓰기였다. 하루의 감정을 찾아보았다. 어떤 상황에서였는지 찾아본다.
감정을 적어놓고 무슨 생각을 하였는지 탐색해보았다.

부모의 정서가 자녀에게 대물림된다. 자원봉사로 초등학교 자아성장 훈련 프로그램을 실시했다. 참가자들은 주로 학교적응을 하지 못하여 프로그램에 참여하는 경우이다. 키가 작고 왜소하며 조용하다고 생각되는 남자 아동이 있었다. 프로그램 활동지에 뭔가를 열심히 적었다. '나라를 바꿔야 한다. ㅇㅇㅇ이 어떻고, ㅇㅇㅇ가 어떻고'라고 정치인 이름을 대며 부정적인 이야기를 써 놨다. 초등학교 4학년 아이의 똑똑함이라고 봐야 할까? 아니었다. 그 아동은 지적 능력이 낮은 아이였다. 부모님이 무심코 집에서 쓴 언어들을 적은 것이다. 아버지가 무직인 아이는 진로에 대한 정보나 관심이 없었다. 다만 비판과 불평은 닮았다. 나라에 대하여 몇 자 불평을 써 놓고는 그것을 어떻게 연결할지를 몰라 아무것도 하지 않고 엎드려 있었다. 비난과 불평을 듣고 자란 아이는 비난과 불평을 사용한다. 부모의 행동과 말, 감정을 아이가 본받은 사례이다.

인간은 기분이 나쁜 상태에서 외부통제를 한다. 상황을 어떻게 해보고자 한다. 특히 가까운 사람을 통제하고자 한다. 외부통제를 당한 사람은 기분이 나쁘다. 그런 일의 반복은 서로의 관계에 어려움이 초래된다. 외부통제의 대표적인 습관이 비판하기, 비난하기, 불평하기, 잔소리하기 등이라고 글라써는 말한다. 외부통제는 외부통제를 낳는다. 이런 악순환의 구조가 낮은 자존감의 특징이다. 반면에 자신과 상대방의 자존감을 향상시키는 것은 바로 내부통제이다. 내부통제는 경청하기, 존중하기, 수용하기, 믿어주기, 격려하기, 지지하기, 불일치 협상하기의 돌봄 습관이 대표적이라고 글라써는 말한다. 이러한 습관도 내가 나를 사랑할 때 가능하며 상대방의 자존감을 향상시킨다. 자기이해가 충분히 되어 지고 자신을 있는 그대로 수용할 때 더 자연스럽게 나왔다.

내가 나를 사랑하기 위하여 시작한 것이 있다. 바로 일기쓰기였다. 하루의 감정을 찾아보았다. 어떤 상황에서였는지 찾아본다. 감정을 적어놓고 무슨 생각을 하였는지 탐색해보았다. 그 때 나의 몸의 상태는 어땠는지 점검해보았다. 그리고는 무슨 활동을 했는지를 살펴본 후 그

것을 평가해보았다. 기분이 가라앉았다. 편안해지고 감사가 나왔다. 이것을 현실치료상담에서는 전행동이라고 부른다. 전행동을 자동차에 비유하여 전행동자동차라고도 부른다. 전행동이란 모든 행동이 동시 다발적으로 이루어진다는 의미이다. 자동차의 앞바퀴는 활동하기와 생각하기 바퀴이다. 자동차의 뒷바퀴는 느끼기와 신체반응 바퀴이다. 자동차의 핸들의 움직임을 따라 앞바퀴의 방향이 정해지고 앞바퀴가 가는 방향에 따라 뒷바퀴가 따라간다.

초등학교 5학년 여학생의 사례를 통하여 감정 관리와 문제 해결한 내용을 살펴보자.

〔상황〕 학교에서 점심시간에 혼자 밥을 먹으며 혼자 지낸다.
〔바라는 것〕 점심시간에 친구들과 함께 놀고 싶다(선택 1).

활동하기	가만히 앉아 있다.
생각하기	학교 안다니고 싶다.
느끼기	외롭고 슬프다.
신체반응	힘이 빠진다.

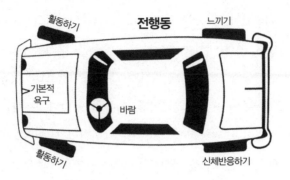

활동하기 　전행동　 느끼기

기본적
욕구

바람

활동하기 　　신체반응하기

〈전행동, '현실치료상담의 적용 II' (우볼딩)에서 발췌〉

기분을 좋게 하려고 전행동자동차의 앞바퀴를 바꿔보기로 했다(선택 2).

활동하기	도서관에 간다.
생각하기	책이라도 읽어야겠다.
느끼기	기대된다.
신체반응	힘이 조금 생긴다.

기분이 좋아지고 조금은 힘이 생겼지만 친구들과 놀지는 못했다.

친구들과 잘 지내기 위하여 전행동자동차의 앞바퀴를 한 번 더 바꿔보기로 했다(선택 3).

활동하기	'나도 같이 놀자' 라고 친구들에게 말을 한다.
생각하기	친구들과 같이 놀고 싶다.
느끼기	기대된다.
신체반응	미소가 지어진다.

'나도 같이 놀자'라고 하는 말이 잘 나오지 않아 걱정을 하다가 선생님과의 약속을 생각하고 말하기를 선택했다. 집에서 많이 연습하여 친구들 앞에서 말을 했다. '나도 같이 놀자'라고 말을 하니 친구들은 '응, 그래, 같이 놀아'라고 반응하여 재미있게 놀았다는 사례이다. 5학년 내담자는 '순응형 아이'로 착한 인상이었다. 친구들에게 거절당하는 것이 두려워 말을 하지 못하다가 상담자와의 약속만을 생각하며 용기를 내어 말을 했더니 쉽게 원하는 상황이 이루어진 사례이다. 당연히 응어리진 감정도 해소되었다.

이처럼 나도 내 감정을 돌봐준 것이 나를 위로하는 시간이었다. 우리 모두는 상처받은 자로서 위로가 필요하다. 우리의 상처는 어디에서 왔는가? 가까운 가족과 부모로부터 왔다. 살아가며 지인들을 통해서 왔다. 부모란 자녀에게 상처를 주는 존재라고 기너트는 말한다. 어느 부모가 자녀에게 상처를 줄라고 작정을 했겠는가마는 생각 없이 내 뱉는 말이나 행동에 자녀들은 상처를 받는다. 50대 전문직에 종사하는 여성이 있었다. 모두가 부러워하는 직업에 종사한다. 정작 본인은 거울을 잘 보지 않는다고 했다. 왜냐하면 어렸을 때 '에고, 못났네. 참 못났어.'라는 소리를 많이 들어서라고 한다. 못난 얼굴을 보기가 겁이 났단다. 겁이 나고 두려워 밖에 나가지를 못했단다. 맨날 책상에 앉아 공부만 했단다. 덕분에 공부는 잘 할 수 있었다. 하지만 받은 상처는 선을 볼 때도 남자 얼굴을 제대로 못 쳐다봤단다. 우여곡절 끝에 결혼은 했지만 무의식 속에 있던 '못났네, 못났어. 참, 못났다.' 라는 말로 받은 상처로 인하여 지금도 거울을 보지 않는다고 했다.

상처받은 사람은 위로가 필요하다. 상처받은 내면아이는 일생을 따라다닌다고 한다. 우선 나는 하나님이 나를 위로해 주심을 받아들였다. 그리고 상처 준 사람을 용서했다. 내 부모나 지인, 이웃도 그 때는 최선이었으리라는 생각이 나를 더 지배했기 때문이다. 무엇보다 내가 나를 스스로 위로하는 삶을 살고 있는 것이 더 대견스럽다.

나의 강점과 희망을 품고 살아간다

배움은 희미한 잿빛 하늘같은 나의 인생이
파란 하늘빛을 띠게 되었다. 배움은 나를 보듬어주는 최고의 시간이었다.
나도 할 수 있다는 희망이 보여서 더 좋았다.

지구상에서 똑 같은 사람은 한 사람도 없다. 같은 유형의 성격이라도 같은 사람이 한 사람도 없음을 성격이론에서는 말한다. 또한 어느 성격이 더 좋다고 말할 수도 없다. 누구라도 강점과 약점이 있다. 최근의 트랜드는 창의성이 높은 사람이 좋다고 하지만 어느 시기에는 순종하는 사람을 가르치기도 했다. 한 때는 지능지수가 높은 사람들이 성공한다고 했다. 점점 E.Q.와 N.Q.시대를 지향하고 있다. 지능검사만으로는 인간의 모든 영역을 판단하거나 재단할 수 없다. 1983년 하워드 가드너는 지능을 '언어 · 음악 · 논리수학 · 공간 · 신체운동 · 인간친화 · 자기성찰 · 자연 친화 · 실존지능'이라고 설명한다. 이렇게 우리는 다양하다.

초등학교 6학년 때의 일이다. 부모님은 여름방학이 되었으니 시골 외할머니 댁에 다녀오라고 했다. 조방 앞에서 시외버스를 혼자 탔다. 그 당시만 하더라도 포장된 도로가 많지 않았다. 서너 시간을 시외버스에 실려 가야 한다. 잠을 자다 차멀미를 했다. 멀미를 많이 하고는 힘이 들어 또 잠이 들었다. 이를 몇 번이나 반복하다 외할머니 댁을 가는 읍내에 내렸다. 읍내에서 외갓집까지 가는 시외버스 시간이 맞지 않았다. 외갓집에 걸어서 가려면 1시간은 족히 걸린다. 버스가 자주 없어 걸어가는 편이 더 낫다. 하늘도 예쁘고 길가의 플라타너스 나무도 정답다. 무엇보다 할머니께서 맨발로 뛰어나올 것을 생각하면 가슴이 뛴다. 걸음을 빨리 했다. 뛰어보기도 해서 도착한 외할머니 댁은 정답고 정다웠다. 동무들이 하나 둘 놀러온다. 함께 마당에서 온갖 놀이를 했다. 살구 받기, 시마차기, 고무줄뛰기 등 시간 가는 줄 모르고 열심히 놀았다. 그리고도 집에 가지 않고 감자를 삶아 먹으며 이야기에 빠졌다. 도시에서의 삶이 궁금했는지 물어보기도 했다. 밤을 새워 이야기를 하고 행복을 키워나갔다.

당시에는 중학교에 갈 친구들이 별로 없었다. 시골에서 손꼽는 부자소리를 들어야 읍내 중학교에 진학을 하던 시대였다. 중학교에 진학하는 동무는 거의 없었다. 그것을 불평하지도 않았다. 모두 농사일을 거들어야 했기 때문이다. 그 당시 시골에서는 호적을 늦게 올리기도 하고 여러 가지 사정으로 학교를 늦게 가는 친구가 많았다. 나보다 두세 살이 많은 친구들은 손에 일이 익어서 부엌일, 농사일들을 가볍게 잘 거든다. 어른스러운 느낌이 든다. 그런 동무들과 재미난 한 달을 보내고 나면 나는 다시 부모님이 계신 곳으로 와야 했다. 할머니께서 호박이랑 깻잎이랑 갖은 야채들을 보따리에 싸 주셨다. 내가 들기에는 어깨가 축 쳐진다. 그럼에도 그 보따리를 조방 앞 시외버스까지 데리고 왔다. 다시 시내버스를 타고 보따리를 들고 집에 오면 녹초가 된다. 집에 오니 어머니가 깜짝 놀라신다. 이 많은 걸 어떻게 들고 왔냐고 하신다. 나의 강점 중 하나는 인내심과 책임감이다.

결혼 15년차 정도 되는 추석을 앞둔 어느 날이었다. 명절이 되면 친정을 제치고 시댁으로 가야 한다. 시댁은 지하철로 20분 정도면 가는 곳이다. 가면서도 걱정이 앞선다. 시댁에 가면 마땅히 일을 해야 한다고 생각하니 일에 서툰 나로서는 걱정스러웠다. 많은 전과 나물, 기타 음식 등을 해야 한다. 나는 척척 신명나게 일을 하지 못했다. 친정에서도 일을 보면 겁을 먹었던 나였다. 책에만 관심을 갖고 있었던 나는 싫은 소리를 들으면서도 일이 손에 익지는 못하여 당황스러웠다. 시어머니는 빨리 빨리 하라고 성화시다. 또 내가 더 자주 오지 못함에 대한 서운함을 표현하신다. 그리고 일하는 것이 서투르다고 싫은 소리를 하신다. 여태까지는 그럴 수 있다고 보며 말없이 참았다. 그런데 그 날은 어디서 힘이 났는지 "어머니, 저도 힘들어요."라고 소리를 쳤다. 시어머니께서는 묵묵하던 내가 안하던 짓을 하니 기가 막혔는지 울음을 터트렸다. 싸가지가 없어 보여 속상하셨나 보다. 사는 것이 힘들었는데 너까지 이럴 줄 몰랐다는 뜻일 것이다. 나는 속으로 '어머니도 힘드셨겠지만 나도 힘들었습니다. 말을 하지 않았을 뿐입니다.' 라고 생각만 하며 입을 닫았다. 조금 전에 내가 한 말에 나도 놀랐기 때문이다. 어머니께 내 감정을 쏟은 것은 무슨 힘이 어디서 나서일까?

이렇게 시작하여 내 감정을 표현하며 '내가 인식하는 나' 로 살아가기 시작했다. 결혼 15년차라는 점도 어느 정도 작용을 했을 것이다. 더 큰 변화는 상담공부로 내적 힘이 생겼기 때문이다. 시어머니 마음도 이해가 되었다. 애쓰셨다는 생각이 들었다. 그렇지만 마음속의 감정을 표현한 나도 시원했다. 어느 새 마음이 말하는 소리를 표현하게 된 것은 나로서는 큰 변화였다. '남들에게 보이는 나' 로 살기에 연연했던 것을 털어버렸다. 그렇지만 도를 벗어나고 싶지는 않다. 그렇게 큰 소리를 냈던 사건이 마음이 걸려 있었다.

겨울이 되자 시어머니는 빙판에 넘어지셨다. 두 번이나 넘어지셨다. 처음 넘어지실 때는 치료로 회복되었다. 두 번째 넘어지신 때는 이미 치매가 시작되었다. 시어머님이 갑자기 변해버렸다. 병원 치료를 받고 난 후가 더 걱정이었다. 요양병원으로 모셔야 하나 어쩌나 하는 사건이 벌어졌다. 모두들 안절부절 하던 차에 '어머니는 제가 우리 집에서 모실게요.' 라고 선포를 했다. 시이모님이랑 모든 친척들은 '질부야, 질부야, 고맙다, 고마워' 를 반복하셨다. 추석의 사건은 시어머니와 나를 밀착되게 해 주었다. 그제야 어머니를 아는 시간이 되었다. 나를 아는 시간이 되었다. 측은지심이 생겼다. 그 마음 그대로 치매 걸린 시어머니를 1년을 모셨다. 어머니는 어느 날 저녁, 방에서 주무시다가 조용히 숨을 거두셨다. 안타까움과 함께 고마운 마음이 교차를 했다. 일찍 돌아가신 것 같아 안타까웠다. 그나마 1년이라도 모실 수 있는 기회를 주셔서 고마웠다. 주무시며 편안하게 가셔서 고마웠다.

시어머니는 나를 훈련시키셨다. 나의 인내심을 훈련시켰다. 현관문을 밀치고 틈만 나면 무조건 밖으로 나가려고 하셨다. 잠깐 한눈을 파는 사이 어떻게라도 문을 열고 나가신다. 여름날 비가 몹시 왔다. 눈 깜짝할 사이 어머니가 안 보였다. 아무리 찾아도 안보였다. 파출소에 신고를 했다. 남편은 차를 가지고 찾으러 나가고 나는 우산을 쓰고 동네를 구석구석 찾아다녔다. 하루가 지나도 연락이 없다. 이틀이 지나 사흘째 되는 날 전화가 왔다. 구덕산 요양원에 계신단다. 가서 뵈니 말간 얼굴로 맞이하신다. 신발은 잃어버린 채로, 옷도 기관에서 준 옷이었다. 비를 많이 맞았다고 한다. 이런 사건에도 불구하고 자꾸 나가려고 하는 모습은 성가시기도 했다. 몇 번이나 나가면 안 된다고 애기처럼 가르쳤다. 집안에 있는 것이 갑갑하고 불편하신 모양이었다. 대소변을 가리지 못하여 당황스러운 적이 많았다. 잠시 한 눈 파는 사이 집밖에 나가서 그냥 볼일을 본다. 이러니 하루에 몇 번을 씻겨도 모자란다. 나는 덩치가 작고 어머니는 키가 크시고 덩치도 있으시다. 나는 팥죽 같은 땀을 흘리며 씻겨드렸다. 그나마 고마운 것은 식사가 까다롭지 않아 천만다행이었다. 이렇게 시어머니 섬기는 훈련을 하였다.

시어머니가 돌아가시고 적게나마 철이 든 것 같았다. 섬길 때에, 힘든 것보다는 배우는 것이 더 많았다. 나를 알아갔다. 그나마 인내심이 있어 어머니 모시기를 중간에 포기하지 않은 것이 기특하다. 이렇게 조금씩 사람에 대하여 눈이 떠지고 소중함을 깨닫게 되었다. 일에 대한 성과보다 사람의 소중함을 희미하게나마 깨닫게 되었다. 결혼생활 10년이 지나며 시작된 상담공부는 더 소중한 것에 눈을 뜨게 했다. 자존감의 회복은 하루아침에 한마디 말로 회복되는 것은 아니다. 지식으로 회복되는 것이 아니다. 희생과 헌신, 그리고 고난을 통하여 조금씩 옷이 입혀졌다. 부정적인 방어기제가 습관 된 삶이었다면 긍정적인 방어기제 중 하나인 승화로 나아가고 있었다.

배움은 희망을 안겨준다. 대학에 처음 떨어지고 재수를 하다가 들어간 직장이 있다. 직장이라는 곳은 같은 일을 반복적으로 했다. 월급이라는 대가를 지불받았으나 지루했다. 지루한 것을 다르게 해 보고 싶어서 선택한 것이 일본어 공부다. 도전정신이 있었나보다. 일본어 공부를 시작으로 자신과의 싸움이 시작됐다. 나를 이기기를 20대 초에 몸으로 배웠다. 나를 이긴 싸움으로 자신감을 회복했다. 교회반주 정도의 피아노 실력으로 연습하고 노력하여 음악을 전공으로 선택했다. 전공한 음악으로 아이들에게 피아노를 가르치기도 했다. 또 다른 나의 새로운 도전은 주부 10년이 넘어서 시작한 상담공부이다. 상담을 공부하다 보니 동료들이 석사, 박사과정에 적을 두고 있단다. '이렇게 과정을 밟으며 공부를 해야 하는구나' 라는 정보를 얻었다. 남편의 배려로 늦게 공부를 해냈다. 이렇게 자신과의 싸움에서 이긴 것이 나의 강점이다. 배움은 희미한 잿빛 하늘같은 나의 인생이 파란 하늘빛을 띠게 되었다. 배움은 나를 보듬어주는 최고의 시간이었다. 나도 할 수 있다는 희망이 보여서 더 좋았다.

변화에 대한 관심을 갖고 살아간다

내가 옳다고 여겨지는 것이 적어졌다. 있는 그대로 받아들이는 능력이 생겼다.
어려움과 싸워 성장과 변화에 대한 결단을 내린 내가 대견스럽다.
그런 내가 자랑스럽다. 나는 나를 사랑한다.

겨울 산이 엄두가 안 났지만 뒷산에 올랐
다. '추워서 어쩌지?' 라는 생각은 금방 사라졌다. 발을 떼니 올라갈수
록 점점 포근해진다. 산을 오르는 것은 숨이 가쁘고 고통스럽다. 계속
올라가기만 한다면 숨이 가빠서 어떻게 할까? 포기할까? 라는 생각을
뒤로하고 한참을 오르니 평지가 제법 나타난다. 더 높이 오르기 위해
쉬어가라고 평지가 있나? 평지를 지나고 보면 더 가파른 오르기가 시
작되고 이 또한 시간이 되면 내려와야 된다. 마치 우리들 인생 같다.
인생은 등산처럼 오르고 내리기가 때와 기한만 다를 뿐 모두가 거쳐
가는 것 같다. 올라갈 때는 힘이 들었지만 뿌듯함에 으쓱여진다. 올라
가기는 힘이 들어도 산을 내려오기는 너무 쉽다. 힘을 줄 필요가 없어
가벼웠다. 마음의 여유까지 생겨 올라오는 사람, 나무, 다람쥐 등 사람

과 자연의 소중함까지 보였다.

　겨울산은 모양새가 가지가지다. 푸른 잎을 그대로 유지하고 있는 나무가 있다. 반면 앙상한 가지만 남은 나무도 있다. 앙상한 나무에 더 관심이 갔다. 가지고 있는 잎을 버려야 하는 아픔이 있을 것 같았다. 수분이 부족하여 바싹 말라가며 한 잎 두 잎 나뭇잎과 이별해야 했을 것이다. 얼마나 마음이 아팠을까? 얼마나 두려웠을까? 가진 것을 잃어야 할 때의 불안함과 두려움은 나무를 힘들게 했을 것이다. 나무는 눈물을 머금고 상실의 외로움과 싸우며 춥디추운 겨울을 견뎌내고 있었다. 그럼에도 고개를 숙이지 않는다. 쓰러지지 않는다. 묵묵히 자리를 지키고 있다. 봄을 맞을 준비를 하는가 보다. 춥다고 쓰러지기를 선택한다면 어떻게 될까? 불안하지만 변화할 모습을 기대하며 기다리는 것 같아 대견스럽다. 실패와 상처가 성장시킨다.

　나 역시 '이대로의 나'로 불만스럽게 사는 것보다 불안하지만 '변화하는 나'를 선택했다. 가르치던 피아노를 그만두고 나를 찾아가는 여행이 시작되었다. 여행은 설레고 호기심이 가득했다. 여기 기웃 저기 기웃, 대학원과 마음공부가 병행이 됐다. 공부를 할 때는 사랑 소속의 욕구, 성취의 욕구, 자유의 욕구, 즐거움의 욕구가 충족되어 다른 걱정이 없었다. 그러나 현실로 돌아오면 현실은 현실이었다. 수많은 어려움이 있었다. 당시 건물을 하나 지었는데 대출이 처음 설계한 만큼 나오지 않게 되었다. 건설업자는 날마다 빚 독촉을 했다. 독촉전화는 사람의 간을 오므라들게 한다. 사업을 해 본 경험이 없어서 빚을 진다는 것을 잘 몰랐다. 이처럼 큰돈을 빚진 일은 처음 있는 일이다. 독촉을 받은 내 몸은 놀람과 스트레스로 부어버렸다. 지인들이 깜짝 놀랐다. 나도 내 얼굴이 괴물처럼 부어버려 영문을 몰랐다. 계단을 내려가기가 어려웠다. 근육이 말을 듣지 않았다. 걱정으로 먹지 못했음에도 몸무게는 5Kg가 더 나갔고 몸이 있는 대로 상했다. 그런 중에 선택한 것이 성장과 변화로 가는 길이었다. 성장이 치료였다.

고난은 성장과 변화로 가는 지름길이다. 하필이면 어려울 때 공부를 시작했다. '상황이냐? 바라는 거냐?' 둘 중에서 바라는 것을 선택했다. 간절히 원하니까 환경이 열어졌다. 옷을 팔아 책을 사는 마음으로 공부를 했다. 시간이 흘러서 친정 식구들에게 들은 소리는 맏이가 정신이 나갔다고 수군거렸단다. 빚 독촉 궁지에 몰리면서 드는 생각은 내가 살아야 빚을 갚을 수 있을 것 같았다. 업자에게 전화가 올 때마다 미안하다, 미안하다를 반복하다가 한번은 소리를 높였다. "사장님, 내가 살아야 돈을 갚을 거 아닙니까? 기다려주세요." 나도 놀랬다. 빚진 주제에 무슨 큰소리인가? 내향적인 나에게 어디서 그런 힘이 나왔나? 큰 빚은 인생에 처음 겪어본 일이라 아무런 생각이 나지 않고 먹먹하기만 했다. 그런 중에 선택한 공부여서 옆도 뒤도 쳐다보지 않고 묵묵히 나아갔다. 그런 가운데에 뭐하는 짓인가 싶어 불안이 계속 따라왔다.

인생은 매순간 순간의 선택이다. 엄마로 아내로 살며 나를 잊고 살았다. 내 욕구에 대하여는 무관심하고 가족의 욕구에만 관심을 가졌다. 변화에 대한 관심은 꿈틀거렸지만 행동으로 옮기기까지는 시간이 필요했다. 극심한 어려움은 결단을 빨리 내리는 동기가 됐다. 내가 달라져야 함을 절실히 깨닫게 되었다. 힘들었지만 그동안은 왜 힘든 지도 모르고 살았다. 오히려 숨을 쉬기 어려울 만큼 큰 어려움은 변화로 가는 지름길이 되었다. 나를 찾게 된 계기가 되었다. 빚 독촉을 받는 동안 횡단보도 옆에 세워둔 교차로 신문을 길을 오가며 가져왔다. 빚은 피아노를 그만둔 상태에서 발생된 일이어서 별다른 과외수입이 없던 때였다. 교차로 신문을 보며 '다른 학원에 피아노 교사로 가볼까? 어디 돈을 벌 수 있는 곳은 없을까? 원장으로 살다가 월급 받는 교사를 감당할 수 있을까?' 라는 생각이 교차했다. 전화를 걸어보기도 했다. 나이가 많단다. 어느 곳은 언제 방문을 하라고 한다. 수없는 갈등 끝에 최종 나의 선택은 나의 성장이었다. 나는 변화와 성장에 대한 관심을 가졌다.

이 없으면 잇몸으로 산다. 이런 말은 누가 만들어냈을까? 선조들의 지혜가 대단하다. 극적인 어려움이 있는 상황에서 변화하고 성장하기를 선택했다. 너무 기가 막히니 간이 부었나보다. 남들이 보면 웃을 일이다. 그동안 나는 남의 눈을 의식하며 살았다. 그러나 궁지에 몰려 있을 때 원하는 나에 관심을 가졌더니 가면이 벗어졌다. 극적인 어려움에 처하면 진정으로 자신을 위해 살 수 있는가보다. 그동안은 나보다 다른 사람의 눈을 더 의식했다. 그러나 위기에 몰리니 더 용기가 생겼다. 돈을 친정 가족들에게 빌려서 공부를 했다. 어렵게 공부를 해보니 사람이 보였다. 힘들고 고통스러운 사람이 보였다.

성장과 변화는 관계의 기적을 가져왔다. 이대로 살기를 포기하고 변화를 선택할 때 불안도 따라 왔다. 제대로 가고 있는지에 대한 불안이었다. 그러는 가운데 변화로 향한 선택은 내 욕구 충족과 가족의 욕구를 존중하는 것을 깨달아갔다. 관계가 편안해졌다. 고통을 안고 핀 꽃이 더 감동을 준다. 모래밭에서 난 포도가 맛이 있다. 시간은 내가 원하지 않아도 저절로 지나갔다. 성장과 변화에 대한 관심은 기적적으로 관계가 좋아졌을 뿐만 아니라 빚까지 청산되었다. 현실만 보고 불만스럽게 살았다면 어떻게 됐을까? 적당한 어려움은 현실과 타협하며 살게 한다. 그러나 극심한 어려움은 타협할 여지가 없다. 고난이 그야말로 축복이 됐다. 고난은 나에게 더 큰 성장과 변화로 가는 디딤돌이 되었다. 나는 자신 있게 말하고 싶다. 변화와 성장에 관심을 가질 때 아무리 긴 터널이라도 끝이 보인다고.

'보이는 것은 잠깐이나 보이지 않는 것은 영원하다(고후4:18).' 라는 말씀처럼 잘 된 것도 잠깐이고 어려움도 잠깐이다. 나는 보이지 않는 것에 관심을 두었다. 하나님의 생명, 성품, 인격에 대한 관심을 가졌다. 사람으로 가치 있게 사는 것이 무엇인가를 연구한 사람들의 관점에 관심을 가졌다. 이렇게 변화와 성장을 따라 갈 때 나의 부족한 모습이 보였다. 내 모습은 낮은 자존감으로 비틀거리고 원망하고 좌절하고 외로워하는 부정적인 정서가 가득했다. 그런 것을 내가 선택해서 살고 있다는 것이 인지되었다. 성장하고 변화하는 것에 관심을 가지니 부정적인 감정, 부정적인 생각, 어려운 대인관계는 점차 회복이 되어 진다. 이게 사는 것이라고 마음에서 느껴졌다. 비로소 진정으로 나를 사랑하는 것이 시작되었음에 안심이 된다. 평탄한 길을 계속 걸어갔더라면 환경과 타협을 하며 귀한 것을 보지 못할 뻔 했다. 붙들 것이 없으니 보이는 것을 내려놓기가 쉬웠다. 평탄한 길은 '내가, 내가, 내가' 가 들어간다. 자신을 믿는다. 자신의 경험과 지식을 믿는다. 어려움에 처하다 보니 '내가, 내가' 가 보이지 않고 보이지 않는 것에 대한 관심을 갖는 계기가 됐다.

잘 되는 것이 더 나쁠 수 있다. 개구리를 죽이는 방법이 있다고 한다. 뜨거운 물이 있는 가마솥에 개구리를 넣으면 살기 위하여 뛰쳐나간다. 개구리가 좋아하는 미지근한 물이 있는 가마솥에 개구리를 넣고 불을 때면 익숙한 것에 길들여져 죽는 줄을 모르고 가만히 있다가 죽는다. 익숙한 것들과의 결별이 필요하다. 우리의 뇌는 익숙한 것을 좋아한다. 새로운 것에 대한 거부감과 두려움이 있다. 익숙한 것들과의 결별은 고난 속에서 이루어진다. 고난을 두려워하지 말자. 고난은 나를 인간되게 했다. 이타적이 되게 했다. 어려움 속에서 선택한 성장과 변화를 위한 노력은 자유를 가져다주었다. 내가 옳다고 여겨지는 것이 적어졌다. 있는 그대로 받아들이는 능력이 생겼다. 어려움과 싸워 성장과 변화에 대한 결단을 내린 내가 대견스럽다. 그런 내가 자랑스럽다. 나는 나를 사랑한다.

자신을 사랑할 줄 아는 엄마

나의 낮은 자존감의 경험을 써나가며 내 마음은 더 단단해진 느낌이 든다.
나를 인정하고 수용해나가는 시간이 되어
나를 더 사랑하게 되었고 가족을 사랑할 힘이 생겼다.

자신을 사랑할 줄 아는 엄마가 가족을 사랑할 수 있다. '나만큼 가족을 사랑하는 사람이 어디 있을까?' 라는 생각을 많이 했다. 그렇지만 그 사랑은 강요였다. 내 옳음을 가족에게 강요한 가짜사랑이었다. 이를 깨달은 것도 나를 이해하는 시간을 통해서였다. 나 자신과의 관계를 회복해가니 하나님의 관계, 부부관계, 자녀관계와 기타 대인관계 회복에 도움이 되었다. 나를 사랑하니 가족과 이웃을 자연스럽게 사랑할 수 있는 힘이 생겼다.

낮은 자존감이 삶에 미치는 영향

인생을 패배자로 살 수 있다. 인생을 행복하게 즐기면서 살지 못하고 불행한 패배자로 살 확률이 높다. 완벽주의와 일중독의 가면을 쓰고 성공은 했으나 성공한 패배자가 될 수 있다. 겉으로는 성공했으나 속사람은 상처받은 성인아이가 되기 때문이다. 또한 남에게 조종을 당하거나 남을 조종하는 사람이 될 가능성이 높아 대인관계의 어려움을 경험한다. 그리고 정신적 고통을 받으며 이것이 억압되면 육체적인 증상으로 나타날 수 있다(정동섭).

왜 자존감인가?

어린 시절의 상처는 일생을 따라다닌다. 상처는 낮은 자존감으로 이어져 부정적인 정서, 부정적인 사고가 삶의 힘든 시기마다 단골손님이 된다. 완벽하게 보이고 싶어 남들이 좋아할 행동을 하려고 한다. 열등감을 억누르려고 한다. 공감능력이 떨어져 대인관계에 어려움을 초래한다. 자신의 옳음으로 외부통제를 사용하다 보니 인간관계의 단절을 초래할 수 있다. 특히 가족에게 상처를 안겨준다. 경쟁에 더 관심을 가지게 되다 보니 성공할 수도 있으나 100% 행복을 보장받지는 않는다. 우울과 외로움으로 얼룩 진 삶이었지만 배움에 대한 즐거움, 변화와 성장에 대한 갈망을 이루어 가다 보니 평안과 감사의 단골손님이 찾아오는 계기가 됐다.

실패와 상처가 성장하게 한다.

내가 편하고자 회피형으로 살았다. 이것이 가장 옳은 줄 알았다. 그렇지 않은 타인을 볼 때는 마음에서 평가가 나왔다. 하나님께 평가를 맡기지를 못했던 것이다. 이렇게 인간관계를 실패했다. 자녀를 1등으로 키워보려고 잔소리대장, 비난대장이 일상이었다. 가족들을 많이 힘들게 했다. 이렇게 가족과의 인간관계를 실패했다. 어린 나이에 부모님과 떨어져 살았던 경험, 살아오며 마음 상함의 상처를 경험한 결과, 내 삶의 단골손님은 외로움과 우울, 눈물이었다. 상처 없는 인생은 없다. 실패 없는 인생은 없다. 실패와 상처가 오히려 성장, 성숙시켜 주는 계기가 될 수 있음을 내 경험으로 깨달았다. 이 글을 쓰는 동안 눈물과 웃음이 교차했다. 나의 낮은 자존감의 경험을 써나가며 내 마음은 더 단단해진 느낌이 든다. 나를 인정하고 수용해나가는 시간이 되어 나를 더 사랑하게 되었고 가족을 사랑할 힘이 생겼다.

나와의 관계회복이 치료의 시작이다.

부부관계에서 어려움을 호소하는 사람들이 많다. 상담을 공부하고 보니 부부관계의 어려움은 자신의 상처 난 감정을 치유하지 못한 상태에서 결혼을 하였기 때문이었다. 부부관계에서 갈등이 생기면 엄마는 자녀와 밀착된 관계를 가진다. 부부관계에서 상실한 사랑 · 소속의 욕구를 자녀와의 관계에서 충족하고 싶어서이다. 그런데 그 자녀는 엄마의 부정적인 정서의 영향을 받기에 정서적인 어려움을 호소할 수 있다. 이런 악순환에서 자유를 얻는 비결은 엄마가 자신을 사랑하는 것이다. 엄마가 자신과의 관계를 회복해야 한다. 왜냐하면 엄마가 행복해야 부부가 행복하고 자녀가 행복할 수 있기 때문이다.

이 글을 읽는 모든 엄마들에게

성과에 목표를 둔 인생은 외롭고 슬펐다. 수많은 인간관계의 실패에서 벗어나고 싶은 갈망이 나를 성장으로 안내했다. 부모교육을 하고 있는 입장에서 엄마의 자존감이 낮아서 자녀교육과 부부관계에 어떤 영향을 주었는지를 보여주고 싶었다. 엄마의 자존감이 자녀에게 어떤 영향을 미치는지? 엄마가 자존감이 낮다면 어떻게 높여야 하는지를 보여주고자 했다. 실패와 상처로 인하여 가슴 아픈 사람들에게 희망이 되고 싶다. 이 글을 읽은 한 사람이라도 소망을 가지기를 기대해본다. 진정한 행복에 가까이 다가가기를 기대해본다.

2017년 8월 여름을 보내며...

저자 **양은진**